KB162140

신이 된 고양이 안나

신이 된 고양이 안나

2016년 5월 16일 처음 펴냄

지 은 이 | 송상훈
펴 낸 이 | 송상훈
편 집 인 | 문인곤
펴 낸 곳 | 문미디어

출판등록 | 2015년 2월 3일(제2015-000029호)
주　　소 | 경기도 고양시 덕양구 고골길 117-55 B동 201호(10265)
대표전화 | 070-8954-2012 / 010-2867-2334
전자우편 | innerist@naver.com
편　　집 | 정글북(jgb01@hanmail.net)
인　　쇄 | 미래프린팅

값 13,800원

ISBN 979-11-957973-0-1　03810

이 도서의 국립중앙도서관 출판예정도서목록(CIP)은 서지정보유통지원시스템 홈페이지(http://seoji.nl.go.kr)와
국가자료공동목록시스템(http://www.nl.go.kr/kolisnet)에서 이용하실 수 있습니다.
(CIP제어번호: CIP2016011028)

신이 된 고양이 안나

송상훈 지음

문미디어

| 헌사 |

영원히 이 책을 읽지 못할, 나의 고양이 안나에게

1부

고양이 안나

안나는 베란다 창문을 내려다보고 있었다. 움직임도 없이 멍하니 자동차 보닛을 주시했다. 햇살이 유난히 고여 있었다. 늘 충만함을 뿜어내며 자신의 시선을 잡아두는 곳이었다. 그 따스해 보이는 모습이 기분을 조금이나마 끌어올려 주었다. 그래서 때때로 캣타워에 올라서 내려다보곤 했다.

안나는 주차되어 있는 여러 자동차의 종류와 쓰임이 다르다는 것을 최근에 알았다. 승용차도 있고 승합차도 있고 트럭도 있었다. 사람의 이동 수단과 화물을 나르는 용도로 쓰였다. 안나는 그 움직이는 자동차에 관심이 많이 갔다. 더욱이 땅과 맞닿아 있는 검은색 타이어는 회전을 하며 도로를 내달렸다. 땅을 차지하기 위해 황야를 질주하는 검은색 말이 떠오르게 하지는 않았다. 하지만 생명력이 있어 보였다. 경사진 곳을 올라도 지치거나 피곤한 기색이 없어 보였다. 늘 무표정으로 침묵을 지킬 뿐이었다.

안나는 갇혀있는 몸이었다. 창문은 교도소의 높은 벽을 연상시켰다. 아찔했다. 지나치게 가혹하고 답답했다. 그래서 틈이 생기면 자동차의 운행을 유심히 쳐다보았다. 어린 아이가 장난감에 눈길을 떼지 못하는 것과 다르지 않았다. 자동차에 몸을 실으면 멀리 떠날 수 있다는 것을 알기에….

그래서 안나는 창문을 뛰어내리고 싶었다. 미지의 세계로 발을 내딛으며 자유를 누리며 나아가고 싶었던 것이다. 창문의 벽과 2층의 높이의 벽이 앞을 가로막았다. 그것을 헤쳐 나가기에는 쉽지 않은 어려움이 있었다. 필요한 용기와 적절한 때를 기다려야 했다.

주인은 그의 부푼 꿈을 여실히 짓밟아버렸다. 인간의 족속이 그렇듯이 위선적이고 교만했다. 고루하고 깐깐하기도 했다. 그는 시시때때로 분노를 집중해서 가혹하게 다루었다. 그때는 그런 장밋빛 생각들이 달아나 버렸다. 살아남기 위해 피하는 것이 최우선이라는 것을 알기에 그런 생각들은 얼씬도 못했다.

하지만 동거 생활은 제한된 공간에서 살아가는 삶의 형태였다. 아무리 숨어도 주인의 그물에서 벗어날 수가 없었다. 협소한 어항 속에 갇힌 새끼 거북이처럼 말이다. 숨어도 투박한 긴 손을 밀어 넣어 무지막지하게 끄집어내었다. 그때 주인의 손아귀는 무서웠다. 거칠고 강압적이었다. 한번은 그런 일이 있었다. 세탁기 뒤에서 낮잠을 청하고 있었는데 갑자기 주인의 손이 들어오더니 강제적으로 허리를 억세게 잡아버리는 것이었다. 숨이 막히고 허리가 끊어질 것 같아 목숨에 위협을 느껴 당황한 나머지 주인의 손등을 할퀴었다. 상처가 깊었다. 붉은 피가 손등을 빠르게 타고 내렸다. 주인은 자신의 피를 보고 심하게 놀랐다. 그래서 그런지 안나의 머리통을 사정없이 때렸다. 때리고 또 때렸다. 그때 폭력이 얼마나 무서운지를 알았다. 쌍코피의 참혹함을 뼈저리게 느낀 것이다. 그런 상황에서도 안나는 꿈을 포기하지 않았다.

그 이후 주인은 안나의 발톱을 깎았다. 그 일이 생후 3개월에 일어난 것이었다. 고양이로서 정체성도 자리 잡지 못한 시기였다. 때때로 주인을 원망하는 눈빛으로 크게 울부짖으면 돌아오는 것은 뒤통수를 강하게 얻어맞는 것이었다. 주인은 가혹했다.

안나는 주인의 눈치를 보며 하루하루를 살았다. 그래도 베란다의 협소한 공간은 자신에게 소중한 곳이었다. 주인의 길고 거친 손아귀에서 벗어날 수는 없어도 자신에게는 나름대로 안식을 주는 곳이었다. 주인이 밥벌이 때문에 출근을 하면 조용한 시간을 가질 수도 있었다. 그때는 캣타워에 올라가 자동차를 내려다보는 것이었다. 그것이 자신이 자신에게 할 수 있는 가장 귀한 일인 것처럼….

그런 나날이 계속 되던 어느 날, 날씨가 화창하고 포근했다. 그때도 안나는 캣타워에 올라 달콤한 낮잠을 청하고 있었다. 주인이 출근했기 때문에 편안하고 자유로웠다. 가장 행복한 시간이었다. 안나는 잠의 수렁에 깊이 가라앉고 있었다. 갑자기 창틀에서 요란한 소리가 들렸다. 처음에 꿈속에서 일어나는 잡다한 소음 같았다. 그것이 아니었다. 참새였다. 한 마리가 아니었다. 다정한 모습의 커플이었다. 안나는 눈을 감은 채 그들의 얘기를 들었다. 그들은 자신의 얘기를 늘어놓고 었었다.

"안나는 평생을 저 좁은 장소에서 살아야해. 자유란 없어. 주인이 만든 공간 속에 살아갈 뿐이지. 내 친구여서 더 측은해. 주인은 또 얼마나 괴팍한지. 말보다 주먹이 앞서지. 사르트르. 이름도 독특하지 않아? 왜 하필 사르트르인지…."

"안나는 불쌍한 고양이야. 사르트르는 시시때때로 말을 한다고 해. 실존은 본질에 선행한다고. 안나는 무슨 말인지 모르면서 수긍의 미소를 보내야 한다고. 그렇지 않으면 화를 차곡차곡 쌓아 두었다가 신경이 몰려있는 발톱을 과감히 잘라버린다고 해. 무지막지한 놈이지. 우리들의 세계에서는 있을 수 없는 보복이거든."

안나에게는 그저 선선히 지나가는 말이 아니었다. 흐릿하게 들려와서도 몇 마디가 귓가에 맴돌았다. 그것이 형태를 이루더니 불손한 영상을 계속 끌어들였다. 그 영상에 서러움이 북받쳐 눈물이 났다. 그래서 엄마가 보고 싶었다. 기억 너머에 있는 엄마는 따스한 미소로 자신을 내려다보는 것만은 아니었다. 비정함과 몰인정이 중첩되어 있었다. 하지만 지금은 자애로움이 물씬 묻어나는 엄마의 품이 떠올랐다.

그것도 잠시 뿐이었다. 안나는 몸을 일으켜 기지개를 폈다. 성격이 긍정적이고 쾌활해서 뭐든지 쉽게 잊었다. 더욱이 주인이 먹이를 주려고 다가오면 종아리에 머리와 꼬리를 문질러대곤 했다. 그러면 사르트르는 안나를 가슴 높이까지 들어서 머리를 쓰다듬어 주었다. 그 순간만 사르트르의 얼굴은 인자하기 그지없었다. 안나는 그런 사르트르의 얼굴을 보고 안정감을 느꼈다. 그것도 잠시뿐이라는 것을 알면서 안나는 지극 정성이었다. 주인에 대한 충성인지 아니면 타고난 천성인지, 그것도 아니면 생존을 위한 눈속임인지 확실히 알 수는 없었다.

안나는 사르트르와의 관계가 지속적으로 유지될 것같지 않았다. 우선 자신이 지나치게 부담스러웠고 폭력을 받아내기 힘들었다. 그렇다고 사르트르가 자고 있을 때 칼을 물고 달려들 수도 없었다. 그것은 비겁하고 도리에 어긋나는 것이다. 자신들의 족속들이 숭상하는 인의와도 부합하지 않았다. 하지만 안나는 사르트르의 현학적인 강의를 경청하기 힘들었다.

그리고 규율과 원칙을 강요했다. 앉으라면 앉고 서라면 서야했다. 안나는 눈치를 보고 간신히 따라 하기는 해도 완벽한 행위로 이끌지는 못했다. 그러면 기다리는 것은 가혹한 폭력뿐이었다. 뒤통수를 얻어맞거나 꼬리를 들어 힘차게 흔들었다. 꼬리가 뚜두둑 소리를 내며 공중에서 몸이 뒤채였다. 더욱 고통스러운 것은 꼬리에 의지해 있던 몸통을 시계방향으로 돌렸다가 한 순간에 그 반대 방향으로 돌리는 것이었다. 그때 고통을 호소하는 울음소리를 질러도 사르트르는 웃으며 자신이 하던 일을 계속했다. 꼬리에 힘을 주고 유연한 몸을 획 돌려 손등을 물라치면 바닥에 내동댕이치는 것이었다. 냉정하고 과감했다. 그러고는 안나에게 말하곤 했다.

"너를 수련시키고 있어. 삶의 본질보다는 실존이 우선이라는 것을 가르치기 위해. 그것이 세상의 이치인 것을 가르치기 위해."

안나는 무슨 궤변 같았으나 차분하게 받아들이는 표정을 지었다. 그러면 사르트르는 재미가 없어졌는지 하던 일을 멈추고 안나를 놓아주었다.

하지만 사르트르가 폭군 이미지만 가지고 있는 것은 아니었다. 그렇게 괴롭힌 날에는 언제나 참치 캔을 선사했다. 기름이 둥둥 떠 있는 참치의 살점을 입속 가득 넣으면 어느 순간 격한 증오가 서서히 녹는 것이었다. 겨울이 봄의 기운에 녹듯이….

그러던 어느 날, 안나는 창틀에 앉아 방충망 밖을 내려다보고 있었다. 그때도 다소 멍한 시선으로 자동차 보닛에 어려 있는 햇살을 지켜보고 싶었다. 그러던 중에 생수통이 가득 실려 있는 트럭이 들어와서 안나의 고정된 시선을 가로막았다. B동 201호 아저씨였다. 친절하고 인정이 많아 이

웃들에게 호감을 사는 사람이었다. 언제나 창틀에 걸터앉아 있는 안나를 보면 손짓을 하고 말을 붙여보며 집으로 들었다. 안나는 그 생수 아저씨에게는 경계를 하지 않았다. 후덕해 보이는 미소 때문인지도 모른다.

생수 트럭의 잔잔한 소음이 사라지자 사위가 조용했다. 그때 길고양이 네로가 트럭 밑에서 유유히 걸어 나왔다. 암놈이라고 하기에는 품위가 없어 보이는 경박한 걸음걸이였다. 상추에 물을 주는 아줌마의 시선에도 아랑곳하지 않았다. 그는 거리의 무법자였다.

네로는 자동차 사이를 빠져나와 안나가 올려다 보이는 곳에서 멈췄다. 안나는 경계했다. 허리를 곧추세워 으르렁거리며 강하게 저항했다. 둥글고 큰 머리통이 더욱 커보였다. 네로는 그런 모습을 보고 비웃었다. 여유를 부리며 편안하게 바닥에 앉아 이빨 사이에 낀 찌꺼기를 발톱으로 후비고 있었다. 생쥐를 포획해서 포만감 있는 식사를 한 후의 허세였다. 그러곤 음험한 미소를 머금고 스스럼없이 찌꺼기를 내뱉으며 유유히 사라졌다. 늘 말투가 거칠고 거만하고 삐딱했다. 오늘도 여전했다.

"감옥에 갇힌 주제에…. 그래도 난 내가 먹을 먹이는 내가 사냥해서 얻지. 넌 사람에게 빌붙어서 고급 사료는 풍족하게 먹을 수 있겠지. 고귀한 태생과 외모는 그것을 가능하게 하지만…. 그게 진정 고양이의 삶은 아니야. 고양이가 스스로 사냥을 해서 생쥐의 뜨거운 피를 마시지 못한다면, 그것으로 충동과 희열을 느껴보지 못한다면 고양이 종족으로서 자격이 없어."

네로는 비꼬는 표정으로 그렇게 말하고 사라졌다. 안나는 그런 네로가 못마땅했다. 자신을 질투하는 것으로 받아들였다. 그러나 마음은 개운하지 않았다.

안나는 마음이 공허해졌다. 그래서 창틈에서 내려와 사료를 먹었다. 최상품의 사료였다. 사르트르는 늘 최고급 먹이를 준비해줬다. 안나는 그것에 대한 불만은 없었다. 풍족함 속에서 위를 채울 수 있었다. 하지만 맛있는 먹이로 마음 깊은 곳에서 요동치는 이상한 몸짓의 울림을 감당할 수는 없었다. 네로가 불을 지핀 것인지 확신할 수는 없는 일이었다. 더욱이 네로를 만나고 나면 누리고 있던 사치가 보잘것없는 것으로 느껴졌다. 자존감도 떨어지고 삶의 의욕도 떨어졌다. 답답한 마음에 누군가 다른 이와 말을 나누고 싶은 마음이 생기고는 했다. 친구인 참새가 있긴 해도 속 깊은 마음을 털어놓을 정도는 아니었다. 그렇다고 자신의 속내를 사르트르에게 얘기할 수는 없지 않는가.

안나는 답답해서 미칠 것 같았다. 그래서 캣타워 꼭대기까지 올라갔다 내려갔다 반복했다. 그래서 털이 많이 날렸다. 뭉텅이 털도 바닥에 많이 깔렸다. 여름에 있을 법한 일들이었다. 그만큼 안나는 발광했다. 자신의 감정을 주체하지 못했다. 그때 사르트르가 들어왔다. 사르트르는 안나에게 앉으라고 명령했음에도 안나는 꼬리를 들며 으르렁거렸다. 사르트르는 과감하게 군더더기 없는 행동으로 머리통을 쥐고 흔들었다. 연이어 몸통을 왼쪽 겨드랑이에 넣어 강하게 허리를 꺾었다. 숨을 쉴 수가 없어 머릿속이 하얗게 변했다. 온몸 구석구석 뻗어있는 근력은 자연적으로 사그라졌다. 사르트르는 거기에서 멈추지 않고 세탁기 속에 던져버렸다. 거칠고 무정하게.

안나는 울지 않았다. 울어도 들어줄 고양이도 없었다. 세탁기 바닥에서 체념한 채 앉아서 뚜껑을 올려다봤다. 그렇게 일정한 자세로 고정하고 있었다. 한참이 지나서야 길게 뺀 목을 천천히 끌어당겼다. 사르트르가 뚜껑을 열어 자신을 꺼내줄 거라 믿었는지도 모를 일이다. 그의 비정과 냉정 사이에는 아무것도 없었다. 한번 결정하면 화가 풀릴 때까지 기다려야 했다. 안나는 익히 그것을 알고 있었다. 무력한 시간이 흐르자 안나는 천천히 마음의 안정을 찾았다. 그때 어렴풋이 베란다 문이 열리는 소리가 들렸다. 안나는 몸을 일으켜 뚜껑 쪽으로 시선을 옮겼다. 혹시나 하는 기대였다. 갑자기 뚜껑 위에 어수선한 소리가 들렸다. 세탁물 소리였다.

안나는 배를 바닥에 깔고 편안하게 누웠다. 고양이는 야행성이라 어둠에 익숙해 두렵지는 않았다. 하지만 사르트르에 대한 서운한 마음이 가시지를 않았다. 그는 사람으로서 가져야 하는 측은한 마음이 없었다. 그런 것을 사르트르에게 바라지는 않았다. 하지만 서운하고 불쾌한 것은 어쩔 수 없었다.

안나는 자신이 사르트르와 같은 계열의 동물이라고 생각했다. 지금까지 그래왔었다. 그러나 그건 안나 혼자만의 생각인 것이다. 사르트르는 안나를 개의 족속과 동일하게 생각하고 있었던 것이다. 처음부터 충성을 맹세하는 치와와 정도로….

고양이는 개의 족속과 확연히 다르다. 클래스가 다르고 생활의 리듬도 다르고 생각도 다른 것이다. 사르트르는 그것을 무시한 채 행동했다. 더욱이 자신은 고양이 족속에서도 우월한 족보와 정통성을 지키며 사는 스코티시폴드인 것이다. 그래서 자존심도 강하고 원리원칙을 고수했다. 사르트르는 몰인정하게 그것을 깨뜨려 버렸다. 다른 족속에 대한 배려가 없는 무뢰한이었다.

안나는 홀가분한 마음이 들었다. 사르트르가 자신을 위해 안식처와 먹이를 선사한 것에 대한 부담은 덜 수 있었다. 이젠 자신의 삶에 대한 것만 집중하면 되었다. 그리고 자신이 추구하는 꿈이 뭔지, 정체성이 뭔지, 누구와 짝짓기를 할 것인지만 곰곰이 생각하면 되었다.

안나는 고르지 않은 바닥이 불편하지 않았다. 베란다에서 느끼는 무수한 불안보다는 훨씬 나았다. 사위를 둘러싸고 있는 벽이 있어 그런 것 같았다. 감옥 같았지만 감옥이 아니었다. 차라리 어둠이 더 편했다.

안나는 어둠 속에서 작은 위안을 찾고 싶었다. 세탁기 바닥까지 떨어진 불행한 삶 속에서 위안이 될 뭔가를 찾지 않으면 안 될 것 같았다. 기억을 더듬었다. 고양이들은 특별한 일이 아니면 망각으로 흘려버리는 습관이 있어 형체가 뚜렷한 영상이 걸려들지 않았다. 필터가 세밀하고 촘촘했다. 그럼에도 불구하고 그에게는 달콤한 추억이 없었다. 그것이라도 잡고 싶었던 것이다. 자신의 엄마의 이미지를 모아봤다.

장모의 따스하고 포근한 영상도 떠올랐고, 꺼림칙한 영상도 뒤따른 것이었다. 그래서 애써 과거에서 영상을 채집하지 않았다. 기억이라든지, 추억이라든지 인상에서 말이다. 그래서 미래의 뜰로 시선을 옮겼다. 안나는 눈을 부릅뜨고 휘둘러봤다. 뭔가를 찾고 싶었던 것이다. 그것이 꿈이었다.

안나는 을씨년스러운 가슴에 온기가 천천히 차오르는 것을 느꼈다. 연이어 미래의 뜰에 우아한 다알리아가 활짝 피어올랐다. 순식간에 어둡고 칙칙한 망상들이 사라지는 것이었다. 이젠 그에게도 삶의 위안처가 생긴 것이다. 어렵고 힘들어도 이겨낼 수 있는 자양분을 다시 채울 수도 있었다. 비장한 마음으로 안나는 몸을 일으켰다. 그러고는 목청껏

울었다. 세탁기 뚜껑을 뚫고 사르트르에게까지 들을 수 있
도록 계속 그렇게 울었다.

안나의 얼굴은 몹시 일그러졌다. 사르트르는 기다렸다는
듯이 무자비하게 가격했다. 왼손으로 목 뒤에 가죽을 잡고
얼굴을 집중적으로 내려쳤다. 눈은 부어서 심하게 충혈되었
고 쌍코피로 낭자했다. 사르트르는 엷게 웃으며 안나를 바
닥에 던지며 담담하게 말했다.

"실존만큼 소중한 것은 없지."

안나는 처참했다. 하지만 실존에 대한 강한 저항으로 버
텼다는 생각에 아픔이 대수롭지는 않았다. 그래서 미소를
보일 수 있었다. 참새가 보면 미쳤다고 할 수도 있었다. 안
나는 다알리아를 생각하며 참을 수 있었다. 미래에 심을 우
아하고 품격 있는 분홍빛 다알리아를. 자신만 알고 있는 소
중한 보석을.

거리의 무법자 네로

그 다음날은 일요일이었다. 사르트르는 참치 캔을 두 개나 주었다. 안나는 세탁기 사이 틈에 앉아서 지켜보았다. 참치 비린내가 자신의 코를 자극했다. 처음에는 외면하며 무시했다. 그럼에도 제한된 공간의 공기는 맴돌면서 계속 자극했다. 그래서 안나는 고개를 돌리고 눈을 감았다. 멀리 사라지기를 바라던 참치는 어디론가 가지 못하고 그 자리에 있었다. 양쪽 코를 몸속 깊숙이 파묻어도 상황은 달라지지 않았다.

안나는 자존심이 허락하지 않았고 흔들리는 자신이 몹시 못마땅했다. 하지만 풍성한 참치의 살점이 뇌리를 떠나지 않았다. 계속적으로 자극했다. 형태가 모호하고 흐릿해질 즈음에 또 지느러미를 흔들며 자신의 마음을 부채질하는 것이었다. 이겨내고 싶었다. 그래서 자신의 종족의 우등한 가치와 정통성을 생각했다. 선비처럼 올곧고 강직한 삶을 살아온 선조들을 말이다.

그것도 잠시뿐이었다. 의식적으로 참치의 유혹을 밀어내고 있어도 여지없이 천천히 밀고 들어오는 것이었다. 안나는 참치에 시선을 주지 않고 사료 급식기 쪽으로 갔다. 힘 없이 머리를 박고 사료를 먹었다. 그렇게 배는 고프지 않았다. 하지만 사료를 억지로 씹어 넘겼다. 위의 빈곳을 채우면 참치의 옆구리에 자리 잡은 먹음직한 살점을 잊을 수 있을 것 같았다. 토해낼 정도로 차곡차곡 채웠다.

안나는 본능적으로 코를 벌름거렸다. 자신이 통제할 수 없는 영역이란 것을 이제 안 것이다. 욕구는 이성을 능가하는 뭔가가 있다는 것도 이제 안 것이다. 하지만 타협하고 싶지 않았다. 이겨낼 수 있는 강한 의지와 지고지순한 뭔가를 자신에게 보여주고 싶었다. 우아하고 품격 있는 다알리아를 생각하기도 했다.

그렇지만 어느새 안나는 사르트르가 준 참치의 살점을 입속 가득 밀어 넣고 있다는 것을 알았다. 견고한 제방이 허물어진 것이다. 그 이후부터는 예전처럼 자연스러운 행동으로 참치를 맛있게 씹고 있었다. 배식기 바닥이 훤하게 보일 즈음에 안나는 하던 행동을 멈추고 자신을 들려다 봤다. 비참했다. 순간 눈물이 났다. 처연한 눈물이 거침없이 쏟아져 내렸다. 그러던 중에 안나는 사르트르가 한 말이 뇌리에 떠올랐다.

'실존이 본질에 선행한다고?'

사르트르는 미소를 머금으며 유리문을 열고 들어왔다. 일요일은 대청소가 있는 날이었다. 그는 우선 방충망을 열어 제치고 용변기에 응고된 회색빛 덩어리 모래를 치웠다. 안나가 세탁기 사이로 숨은 뒤였다.

사르트르는 진공청소기로 캣타워에 붙어있는 털을 우선

23

빨아들였다. 표면이 헝겊이라 털이 잘 흡입되지 않았다. 사물의 형태에 맞게 청소기 각도를 달리하여 급하게 돌렸다. 거친 소음을 거침없이 쏟아내었다. 일정하게 울리는 것이 도리어 스트레스였다. 안나는 세탁기 뒤에서 소음이 멈추기를 기다리고 있었다. 오래지 않아 평온이 다가온다는 것을 그는 이미 알고 있었다. 안나는 기억하고 있었다. 고양이에게도 그런 일상적인 반복은 몸에 침윤되어 있다는 것을….

베란다가 조용해졌다. 사르트르가 유리문을 밀치고 나가는 소리를 들었다. 오늘은 사르트르가 괴롭히지 않을 것이다, 어제 있었던 일 때문에. 그래서 한적한 일요일을 보낼 수 있을 것이다. 안나는 긴장의 끈을 느슨하게 하고 캣타워에 올랐다. 날씨가 따스해서 낮잠을 청하기에는 안성맞춤이었다.

안나는 사르트르와 반복적인 불협화음이 무척 싫었다. 그런 폭력과 린치를 당하고도 참치의 유혹에서 못 벗어나는 자신이 더더욱 싫었다. 본능으로 치부하기에는 자신이 너무 나약했고 초라했다. 하지만 안나는 쉽게 잊으려 의식적으로 노력했다. 우울한 자신의 모습을 상상하기 싫었기 때문에 의연한 모습으로 일상을 맞이했다. 속이 없는 행동으로 보이는 것도 당연했다. 자신을 깊은 우울증에 빠뜨리고 싶지 않아 행한 몸부림 정도로 받아주면 될 것이었다.

낮잠도 불규칙적으로 일렁거리는 일상을 추스르기 위함

이었다. 카오스 속에서 나름의 질서를 찾고자하는 행동이었다. 언젠가는 사르트르가 지배하는 무자비한 삶의 일상에서 벗어날 수 있다는 기대를 품은 채….

날씨가 따스했다. 그래서 눈꺼풀이 저절로 무거워지는 것을 안나는 느낄 수 있었다. 며칠 전부터 아카시아 향기가 열린 창문을 통해 물씬 풍겨 들었다. 안나는 눈을 가늘게 뜬 채 뒷산 쪽으로 시선을 옮겼다. 눈동자는 어느 지점에서 멈췄다. 하얀 꽃이 늘어지게 피어 있는 처음 보는 소박한 꽃이었다.

"안나 넌 사육당하고 있어. 사육당하고 있단 말이야."

네로였다. 아카시아 꽃줄기를 한입 물고 등장했다. 안나는 게슴츠레한 눈꺼풀을 겨우 밀어 올리며 네로를 내려다봤다. 이젠 경계하지도 않았다. 익숙함에서 오는 여유인지도 모른다. 하지만 안나는 네로를 만나면 개운하지 않은 마음이 드는 것은 어쩔 수 없었다. 그의 흉측하고 음험한 몰골에서 기인한 것인지는 모른다.

"현실은 마소의 질긴 뱃대끈과 같은 것이지. 자신이 끊을 수도 없고 풀 수도 없지. 지금 너의 삶이 그래. 자신은 인정하지는 않겠지만. 사람들도 그 인정 때문에 힘들어하지."

네로는 한쪽에 내려놓은 아카시아 꽃줄기를 재차 물고 불성실하게 옮길 때였다. 그때 안나는 창틈에 올라 그를 불렀다. 방충망도 열려 있었다. 네로는 가던 길을 멈추고 고개를 돌렸다. 안나가 왜 불렀는지 알고 있는 표정이었다. 삶의 바닥을 전전하며 산 네로는 눈치가 남달랐다. 안나가 묻지도 않았는데 불쑥 말을 던졌다.

"거기서 뛰어내려."

안나는 늘 생각은 했음에도 당황스러웠다. 삶은 선택의 연속인 것은 알고 있었지만 도전적인 선택은 두려울 수밖에 없었다. 그는 뒷걸음질치며 아래로 내려다봤다. 평소에는 두려움과 공포가 없었는데 뛰어내려야 한다고 생각하니 오금이 저렸다. 마침 창문 밑에 트럭이 있어 충격 흡수는 될 것이다.

안나는 안절부절못했다. 네로는 그런 행동이 재미있어 보이는 것 같았다. 안나는 자신이 쉽게 결단을 못하는 것이 용기가 부족해서가 아니라 현실의 풍부한 먹이와 푹신한 안식처가 자꾸 눈에 밟혀서 그러는 것을 알고 있었던 것이다. 자신의 행동이 이해되기도 했다. 현실은 녹록하지 않다는 것을 참새로부터 익히 들었던 것이다. 하지만 사르트르의 가혹함에 희생된 순수한 자아는 자신을 더욱 강하게 내몰았다. 땅바닥에 떨어지는 충격을 어떻게 감당할 수 있을지 의구심이 계속 일었다. 그런 복잡한 생각을 하던 중에 안나는 발을 헛디뎠다.

1톤 트럭 앞유리에 떨어져 다행히 충격은 덜했다. 안나는 얼떨떨했다. 지켜보고 있던 네로는 우스운지 놀란 것인지,

그 자리에 우두커니 서 있었다. 안나는 실족으로 떨어진 자신의 초라한 모습을 감추기 위해 앞다리를 들어 위용을 드러내었다.

안나는 더 이상 미련을 두지 않았다. 지금 집으로 들어가면 사르트르에게 가혹하게 린치를 당할 것이다. 성격이 급하고 다혈질이라 며칠을 굶긴 채 세탁기 속에 던져 놓을지도 모르는 것이다. 분을 억누르지 못해서 세탁 버튼을 누르기라도 하면 1시간 넘게 심한 멀미를 참아야 한다는 것도 알고 있었다. 더 이상 폭력의 노예가 되기 싫었다. 참치의 살점과 안락함이 유혹할지라도….

안나는 네로가 있는 쪽으로 걸어갔다. 네로는 여전히 아카시아 꽃줄기를 물고 있었다. 안나를 모른 채 가던 길을 걸었다. 안나는 눈치를 보며 그의 뒤를 종종걸음으로 뒤따랐다. 그렇게 한참을 걸은 후 어느 한적한 공터에서 멈췄다. 아카시아 꽃줄기를 땅바닥에 떨어뜨리기 무섭게 안나에게 달려들었다. 안나는 네로의 급습에 당하고 있었다. 어찌할 도리가 없었다. 정신을 차리고 되받아치기를 할 즈음에 자신이 땅바닥에 꼬꾸라져 있는 것을 알았다. 네로의 억센 앞발이 자신을 강하게 억누르고 있었다.

안나는 돛단배가 거센 파도에 얻어맞아 혼란스러워하는 모습처럼 정신이 혼미했다. 숨도 제대로 쉴 수 없었다. 네로의 앞발은 무겁고 차가운 쇳덩어리였다. 그는 급소를 알고 달려든 것이다. 그래서 과감하고 저돌적이었는지도 모른다. 안나에게는 충격과 비참함으로 다가왔다.

안나는 으르렁거리며 날카로운 발톱을 세우며 저항하려 했다. 발톱의 날카로움이 없었다. 그제야 생각이 난 것이다. 며칠 전에 사르트르가 피가 나도록 깎은 것을…. 고양이에게 가장 훌륭한 무기가 없다면 이미 결과는 정해진 것이다. 그는 계속적으로 몸을 좌우로 흔들며 대항했다. 그럼에도 불구하고 네로는 쓴웃음을 지으며 공격의 우위를 점했다.

안나는 네로의 일방적인 싸움에 더 희생당하기 싫었다. 새로운 전기를 만들어 이빨의 날카로움이라도 보여야 할 것 같았다. 그렇지 않으면 야생에서 살아가야하는 자신의 입지가 불안하리라는 것쯤은 베란다에 갇혀 있었어도 잘 알았다. 한 번쯤 상대방에게 거칠게 대항해서 간담을 서늘하게 해야 한다는 것도 느꼈다. 안나는 바닥에 깔려 있어도 호시탐탐 네로의 자만을 엿보고 있었다. 다소 시간이 지나자 그의 얼굴에서 느슨한 경계가 묻어나는 것을 읽을 수 있었다. 기회가 올 것 같았다. 그래서 힘을 비축해 두었다. 치욕을 되갚아줄 때를 노심초사 기다려야 했다. 인내는 이럴 때 필요하다는 것을 사르트르에게서 익히 배웠다.

때는 멀리 있지 않았다. 네로는 서서히 자신의 위치에서 자만을 즐기고 있었다. 자신의 우월한 모습에 심취해 있다는 말이다. 안나는 그런 모습을 익히 사르트르에게서 본 적이 있었다. 때가 이르렀음을 느꼈다. 네로는 얄미운 표정으로 으르렁거리지도 않았다. 자신보다 열등한 클래스로 여기는 자만의 극치를 보인 것이다. 안나는 그 순간을 놓치지 않았다. 그때 네로의 한쪽 발이 공중에 떠 있어 느슨했다. 안나는 비축해둔 힘을 한 곳에 모아 네로를 강하게 밀쳤다. 네로는 비틀거리며 땅바닥에 쓰러졌다. 마침 그곳에 큼직한 돌멩이가 있어 머리를 강하게 부딪쳤다. 안나는 미적거리면 기회가 달아난다는 것을 알고 있었다. 그래서 분연히 일어나 네로의 목덜미를 물기 위해 입을 크게 벌리고 달려들었다. 네로는 여전히 땅바닥에 쓰러져 있었다.

　하지만 네로는 그렇게 일격으로 무너질 고양이가 아니었다. 그는 길거리에서 나약함으로부터 성장해서 강인함으로 이끈 근성이 있었다. 안나의 회심의 반격도 무겁고 강렬했다. 하지만 못 버틸 정도는 아니었다. 일부러 자신의 허점을 보이며 안나를 끌어들여서 궁지로 몰기 위함이었다. 싸움에서는 기세가 중요하다는 것을 바닥에서 잔뼈가 굵은 네로는 익히 알고 있었다. 꺾인 기세를 한 번에 바꿔야 했다. 그래서 그로기 상태에 빠진 것처럼 보여야했다. 날카로운 이빨과 발톱을 세워놓는 것도 잊지 않았다.

　안나는 이때다 싶었다. 눈을 질끈 감고 억세게 물었다. 공허했다. 이빨에 걸리는 것은 아무것도 없었다. 이빨 부딪치는 소리만 요란했다. 안나가 모호한 표정으로 눈을 떴을 때 네로는 없었다. 그 찰나에 날아오는 것은 네로의 앞발이었다. 바닥에서 벼린 발톱으로 얼굴을 할퀴고 연이어 목덜미를 세게 물었다. 안나는 본능적으로 목을 돌려 간신히 피했다.

안나와 네로는 거리를 두고 으르렁거렸다. 한동안 그렇게 격앙된 표정과 울음으로 서로를 강하게 쏘아보았다. 먼저 경계를 푼 것은 네로였다. 안나는 여전히 경계의 눈초리를 거두지 않았다. 길거리에서 성장한 고양이들의 성품을 대충 알기에 그랬다.

"제법인데, 밥은 굶지 않겠어. 본능은 늘 온순함 속에도 살아있는 것이니까."

네로는 그 말을 하고 땅에 떨어뜨려 놓은 아카시아 꽃줄기를 물고 여유롭게 걸었다. 안나는 그제야 얼굴을 풀었다. 허망했다. 멍하니 서 있을 뿐이었다. 생각해보니 갈 데가 없었다. 네로의 꽁무니만 보고 있을 뿐 따라갈 수도 없었다. 삶이 이렇게 난처한 것인지 혼자 되고 나니 알 것 같았다. 네로는 천천히 멀어졌다. 어느 폐가 쪽으로 길을 잡고 있었다. 그는 멈추지 않고 걸으며 안나 쪽으로 큰소리로 말했다.

"잘 때나 있어? 그렇게 있다가 사르트르에게 잡혀 쌍코피난다."

네로의 마음속에 싹트는 사랑

　네로의 집은 어느 한적한 폐가였다. 기와지붕 위에 켜켜
이 더께가 쌓여 있고, 그 위를 이끼가 원을 그리며 흩어져
서 생장하고 있었다. 기와는 오래되어 견고하거나 정갈하지
는 않았음에도 깨어져 빗물이 새는 곳은 없었다. 그런 대로
전체적으로 아담하고 소박했다. 기와집의 벽은 붉은 황토로
위태롭게 간신히 자리를 잡고 서 있었고, 빗물이 강하게 들
이쳐 군데군데 많이도 패여 있었다. 그래도 집안이 보일 정
도는 아니었다. 허물어지는 과정에 있어도 흉물스럽지는 않
았다. 빈집에서 풍기는 퀴퀴한 습기는 느껴지지 않았고 따
스한 윤기가 대청마루에서 잔잔하게 묻어났다.
　안나는 네로의 꽁무니를 따라 집 앞에서 멈췄다. 안나 자
신도 네로를 따라온 것이 신기하고 이상했다. 하지만 긴장
의 끈은 놓지 않았다. 음모와 술수가 뛰어난 노회한 길고양
이인지라 언제 어떻게 변할지 알 수 없는 것이다. 급변하는
상황이 일어나더라도 몸을 자유롭게 빼낼 수 있게 더듬이
를 민감하게 세우고 있어야 했다. 그런 긴장을 겉으로 드러
내지 않는 것도 힘들었다. 하지만 능욕을 당하지 않기 위해
감당해야했다.
　안나는 한바탕 싸움을 하고 난 후 네로라는 길고양이와의
거리감이 좁혀졌다는 것을 느낄 수 있었다. 내색하지는 않

앉지만 네로도 역시 그렇게 느끼는 것 같았다. 네로의 몰골이 워낙 어둡고 칙칙해서 제대로 된 표정은 드러나지 않았지만 짙은 그림자는 다소 걷힌 것이 분명했다. 타고난 외부의 때깔은 어쩔 수 없었다.

네로는 주위가 아무리 화려하고 아름다워도 태가 나지 않았다. 사람들이 가꾸었던 화단 곁에 앉아도 금낭화의 붉은색 꽃의 덕을 보지 못했다. 원줄기 끝으로 늘어진 현란한 자태가 훤하게 밝혀도 말이다. 반면에 안나는 네로와는 달랐다. 그는 귀한 티가 물씬 풍겼다. 얼굴이 깔끔하고 눈동자도 가지런하고 맑았다.

그런데 이상하게도 둘이 나란히 서 있는 모습이 어울렸다. 서로 어울릴 것 같지 않았음에도 낯설지 않은 것이다. 마치 컬러가 다른 양말을 신었는데도 어색하지 않을 때처럼…. 안나도 네로와의 관계가 오랜 친구 같다는 생각을 어렴풋이 할 정도였다. 하지만 긴장의 끈은 늦추지 않았다. 자신이 새로운 세계에 발을 내딛은 초보자인 것을 잊지 않고 촉각을 곤두세워야 했다.

네로는 집채를 돌아 뒤뜰로 갔다. 땅과는 1미터 정도의 높이에 창이 있어 고양이가 드나들 수 있는 구멍이 은밀하게 나 있었다. 네로가 그곳으로 들어가자 안나도 머뭇거리다가 따라 들어갔다. 사람들이 살았던 집이라 너저분하지는 않았다. 그럼에도 먼지는 많이 쌓여 있었다. 가구는 없고 철봉 모양의 옷걸이만 나뒹굴고 있었다. 한쪽 구석에 네로가 물어다놓은 것인지 두꺼운 옷가지에서 따스함을 느낄 수 있었다. 네로는 물고 온 아카시아 꽃줄기를 그 옆에 소담하게 쌓아놓았다. 이미 그곳에는 말라가는 꽃들이 수북했다. 싱싱함은 잃었어도 은은하면서도 향긋한 향기가 잔잔하게 맺혀 있는 것이다. 네로의 외모와는 잘 어울리지 않았다.

안나에게는 많이 어색한 환경이었다. 깔끔하고 정돈된 곳에서 쾌적하게 생활하다가 풀어져 있는 공간의 무연함이 생소하지 않을 수 없었다. 한편으로 구속되지 않은 일상에 대한 충만함이 넘쳐흘렀고, 그것 때문에 왠지 두려운 마음이 일었다. 익숙하지 않은 사물이 불친절한 모습으로 다가와서 그럴 수도 있었다.

반면에 네로는 그렇지 않았다. 방에 들어와서는 더욱 의연하고 대범하게 행동했다. 교만도 은연중에 내포하고 있었다. 하지만 안나를 함부로 대하는 일은 없었다. 안나와의 치열한 결투가 네로의 성정을 잠재웠을 것이다. 보통내기가 아니란 확신을 심어준 것이 분명했다.

5월이 다가오고 있었다. 따스한 기운이 방안 깊숙이 파고들었다. 폐쇄되어 방안의 공기가 묵직하여 다정하게 다가오지는 않았음에도 은근한 따스함이 안나의 털을 지그시 누르고 있었다. 안나는 갑자기 졸음이 몰려왔다. 고양이에게 낮에 자는 것이 당연한 일이었고, 오늘은 너무 많은 일들이 있었다. 사르트르의 손아귀에서 벗어난 것부터 네로와의 목숨을 건 결투까지 녹록한 일상이 아니었다. 그래서 영육이 몹시 지치고 마음이 들떠있는 것이 당연했다. 그래서 안나는 따스해 보이는 옷가지 위에 몸을 눕혔다.

네로는 그런 안나를 지켜보고 밖으로 나와 창틀에 걸터앉았다. 작은 세살창에 몸을 기대어 해바라기를 했다. 햇살이 길고 곱게 드리웠다. 그는 거의 매일 그 자리에서 숙면을 취했다. 오늘도 마찬가지였다. 그는 혓바닥으로 털을 한참 고른 후에 몸을 길게 늘어뜨리며 투박한 흙벽을 느끼며 눈을 지그시 감았다.

눈을 먼저 뜬 것은 안나였다. 안나는 일어나자 주위를 살피며 네로를 찾았다. 그가 어디에 있는지 알 수가 없었다. 안나는 네로에 대하여 생각하지 않을 수 없었다. 참새에게서 들은 네로와는 다른 것 같았다. 겉모습에서 풍기는 음산하고 눅눅한 것이 모두가 아닌 것 같았다. 좀 시간이 지나고 겪어봐야 알 수 있겠으나 풍문으로 듣던 무자비한 놈은 아닌 것이 분명했다.

그때 밖에서 울음소리가 찢어지게 들렸다. 한가롭게 지저귀는 청아한 목소리가 아니었다. 목숨이 경각에 놓일 때 구원자를 찾기 위해 우는 절규였다. 부끄러움도 체면도 없이 오직 생명을 지키기 위해 우는 것이었다. 안나는 몸을 일으켜 머리를 몇 번 좌우로 흔들며 정신을 차린 후에 밖으로 나왔다. 뒤뜰 감나무 밑에서 네로가 참새 한 마리를 앞발로 강하게 누르고 있었다. 네로 머리 위에도 참새 한 마리가 급하게 날며 울고 있었다. 사르트르 집 베란다에 한 번씩 놀다가 가는 그 참새였다. 안나는 달려들어 네로를 밀쳤다. 네로는 한참을 밀려난 후에 안나를 보고 으르렁거렸다. 그 사이 깔려있던 참새는 빠져나올 수 있었다.

네로는 이젠 안나를 가만두지 않겠다는 듯이 거칠게 울부짖었다. 그리고 서열을 정해야겠다고 마음먹고 거칠게 몰아붙였다. 자신의 공간을 내어주고 눈치를 보며 살고 싶지 않았다. 그 영역은 자기의 세계이기에 그 세계에 들어온 안나를 길들이지 않고는 자신의 위신이 서지 않을 것 같았다. 안나도 허리를 활처럼 강하게 당기며 꼬리를 공중에 세웠다.

"이젠 서열을 정해야겠다. 사사건건 태클을 걸면 힘들잖아."

네로는 긴장을 늦추지 않은 채 말했다. 다소 경직되어 있어도 거리를 호령하는 기백은 넘쳐흘렀다.

안나도 사르트르에게 사육당하고 있을 때는 자신보다 월등한 힘과 머리를 소유한 사람인지라 자신의 목소리를 내지 못하고 소극적으로 살았다. 이젠 대상이 다른 것이다. 그 대상이 같은 족속에서도 자신보다 비루하고 초라한 클래스의 고양이인 것이다. 밀려나면 사르트르에게 당한 모욕보다 더한 것을 받을 것이다. 그래서 물러설 수 없었다.

둘은 엉겨 붙었다. 물러설 수 없는 한판이었다. 이리 몰리고 저리 몰리는 할퀴고 물고를 반복해도 물러서지 않았다. 안나도 싸우면서 이런 투지와 용기가 자신에게 뿜어져 나오는 것에 놀랐다. 네로는 안나의 이런 강한 저항이 달갑지 않았다. 유리병 속의 나약한 다슬기로 남아주기를 바랐는데 강적으로 다가와 자신을 위협하는 것이다. 싸움의 포인트는 네로의 바닥에서의 근성과 안나의 체력이었다. 시간이 지날수록 네로가 불리했다. 사르트르에 의해 철저한 접종과 충분한 영양을 공급받기에 싸우면 싸울수록 무장의 힘이 넘쳐흐르는 것이었다. 더욱이 태생에 대한 자부심도 한몫했다. 네로도 만만찮았다. 길거리에서 생존한 근성이 있어 안나도 쉽게 장담할 수 없었다. 남달랐고 대단했다. 쉬이 끝날 싸움이 아니었다.

그래서 네로는 트릭을 쓰기로 했다. 다소 힘이 빠진 채하며 안나를 자만에 빠뜨려 자신의 타격 공간 안으로 들어오게 말이다. 온실에서 자란 안나에게 통할 것 같았다.

네로는 안나의 넘치는 체력을 받아내어 한방에 찔러 들어가는 방법 밖에는 없다고 생각했다. 그러기 위해서는 안나가 자신의 계책에 넘어가야 하는 것이다. 그것이 쉽지 않았다. 조금이라도 어설프고 서툴러 버리면 아무리 둔한 안나라 할지라도 눈치를 챌 것이다. 그러면 끝이다. 리얼을 보여야 했다.

안나도 네로와 격한 싸움을 하고 있어도 자신의 처지를 되돌아보지 않을 수 없었다. 낯선 환경과 다가올 끼니는 한 번도 생각해 본적이 없었다. 사르트르의 공간에서 마음껏 누릴 수 있었던 것이다. 지금은 네로의 공간에서 그와 삶과 죽음의 경계에서 치열하게 싸우고 있는 것이다. 만약에 싸움을 이겨도 문제다. 서열은 앞설지 모르나 그와 원만하지 않은 관계로 이곳에서 주저앉을 수 없는 것이다. 그때는 떠나야한다. 현실이 고달파진다. 그렇다고 보이게 져줄 수도 없는 것이다. 네로를 더 자극하는 일이다.

안나는 네로의 지친 모습에 내심 겁이 났다. 이렇게 이겨버리면 낭패를 보는 것은 자신이었다. 당황스러웠다. 네로의 꾀라는 것은 생각지도 못했다. 그때 갑자기 날카로운 네로의 앞발이 자신의 얼굴을 사정없이 강타했다. 한참을 밀려났고 충격도 심했다. 타고난 강골이라 짧은 시간에 회복되었다. 하지만 네로는 시간의 여유를 주지 않았다. 이 좋은 기회를 놓치면 지금까지 쌓아온 길거리의 명성도 신출내기에게 짓밟히는 것이었다. 그럼 다른 곳에서 다시 바닥부터 시작해야 하는 것이다.

네로는 안나를 구석까지 강하게 몰아붙였다. 안나는 티나지 않게 밀리는 채 하며 급기야 등을 돌리고 꼬리를 내렸다.

"저녁거리를 놓쳤으니 굶어야겠다."

네로는 담담하게 말하고 방으로 들어갔다.

네로는 안나에게 집을 나가란 말은 하지 않았다. 안나는 구석진 곳에서 안도의 한숨을 쉬었다. 조금 스타일이 구겨지긴 해도 이젠 이슬을 피할 수 있는 집이 생긴 것이다. 실존에 필요한 사냥술만 배우면 될 것 같았다. 아직도 안나에게는 네로가 필요한 것이다.

네로는 두꺼운 옷가지 위에 누워 아까 가져다놓은 아카시아 꽃줄기에 코를 밀착했다. 시들어가는 것이 애처로웠어도 향기는 달콤하고 깊었다. 붉은 장미와는 달리 은은한 미소를 머금게 했다. 순백의 꽃들이 샹들리에처럼 화려하게 주위를 밝혀주지는 않았어도 단아한 맵시를 자아내었다. 그래서 네로는 장미보다 아카시아 꽃을 더 좋아했다.

아카시아 향기가 숨죽인 고요한 물결을 일으키며 수면으로 이끄는 것이었다. 네로의 눈꺼풀이 사르르 감기기를 반복했다. 조금 전의 격렬한 싸움은 찾을 길이 없었다. 많이 긁히고 많이 격앙되어 있었어도 네로의 표정은 가지런했다. 점점 더 깊은 수면으로 내려가는 것이었다. 네로와는 달리 안나는 감나무 곁에 있는 큼직한 돌 위에 앉아 털을 고르고 있었다. 그는 불안하지도 않았고 초조하지도 않았다. 네로와의 관계맺음으로 자신을 옥죄거나 도피하게 만들지도 않았다. 사르트르에 비하면 아무것도 아니었다. 문득 그가 말한 실존이 본질에 선행한다는 말이 떠올랐다. 안나는 이젠 사르트르의 말이 예사롭게 다가오지 않았다.

그때 아까 도망쳤던 참새가 감나무에 날아들었다. 가끔씩 베란다에 날아드는 그 친구였다. 안나는 참새의 이름도 모르고 있었다. 알아야 하는지도 몰랐다. 어디에 사는지 누구와 사는지도 알지 못했다. 더더욱 희망이 뭔지 삶의 가치가 뭔지도 몰랐던 것이다. 사람들이 지어준 참새라는 이름으로 무의미하게 받아들인 것이다. 참새는 자신의 이름이 구피라고 했다. 물에서 사는 화려한 지느러미를 가진 물고기 이름이라고 했다. 어미가 그 화려함에 반해 그렇게 붙였다고 했다.

안나는 생각했다. '상대를 받아들인다는 것은 이름을 인식하고 그 이름이 어떻게 만들어졌는지 묻는 것이구나.' 그것이 선행되어야 한다는 것을 알았다. 그러면 그 이름 곁으로 무형의 이미지들이 하나씩 천천히 모여들어 그 이름의 정체성을 공고히 쌓아올린다는 것을.

안나는 구피가 감사하다는 말을 하지 않은 것이 의아했다. 조금 더 기다리면 얘기할 것이라 생각했다. 시간이 지나도 다른 말만 늘어놓았다. 괘씸하고 섭섭했다. 그래서 우회적으로 네로에 관한 것을 물었다. 그러면 아까 격렬한 전투가 생각날 것 같아서 그랬던 것이다. 눈치 빠른 참새가 그것을 놓칠 리 없었다.

"아까 그 놈은 내 남자친구였어. 일전에 사르트르의 베란다에서도 함께했지. 나쁜 놈이지. 카사노바였어. 처음엔 몰랐지. 잘생긴 외모에 다정다감한 친절을 베풀어서 싫지도 않았고…. 그런데 어느 순간 의심이 들기 시작했어. 그 친절과 대접이 군더더기가 없다는 것이야. 그것은 실전에서 터득한 숙련된 솜씨였던 거야. 그쪽으로 순진한 난 그것을 곧이곧대로 믿었던 것이지. 그래서 나의 방앗간의 촉수를 최대한 펼쳐서 그의 신상을 털어봤지. 형편없는 놈이었어. 쓰레기 중의 쓰레기였어. 하는 수 없이 네로의 힘을 빌린 거야. 다른 방법은 찾기 싫어서…. 그때 끼어들지 않았다면 네로의 싱싱한 식재료가 될 수도 있었는데."

안나는 일의 형편을 알 것 같았다. 무엇보다도 참새의 질투가 무서웠다. 더욱 소름이 돋는 것은 참새가 네로 위에서 지른 절규였다. 연극을 해도 모두 속을 정도로 리얼했다. 그것도 태연하게. 생존에는 무시무시한 음모가 숨어있다는 것을 처음 느낀 것이다.

"그런데 안나는 왜 사르트르의 베란다를 뛰쳐나왔지? 하긴 내가 볼 때도 사르트르와 오래 살 것 같지 않았어. 완고하고 괴팍하며 안하무인이잖아. 그래도 사람들의 세계에서는 유명한 사람으로 알려져 있어. 도저한 학문과 높은 식견을 소유하고 있다고 해. 하지만 그들 세계에서 뛰어났다고 고양이에게 가혹한 잔인함을 드러낼 자격이 있는 것은 아니야. 안나가 사르트르에게 얼마나 많은 웃음과 위안을 안겼는지 모르고 있는 거야."

"넌 모든 것을 알고 있었구나."

안나는 자신이 못나고 창피해서 얼굴이 달아올랐다. 쥐구멍이라도 있으면 숨고 싶었다. 그것도 잠시 뿐이었다. 그는 분홍빛 다알리아를 생각하며 금방 얼굴이 밝아졌다. 그는 예전의 꿈도 없는 고양이가 아닌 것이다. 미래의 뜰에 다알리아가 자라고 있는 것이다.

"그래 사르트르는 잘 있지? 가보지 않았어."

"밖에서 끊임없는 욕설을 들었어. 분을 참지 못해서 캣타워를 격하게 부수고 있었어."

안나는 통쾌하지 않았다. 서글프고 애잔했다. 늘 사르트르의 속박에서 벗어나는 것을 꿈꿔왔음에도 정작 마음은 불편했다. 사르트르와의 동거생활은 짧지 않은 시간이었다. 그 시간 동안 모진 고통과 시련을 당했고, 이젠 그것이 아련하게 보일 뿐이었다. 흐릿한 인상처럼 추억에서 그리움을 품어내고 있었다. 만약에 사르트르가 자신을 잊고 있었다면 안나는 더 없이 화가 치밀었을 것이다. 아직도 사르트르는 안나에 대한 애정이 남아있다는 증거였다.

어쩌면 사르트르 자신도 희생자일지 모른다. 반짝이는 눈망울을 가진 채 태어나 세상의 빛을 보기도 전에 증오를 품은 아빠 엄마를 본 것이다. 그것도 반복적으로 싸우는 불협

화음 속에 방치되어, 젖을 빨면서도 늘 분노를 억누르지 못해 발그레 달아오른 엄마의 격하고 온화하지 못한 얼굴을 대면하면서 사랑을 키웠을 것이다. 사랑은 원래 저런 증오를 품은 얼굴인가. 빨고 있던 모유도 달콤하지 않았을 것이리라. 그것으로 끝나지 않았을 것이다. 아빠는 술이 취해 젖먹이는 엄마를 억세게 때렸을 수도 있을 것이다. 엄마는 온몸으로 자식을 보호하며 고통의 신음을 참으려 많이도 얼굴이 일그러졌을 것이다. 그것을 보고 자란 사르트르는 안나를 웃으며 폭행했을 것이다.

구피는 날아가버렸다. 안나는 방으로 들어가 네로에게 용서를 구하고 싶었다. 그런 사정도 모르고 참견한 것이다. 네로는 안나가 들어오는 소리에 눈을 가늘게 떴다가 이내 감았다를 반복했다. 안나를 의식하고 있으면서도 피곤에 제대로 몸을 가누지 못했다. 안나에 대한 경계를 늦추었다는 말도 되었다.

"미안했어, 사정도 모르고."

네로는 간신히 눈꺼풀을 밀어 올리며 안나를 초점도 없이 멍한 상태로 바라봤다. 그냥 먼 산을 바라보듯이 의미 없는 표정이었다.

"조금 눈을 붙이도록 해. 그래야 밤에 생쥐 사냥을 하지."

안나는 네로 곁으로 가서 몸을 뉘었다. 안나는 자신도 모르게 눈이 스르르 감기는 것을 느꼈다. 네로에 대한 긴장이 느슨해진 것을 느끼며. 네로는 안나가 깊은 잠의 수렁에 빠져 고른 숨소리를 내며 온화한 표정을 짓자 눈꺼풀을 천천히 밀어 올렸다. 잠은 일찌감치 도망가서 꼬리를 감추고 있었다.

네로는 몸을 길게 늘어뜨리며 스트레칭을 했다. 자신을 지키는 생활의 시작이었다. 유연한 몸을 유지하고 근육을 이완시키는 것은 고양이들에게는 가장 중요한 것 중에 하나였다. 날랜 몸을 이용해 먹이를 낚아채어야 계속 다가오는 하루를 이어갈 수 있기 때문이다. 실존의 바다에서는 언제 어디서나 상어가 나타날지 모르는 일이다. 네로는 몸으로 그런 것을 부딪치고 헤쳐나왔기에 시간만 나면 유연성 운동을 했다.

그리고 네로는 밖으로 나와 감나무를 올랐다. 풍성한 잎사귀가 그늘을 만들어 저물어가는 햇살을 피할 수 있었다. 네로는 나무를 잘 탔다. 표범의 날렵함은 없었어도 어설프게 나아갈 수는 있었다. 그는 나뭇가지 중간쯤에 앉아 망중한을 즐겼다. 그는 그 속에 혼자 있는 것을 제일 좋아했다. 편하고 자유로웠다. 바람이 나뭇잎을 서걱거리면서 귓가에 맴돌면 낙원에 있는 것처럼 온유한 미소를 머금었다. 네로의 표정에서 가장 어색한 것인지도 모른다. 그 순간만은 후덕하게 보였다.

가끔씩 네로는 굵지 않은 가지에 앞발을 이용해 오래 매달리기를 했다. 턱걸이도 몇 개 했다. 근력을 키우는 데는 꾸준히 하는 것이 중요했다. 네로의 장기 중에는 가지에 꼬리를 걸어 매달리는 것이 가장 훌륭했다. 그러면서 잠도 청할 수 있었다. 꼬리 근육이 유달리 발달해서 그렇다. 네로는 그것에 대한 아픔이 크고 깊었다.

네로가 아주 어릴 때의 일이었다. 포는 네로의 주인이었다. 그는 습관적으로 알콜을 섭취하면 네로를 원숭이로 착각했다. 아니다. 우겼다는 편이 옳은 표현일 것이다. 그러면 그날 네로는 높다란 목련나무 가지에 매달리는 것이다. 끈끈한 테이프로 꼬리를 감긴 채 말이다. 빠져나갈 수 없었다. 포우는 그것으로 끝나지 않았다. 사료 대신 바나나를 가지에 매달아놓고 먹으라고 했다. 네로는 꼬리에 체중을 감당해야했기 때문에 정신을 다른 곳에 둘 수 없었다. 가지에 핀 목련꽃을 보는 것도 짜증이 날 정도였다. 일 초 일 초가 고통의 순간들이었다. 포는 곁에서 낑낑대는 모습을 보며 흐뭇한 미소를 지었다. 어른 주먹보다 작은 새끼 고양이는 그 미소에 질려 혼절하곤 했다.

네로는 어린 시절을 그렇게 보냈다. 그런 행위가 반복적으로 일어나자 몸의 시스템이 바뀌는 것이었다. 앞발과 뒷발에 붙은 볼만한 근육은 가늘어지고 꼬리는 통통한 어린아이의 팔뚝처럼 변하는 것이었다. 어느 순간에 테이프를

떼어내어도 꼬리 자체의 힘으로 온몸을 지탱할 수 있었다. 이제 네로는 원숭이의 꼬리를 가진 것이다. 자유자재로 가지를 옮겨 다닐 수도 있었다. 이상한 것은 그 보기 싫은 바나나도 맛있다는 것이었다. 그래도 야생에 뛰어다니는 생쥐보다는 못했다.

네로는 예전부터 안나의 비참한 삶을 알고 있었다. 그래서 자신의 품에 받아들인 것이다. 과거의 자신과 닮은 모습으로 살아가는 안나가 측은하고 가엾었다. 그래서 격동시키고 아픈 곳을 찌른 것이다. 하지만 그것때문만은 아니었다. 잘생기고 몽글몽글한 모습에 마음이 많이 움직인 것도 있었다. 촘촘하고 가는 가슴 털에 바람이 일렁거리면 아스라한 꿈 같았다. 더욱이 안나의 남성적인 근육은 걸음걸이를 더욱 늠름하게 했고 넘치는 젊음을 발산했다. 그 향취가 자신을 편안하고 안정되게 했다.

네로는 흐뭇한 미소를 머금고 저녁노을 속으로 시선을 떨구었다. 송아지 목덜미처럼 엷은 색채가 유순해 보였다. 구름 속에 핀 노을은 더욱 밝고 온화하며 따스해 보였다. 그 사이에 새떼들이 날았다. 울지 않고 엄숙하게 날갯짓했다. 바람도 없이 고요했다. 네로는 눈을 감고 움직이지 않았다. 엄숙하고 깊은 명상으로 접어들었다. 내밀하게 깊은 유영을 했다. 초원을 걷고 있었다. 꽃들도 울긋불긋 다채롭게 숨죽이고 있었다. 사위는 정지했다. 어느 순간 저 멀리 아득하

고 고요한 곳에서 뭔가 다가왔다. 들개보다는 작고 사막여
우보다는 큰 고양이었다. 안나….

세상 밖으로

안나와 네로는 혼곤하게 자고 있었다. 새벽안개가 내릴 즈음에 둘은 잠자리에 든 것이다. 밤 동안, 안나는 네로를 따라다니며 밤의 정령들을 깨우지 않고 사냥하는 법을 배웠다. 그들은 미물들을 괴롭히는 얄궂은 취미들이 있어 신경을 쓰지 않을 수 없었다. 큰소리를 내지 않고 까치걸음으로 움직여야 했다. 수염으로 다가오는 묵직한 밤의 기운에 귀를 기울여야 했다. 네로는 밤을 숭상해야만 가능한 일이라고 했다.

그 위세를 떨치는 밤의 정령도 새벽안개가 다가오면 천천히 사라지는 것이다. 어둠이 기생하는 다른 곳으로 가서 또 장난질을 치는 것이다. 그곳은 그들의 우두머리가 인솔했다. 새벽안개는 그들을 밀어내는 힘이 있었다. 교묘하고, 은근하고 차가운 근력이 있는 것이었다.

안나와 네로는 옷가지 위에 다정하게 누워있었다. 일정하게 일렁이는 호흡이 가늘고 길었다. 안나 가슴 아래로 네로가 새근거리며 자고 있었다. 가지런하게 벗어놓은 털신 같지는 않았다. 하지만 알뜰하고 다정한 잠을 자는 것은 분명했다.

햇살이 방안 깊숙이 파고들 즈음에 새벽안개도 천천히 자취를 감춘다. 앞서거니 뒤서거니 갈피를 잡지 못하고 꽁무니를 빼는 것이다. 차갑고 냉정한 위세는 어느 때부터 초라하고 나약하기 그지없었다. 건강한 청년이 갑자기 초로에 접어든 것처럼 말이다.

네로는 뜰의 시끄러운 소리에 먼저 눈을 떴다. 사람들이 부산하게 움직이고 있었다. 네로는 빠른 움직임으로 안나를 깨웠다. 안나는 경황이 없는 모습으로 머리를 흔들며 네로의 눈빛을 놓치지 않았다. 그제야 안나는 뜰에서 들리는 소음을 들을 수 있었다. 그들은 빠르게 일어나서 구멍으로 빠져나갔다.

그와 동시에 사람들은 문을 밀치고 청소기를 돌렸다. 뜰에서는 예초기 돌아가는 굉음에 어수선했다. 안나와 네로는 뒤뜰 양지바른 곳에서 상황을 주시할 뿐이었다. 그때 구피가 날아들었다. 반쯤 찢어진 종이를 물고 위태위태했다. 자신의 덩치보다 큰 것이었다. 그것을 안나 앞에 물어다놓았다.

"사람들은 희귀한 생명체지. 함께 있을 때 잘 해야지 떠나고 없을 때 후회한다니까. 사르트르 말이야. 어제 해질 무렵에 이것을 전봇대에 붙이지 않겠어. '안나를 찾습니다. 사례는 충분히 하겠습니다.'"

안나는 찢어진 종잇조각을 뚫어지게 쏘아보았다. 처음 보는 자신의 사진이 낯설게 느껴졌다. 둥근 얼굴에 접힌 양쪽 귀, 원을 그리며 가늘게 늘어뜨려진 하얀 수염, 미간 사이에 검은 털실 같은 무늬가 뻗어나가는 움직임, 눈이 부시도록 하얀 앞가슴 털, 그리고 먼 곳을 응시하는 몽환적이고 부리부리한 눈. 스코티시폴드 세계에서 원하고 지향하는 얼굴이었다. 대장부의 이상적인 외모였다. 자신이 들여다봐도 시원하고 믿음직스러웠다. 희미한 미소마저 감돌았다.

안나는 사르트르를 생각했다. 쉽게 자신을 잊고 자신과 비슷한 클래스의 고양이를 분양받을 것 같았으나 의외였다. 평소에 차갑고 광포한 언행 뒤에 숨겨진 한줌의 인의를 내보이는 것이었다. 본래 그는 악마적인 행동을 하면서도 순수한 마음을 숨기고 있었는지도 모르는 일이었다. 그것을 드러내기가 쑥스럽고 부끄러웠는지도, 아니면 자존심이 허락하지 않았는지도⋯. 늘 불행하고 답답한 삶의 지겨움이 외피를 더욱 단단하고 두껍게 만든 것인지도 모르는 일이었다.

안나는 사람들을 의뭉스러운 생명체라고 생각했다. 솔직하지 않았고 자신들이 만든 껍데기에 숨는다고 생각했다. 사회적인 지위에 숨고, 학위에 숨고, 돈에 숨었다. 하지만 고양이들은 달랐다. 즉각적으로 자신의 잘못을 인정하고 느끼며 용서를 구했다. 그것이 성숙한 정신을 드러내는 우등한 방식이라고 족속들은 이미 알고 있는 것이었다. 오직 사람만이 진실을 왜곡하는 재주를 가지고 있었다.

안나는 사르트르에게 연민을 느끼면 안 된다는 것을 이젠 안다. 야생의 피가 흐르는 고양이에게 집착은 죽음으로 이어지는 것이다. 생각을 단순하게 하고 정갈한 몸가짐을 평소에 하지 않으면 적으로부터 공격의 빌미를 제공하게 된다는 것도 안다. 망각으로 잡념을 이끌어야 한다는 것 또한 안다. 하지만 단숨에 기억 속에 존재하는 것을 도려낼 수는 없지 않은가. 네로의 가르침이 있어도 말이다.

어젯밤 안나는 네로에게서 고양이의 율법을 배웠다. 길거리에서 형성된 일회적인 화두가 아니라 고양이 조상으로부터 전해 내려오는 것이라 했다.

· 연민하지 마라.
· 기회가 오면 과감하라.
· 먹이는 쟁여놓지 마라.
· 먹이 이외의 살상은 금지한다.
· 고양이 최대의 적은 사람이다.
· 명상으로 하루를 정화하라.

네로는 그것을 안나에게 주지시켰다. 율법만 제대로 지키면 고양이 족속에서 인정을 받는다고 했다. 공명을 얻을 수도 있고 부와 명예를 누릴 수도 있다고 했다. 그럴 일은 없겠으나 네로 자신이 율법을 깨우쳐준 고양이가 율법을 어기면 끝까지 찾아서 응징한다고 했다. 그것이 고양이의 전통이라고 했다.

안나는 모든 것이 새로웠다. 사르트르와 함께할 때는 '실존이 본질에 선행한다.'는 말밖에 듣지 못했다. 사람들은 다른 족속이라 고양이의 삶을 모르는 것도 당연했다. 하지만 사르트르의 말 속에는 고매한 인품은 어디에도 없었다.

'명상으로 하루를 정화하라.' 그 얼마나 엄숙하고 지고지순한 행위란 말인가. 고양이에게 자기성찰은 혈관 속에 흐르는 피와도 같은 것이다. 숭고하고 거룩하며 온유한 것이다. 네로는 그렇게 말했다.

구피는 지붕 위를 비행했다. 몸집이 작아 민첩하게 움직이며 사람들의 동태를 살폈다. 몇 바퀴를 돌아 지붕에 앉더니 어느새 감나무 가지 위에 앉았다. 그러고는 부정적인 말을 내뱉었다.

"눌러앉을 것 같아. 안식처를 잃게 생겼어."

네로는 정이 많이 든 집이었다. 포의 손아귀에서 벗어난 후 두 번째 터전이었다. 기와집이 투박하고 낡았으나 은근하게 따스한 느낌을 던져주곤 했다. 추위와 비를 피하기에는 안성맞춤이었다.

이곳에 정착하기도 쉽지 않았다. 길고양이 입장에서는 불청객일 뿐이었다. 엄연히 제거해야할 존재인 것이다. 네로는 어릴 적부터 포의 품에 살았기에 야생의 룰을 모르고 있었던 것이다. 각자 맡은 구역이 있고 그 안에서 먹이를 얻을 수 있다는 것도 처음 안 것이다. 뭇 고양이들의 도전을 받아내어야 했다. 한눈팔다가 발을 헛디디면 다른 지역에 가서 다시 생존의 투쟁을 해야 하는 것이다. 네로는 그것이 싫었다. 그래서 마음을 단단히 먹고 하나씩 꺾어 버릴 수밖에 없었다.

길고양이들은 거칠고 사나웠다. 그럼에도 불구하고 네로가 모두 제압할 수 있었던 것은 비장의 무기가 있었던 것이다. 다른 고양이에게 없는 긴 꼬리의 굳셈이 그것이다. 네로는 한 놈씩 은밀하게 다가가 긴꼬리로 목을 졸랐다. 보통 자고 있을 때 행한 일이다. 비겁했을지라도 길고양이 전체를 상대할 수 없는 일이다. 만약에 그랬다면 지치고 상처를 많이 입어 회복이 불가능했을 것이다. 선천적으로 네로는 그런 꾀를 가지고 태어났다.

모든 일은 네로의 의도대로 되었다. 거칠고 사나웠던 길고양이들이 차츰 네로를 인정하고 받들었다. 네로의 재주와 지혜를 가까이서 배우고 싶어 했다. 하지만 네로는 쉽게 마음을 허락하지 않았다. 그래도 길고양이들은 네로에게 다가가려고 무던히 애를 썼다. 그런 와중에도 네로는 거리를 뒀다. 자신을 지키기 위해서는 그들과 거리를 두고 이해해야 한다는 것을 이미 알고 있었던 것이다. 외모와 때깔이 그들과 별 차이가 없어 특별한 재주가 있어야 그들의 우두머리 노릇을 오래 지속할 수 있다는 것을 알고 있었기 때문이다.

그것을 보편적으로 끌어내어 버리면 자신의 신비는 경감되는 것을 알고 있었다. 네로는 하나씩 천천히 보여줘서 우상화 작업을 계속했다. 길고양이에게는 고급 정보와 충분한 지식이 부족했다. 네로는 그것에는 자신이 있었다. 그는 사람들의 언어를 듣고 볼 수 있었다. 그런 특별한 재주가 있다는 것을 길고양이에게 일일이 얘기하지 않았다. 그것이 이 세계를 살아가는 룰이다.

아무리 초라하고 보잘것없는 관계일지라도 그 속에는 생존의 비밀과 지혜가 있기 마련인 것이다. 네로는 그것을 이미 알고 있는 것이다. 포와 관계도 그랬고 안나와의 관계도 그랬다. 다가오는 무수한 관계도 그럴 것이다.

안나도 당황스럽기는 매한가지였다. 늘 사람들은 고양이에게 도움이 안 되는 족속인 것이다. 자신들이 동의도 구하지 않고 말을 듣지 않으면 힘과 폭력을 행사하는 것이다. 잔인한 삶의 연속이었다. 그 속에서 무던히도 노력하고 인내했음에도 사람들은 무도하고 무가치한 행동을 일삼았다. 더욱이 타고난 너그러운 천성으로 잊으려 해도 모든 것이 허사였다. 서로 다른 족속 사이에 틈이 너무 많이 벌어진 것을 이제 안 것이다. 그렇다고 사람들과 등을 지고 살 수는 없는 것이다. 신이 고양이를 창조했을 때는 사람들과 사이좋게 의지하며 살기를 바랐을 것이다.

늘 고양이는 사람들에게 눈치를 보며 쫓겨 다녀야 하는

가. 고양이는 고양이로서 존중을 받으면 안 되는 것인가. 공존의 안녕은 요원한 것이란 말인가. 안나는 생각이 거기까지 이르렀다.

그때 네로는 뜰이 있는 쪽으로 걸었다. 예초기 소음이 여전했다. 주위에는 풀이 날리고 모래와 돌이 튀었다. 네로는 사람들의 눈을 피해야 하는 것을 알고 있었다. 아이들이나 어른들이나 자신의 몰골을 보면 돌멩이부터 던지는 것을 알고 있기 때문이었다. 그래서 알아서 몸을 낮추고 경계의 눈초리를 버리지 못하는 것이었다.

뜰이 아수라장이었다. 땅바닥에 몸을 낮추고 꽃을 피우는 흰민들레는 종적을 감추고 없어졌다. 예리한 칼날에 산산이 부서졌을 것이었다. 장마철에 수수한 연분홍 꽃을 피우는 개망초도 토막이 나서 애처롭게 나뒹굴고 있었다. 네로가 제일 예뻐하는 흰가시엉겅퀴는 뿌리째 뽑혀 어디론가 사라지고 없었다.

네로는 하늘이 무너지는 것 같았다. 뜰에 핀 꽃들은 자신에게 늘 위안을 주며 일일이 말을 걸어주었다. 때때로 네로가 초라한 자신의 몰골을 비관적으로 생각하면 민들레는 홀씨를 하늘에 흩어 기쁘게 해주었다. 울타리 곁으로 무성하게 자라는 봉숭아는 개구쟁이처럼 네로가 옆으로 지나가면 씨주머니를 터뜨려 깜짝 놀라게 했다. 그리고는 아무렇지도 않은 표정으로 우두커니 서 있었다.

54

"사람들은 함께할 수 없는 족속이야."

구피는 네로의 기분에는 아랑곳없이 무심결에 말을 던지고 먹이를 찾고 있었다. 어수선한 뜰 상공을 자유자재로 날며 전체적인 상황을 파악하고 있었다. 그러다가 급선회하며 착지했다. 풀씨였다. 구피는 땅에 떨어진 먹이를 쪼아 먹었다. 평상시에는 네로의 차가운 시선에 얼씬도 못하는 곳이었다. 사람들이 뜰을 짓밟아버리자 참아왔던 식탐을 드러내는 것이었다. 네로는 구피가 얄미웠다.

모든 기계음이 멈췄다. 순간 정적이 감돌았다. 안나는 네로가 서 있는 쪽으로 갔다. 가지에서 떨어지는 나뭇잎처럼 바싹 마르고 애처로워보였다. 네로는 상실감에 어쩔 줄을 몰라 했다. 분노와 비애가 눈가에 어려 있었다. 초라하고 측은했다.

안나는 네로에게 위로의 말을 던질 수가 없었다. 그래서 네로의 목덜미에 자신의 고운 머리털로 부볐다. 동시에 긴 꼬리를 이용해서 온몸을 어루만져 주었다. 혀로는 눈가에 맺힌 끈끈한 눈물을 핥아주었다.

안나는 네로에게 뜰에서 자생하는 꽃들이 어떤 의미인지 아는 것이다. 자신의 자존감을 공고히 해주는 위안처인 것이다. 거리의 우두머리로 올라섰어도 외롭고 고독한 것은 매한가지인 것이다. 그럴 때면 뜰을 거닐며 민들레씨에 얽힌 소박하고 애절한 이야기를 들으며 자신의 처지를 잊을 수 있었을 것이다. 더욱이 달빛에 비친 금낭화를 보며 수수한 아름다움을 만끽하며 짝짓기 상대를 그리고 있었는지도 모른다.

사람들은 뜰 가장자리에서 신문지와 박스에 불을 지폈다. 거침없는 화염 속으로 부러진 나뭇가지며 이불로 쓰던 두꺼운 옷가지며 잠자리 곁에 둔 드라이플라워며 마구 집어서 던졌다. 불은 살아있는 생명체처럼 번잡한 소리를 지르며 활발했다. 보이지 않는 공기를 태우며 거센 춤사위를 드러내는 것이었다. 어쩌면 불도 밝고 화려하며 용맹해보일지라도 생존의 끝에 다다른 절박한 몸짓인지 모른다는 생각을 안나는 했다. 선량한 공기를 먹이 삼아 매캐한 연기를 발산하면서 살아야하는, 어쩔 수 없이 피할 수 없는 삶인지도. 그래서 짧고 굵게 피었다 지는 것인지도….

그런 와중에 여전히 구피는 풀씨를 찾고 있었다. 꺾인 꽃이며 풀을 여린 발톱으로 밀어내며 오직 먹이만 찾고 있었다. 안나도 구피가 얄밉고 거추장스럽게 보였다. 기절할 정도로 앞발로 강하게 까버리고 싶었다. 그때 참다못한 네로가 구피에게 달려들었다. 누르고 또 누르고 있던 분노를 구피에게 집중했다.

구피는 먹이를 찾느라 여념이 없었다. 까치가 오기 전에 빨리 배를 채워야했다. 재수 좋으면 곤충도 몇 마리 건질 수 있었다. 오늘이 그날인 것 같았다.

구피는 마지막으로 곤충을 먹을 즈음에 불길한 것이 다가오는 것을 느꼈다. 갑자기 묵직한 어둠이 들소처럼 달려드는 것을 느낀 것이다. 타고난 감각으로 몸을 살짝 비틀지 않았다면 두 번 다시 하늘을 날지 못할 뻔했다. 네로였다. 뜰은 혼란스러웠다. 그때 한 사람이 불붙은 부지깽이를 던졌다. 네로는 부지깽이에 허리를 강하게 맞았다. 순간 털 그을리는 냄새와 아픔이 몰려와서 순간 주춤거렸다. 그때 구피는 도망칠 수 있었다.

한때의 소란이 지나갔다. 사람들이 피운 불은 기운을 잃어가고 있었다. 용맹하게 보이던 불길도 어디론가 사그라지고 없는 것이다. 대신 매캐한 연기가 그 자리를 차지했다. 낮고 음험하게 집안 구석을 훑고 머물러 있는 것이다. 안개처럼 수분을 품고 있지는 않았다. 그래서 가벼웠다. 구피의 행보와 닮아 있었다.

네로는 허탈감에 빠져 있었다. 안나는 그런 네로에게 삶의 이정표를 만들어 주고 싶었다. 하지만 마음뿐이었다. 왜냐하면 안나는 갇혀만 있었기 때문에 배우고 익힌 것이 없었다. 삶의 연륜과 지혜도 없는 것이다. 그래서 확실한 좌표를 설정해 줄 수가 없었다. 위로하기도 쉽지 않았다. 네로의 입장에서는 안나가 곱게 양육되어 인정하지 않았다. 섣부른 충고와 위로는 오히려 독이 될 것 같았다.

"세상 밖으로 떠나면 되는 것이지."

구피는 시무룩하게 말했다.

구피는 어수선한 깃털을 부리로 애써 펴보았다. 된서리를 맞아 그런지 깃털의 날이 제대로 세워지지 않았다. 먼지 구덩이에 뒹굴어서 윤기도 없었다. 우울한 가운데 자신도 모르게 던진 말이었다.

"내가 방앗간에서 들은 얘기인데. 세상 밖으로 통하는 길이 있다고 해. 그곳에는 실존에 대한 저항도 없고 본질이 우선시된다고 했어. 차별도 없고 싸움도 없다고 했어. 먹이도 자신이 원하는 대로 먹을 수 있고 자신이 원하는 상대와 짝짓기도 할 수 있다고 했어. 그곳을 찾아 떠나면 되지 않겠어?"

안나도 네로도 귀가 솔깃했다. 처음 듣는 얘기였다. 하지만 구피의 얘기가 일리가 없는 것은 아니었다. 방앗간은 세상의 모든 얘기가 모이는 곳이었다. 그곳에서 유통되는 얘기는 거짓도 많았으나 옳은 것도 많았다.

안나와 네로는 서로 눈이 마주쳤다. 깊은 비탄 속에서 한줄기 빛이 스미는 것을 인식했다. 그러고는 어느새 충만한 빛을 머금었다. 새로운 세계에 대한 두려움은 없어 보였다. 미지에 발을 내딛는 설렘도 없어 보였다. 다만 지금 이 순간을 벗어날 수 있는 작은 희망의 빛이 머물고 있었다.

안나와 네로는 각자 속으로 말했다.

'세상 밖으로 내달려보자.'

고양이 신을 모시는 소녀

흔들리는 화물차 속에서 안나는 잠시 꿈을 꿨다. 처음 타보는 화물차였으나 차멀미가 나거나 머리가 어지럽지 않았다. 편하게 도로의 변화에 따라 유연한 몸놀림으로 이어지는 것이었다. 그래서 햇살을 받으며 달콤한 잠 속으로 빠져들 수 있었다. 꿈은 짧았지만 강렬했다.

안나는 사막을 거닐고 있었다. 햇살은 투박하고 거침없었다. 건조해서 습기는 없고 사막을 관통하는 모랫바람도 잠잠했다. 안나는 창이 긴 모자를 쓰고 햇살을 간신히 막아내고 있었다. 걸으면 걸을수록 땀은 흥건했으나 불쾌하지는 않았다.

안나는 한참을 걸었을 것이다. 사막은 삶도 없고 죽음도 없는 것 같았다. 그 매듭을 찾기란 여간 쉽지 않았다. 온통 붉은 모래만 사위를 감싸고 있어 그럴 것이다. 생존하는 숨결이 뜨거운 태양과 뜨거운 지열에 고립되어 애매한 자리에 놓여 있어 그럴 것이다.

그때 태양도 지평선을 넘고 있었다. 사멸하는지 생존하는지 알 수 없는 모습이었다. 안나는 그 모호한 곳에 있었다. 안나는 걸음을 멈추고 문득 사라지는 태양을 보고 우두커니 서 있었다. 밤이 빛의 입자들을 천천히 거두어들이는 것이었다. 거대한 밤의 아가리는 보이지 않았으나 사막을 온통 채운 빛의 알갱이들은 서서히 어느 한곳으로 사그라지는 것이었다. 소멸하는 그 먼 곳에서 이상한 형체가 조금씩 보이는 것이었다. 가물거리는 아지랑이처럼 흐릿하고 모호했고, 밤이 다가오자 더욱 또렷해지는 것이었다.

피라미드였다. 거대하고 웅장한 것이 사막을 짓누르고 있었다. 안나는 밀짚모자를 벗고 시선을 피라미드 표면으로 천천히 옮겼다. 거칠고 황막했다. 그래도 몸체는 건장하고 단단해 보였다. 위로 올라갈수록 건물은 좁고 예리한 각을 만들었고 위태로워 보이지는 않았다. 잘 다듬어 놓은 모델처럼 늘씬하고 가지런했다. 그렇게 꼭대기까지 닿았다. 높아서 명확하게 보이지 않았으나 그곳에 동물의 형상이 있었다. 분명 스핑크스는 아니었다. 그렇게 무섭고 기괴한 모습을 하고 있지도 않았다. 귀엽고 우아한 자태가 멀리서도 흐릿하게 보였다. 그때 갑자기 유성이 피라미드 위를 엄청난 빛을 뿜으며 가로지르고 있었다. 그 찰나에 안나는 피라미드 꼭대기에 있는 동물의 형상을 또렷하게 본 것이다. 구피가 물고 온 종이쪽지 안에 있는 모습을 닮아 있었다. 안나자신이었다.

201호 생수 아저씨의 화물차가 요철을 만나 많이 흔들렸다. 안나는 그 충격으로 꿈결에서 깨어났다. 곁에는 네로가 있었다. 네로는 생수통 사이로 빠르게 보이다가 사라지는 세상의 여러 모습을 유심히 보고 있었다. 걱정이 섞인 표정이었다. 다가오는 내일이 부담스러운 것이 역력했다. 하지만 안나에게는 그런 모습은 보이지 않았다. 잠이 덜 깬 표정일 뿐 두려운 기색은 찾을 수 없었다. 그 대신 미래에 대한 갈구와 향기를 담아내고 있었다. 신대륙을 찾아 떠나는 콜럼버스의 눈동자와 다르지 않았다.

네로는 생활력이 강했다. 자신이 손수 먹이를 잡아 삶을 꾸려나가는 건실한 사냥꾼이었다. 그렇다고 남의 집 부엌에 있는 고등어를 그냥 지나치지 않았다. 기회가 오면 날렵한 몸놀림으로 잽싸게 물고 달아났다. 고양이가 사람의 양식을 훔치는 것도 사냥의 일부분인 것이다. 사냥술에는 직접적인 사냥이 있고 간접적인 사냥이 있는 것이다. 훔치는 것은 간접적인 사냥에 속했다.

네로는 알고 있었다. 이제 안나도 자신의 사냥에 의존해야 한다는 것을. 예전보다 먹이를 훨씬 더 많이 구해야 한다는 것도. 하지만 그런 부담감보다도 안나와 함께하는 것이 더욱 자신의 삶을 풍성하게 한다는 것을 알고 있었다. 더욱이 자신이 자랑스럽기까지 한 것 같았다. 안나 곁에 머물며 그와 삶의 부스러기를 나누는 것이….

안나도 걱정은 되었다. 그 내용과 질이 다를 뿐이었다. 그는 생활에 필요한 단순한 것에는 관심이 없었다. 네로가 말하는 율법과 세상 밖의 통로를 찾는 것이 우선이었다. 그곳에는 우아한 분홍빛 다알리아가 있을 것이다. 그것이 삶의 지표처럼 어느 순간 심중에 우뚝 솟아있는 것이다. 네로는 아직도 그것을 모르고 있었다. 사르트르에게 사육된 철부지 집고양이로 생각하고 있었다. 서서히 보여줘야 했다. 어쩌면 네로도 세상 밖으로 내달리고 싶었던 것이다. 그렇기 때문에 함께 생수차를 탄 것이다. 다만 겉으로 내색하지 않았을 뿐. 네로는 속내를 말하지 않는 것이 매력이라고 생각하는지도 모른다. 암놈의 천성이 그렇듯이 말이다.

201호 아저씨는 운전을 안전하고 유연하게 했다. 화물차의 끄트머리에 기대어 있어도 그렇게 심하게 쏠리지는 않았다. 정해진 거래처에 익숙한 몸놀림이 자연스러운 운전을 가능하게 했다. 노련한 뱃사공이 물길을 몸으로 느끼며 나아가듯이….

"고양이 신을 모시는 사람이 있는 곳을 알아냈어. 그 사람은 세상 밖으로 통하는 출구를 알고 있을 거래. 생수 아저씨의 거래처 중에 한 곳이래. 저기 저 산을 넘으면 바로 있다고 해."

구피는 거들먹거리며 말했다.

안나와 네로에게는 훌륭한 정보였다. 하지만 네로는 아직도 분이 풀리지 않은 표정이었다. 구피도 미안한 생각은 없지 않았으나 내색하지 않았다. 참새들은 늘 자신의 행동을 정당한 것으로 생각하는 습성이 있었다. 그게 약하고 눈치를 많이 보는 참새의 생존 방식이었다. 어떨 때는 뻔뻔하고 정서가 메말라 보였다. 그래도 할 수 없는 것이다.

구피는 달리는 화물차에서도 밸런스를 잘 잡았다. 방금 도착해서 정보력을 펼치고 날개를 펼쳐 보이며 뽐내는 것이었다. 안나는 구피의 능력을 추켜세워 주고 격려하는 것을 잊지 않았다. 네로도 정보는 반가웠다. 그 출처는 정확하게 짚을 수는 없었으나 어딘가 구린내가 풍기는 것을 맡을 수 있었다.

네로와 구피는 싫으면서 질기게 붙어 다녔다. 안나는 그것이 의아했다. 서로에게 도움이 되지 않고서는 힘든 일이었다. 그렇지 않으면 서로의 약점을 알고 있을 수도 있었다. 가장 숨기고 싶은 약점을 알면서도 전략적으로 덮어주는 관계….

화물차가 가파른 경사를 오르자 엔진 소음이 진하고 깊었다. 가면 갈수록 길가의 건물들이 드문드문 서 있었다. 산의 허리를 절개해서 만든 길은 여리하게 굽어서 나아갔다. 곡선이 더 잘 어울리는 산길이었다. 대기는 한낮의 에너지를 깊게 품고 있었으나 오래되고 늙고 굵은 소나무들이 그늘을 만들어 밀쳐내고 있었다. 안나는 서늘한 바람을 온몸으로 느낄 수 있었다. 청량하고 신선했다. 후줄근한 도심의 열기와는 사뭇 달랐다. 안나는 상쾌한 기분이 계속 밀려들었다. 그런 모습을 보고 있는 네로는 다소 위축되어 있었다. 네로는 아직 세상 밖으로 나와서 자신의 참모습을 본 적이 없었다. 조그마한 마을 길거리를 누비며 큰소리를 친 것이 다였다. 그래도 의연함을 잃지 않으려 애썼다. 그럼에도 꾀죄죄한 얼굴은 불안이 깊게 드리워져 있었다.

화물차가 갑자기 브레이크를 잡았다. 속도가 있어 화물차가 다소 밀렸다. 안나와 네로는 앞으로 급하게 쏠렸다. 구피는 생수통 케이스 속으로 고꾸라졌다. 충격은 있음에도 감당할 수 있는 것이라 날개를 급하게 펼쳐서 중심을 잡았다. 안나와 네로는 빠르게 시선을 앞으로 옮겼다. 고라니였다. 아직 성숙하지 않았다. 밸런스가 잡힌 어깨와 탄탄한 엉덩이는 생각할 수 없는 미숙한 새끼였다. 고라니도 놀라서 눈동자를 멈춘 채 그 자리를 떠나지 못하고 있었다. 201호 아저씨는 기다려 주었다. 한참을 그렇게 우두커니 서 있던 고라니도 천천히 움직여 산 속으로 사라졌다.

네로는 길 위에서 무참하게 죽어가는 동물들을 많이 봤다. 오소리, 족제비 그리고 고라니를…. 최근에는 자신이 이끌던 무리에 속한 얼치기 고양이도 죽었다. 그는 늘 모호하고 애매한 자리에 있었다. 무리에서 의견을 제시하지 않았고 어중간한 곳에서 흐릿한 생각만 했다.

그러던 그가 죽은 것이다. 새벽에 도로 위에서. 무리들은 그의 죽음을 알려고도 하지 않았다. 차갑고 딱딱한 아스팔트 위에서 짓이겨진 주검을 온전하게 수습하려고 신경도 쓰지 않았다. 네로는 죽음이 저렇게 다가가기 싫은 것인지 새삼 느낄 수 있었다. 더욱 놀란 것은 무리들의 냉정한 시선과 번거로운 투정이었다.

그 이후 네로는 죽음에 대하여 심각하게 생각했다. 깊은 사색과 폭넓은 명상으로 죽음에 접근하고 있었던 것이다. 죽음은 삶과는 어울리지 않는 공간에 서식하는 어둡고 음산한 생명체로 생각했다. 살아있으면서 죽은 것 같은 모습으로 삶을 위협하는 악마로 여긴 것이다. 죽음은 삶을 품어내지 못하고 거칠게 씹어서 삼킨다고 생각했다. 거센 사막폭풍이 평화로운 사막의 오아시스를 시기하여 덮치듯이….

화물차는 다시 움직였다. 201호 아저씨는 이젠 속도를 다소 줄였다. 야생동물을 배려한 것인지 놀라서 그런 것인지 알 수는 없었다. 안나는 망중한에 빠졌다. 구피는 날개를 빠르게 움직이며 화물차 상공을 날고 있었다. 네로는 혀로 털을 고르느라 여념이 없었다. 틈이 나면 안나보다 훨씬 더 외모에 신경을 썼다. 발바닥을 정갈하게 하는 것도 잊지 않았다. 그것이 고양이의 천성이었다. 네로는 그 천성을 과도하게 능가했다. 외모에 콤플렉스가 있어 그런 것인지 확실히 알 수는 없었다.

화물차가 인가가 없는 외진 곳으로 갔다. 공기에 향불 냄새가 스며있었다. 화물차도 속도를 더욱 줄였다. 이젠 내려야 할 때가 온 것을 안나와 네로는 직감적으로 알고 있었다. 어느덧 화물차는 멈췄다. 구피는 이미 어디론가 날아가고 없었다.

네로부터 화물차에 뛰어내리고 안나가 뒤를 따랐다. 그들은 길가 옆에 큼직한 소나무 뒤에 숨었다. 201호 아저씨는 성실하게 큰 물통을 어깨에 얹고 허름한 슬레이트 지붕 아래로 사라졌다. 아이스크림이 녹을 정도의 시간이 지나자 그는 이마에 땀을 닦으며 바쁘게 걸어 나왔다. 그러고는 화물차의 소음을 남기고 어디론가 사라졌다. 안나는 공허한 시선으로 끝까지 주시하고 있었다.

안나는 이별을 몰랐다. 사르트르와의 이별밖에는 해본 적이 없었다. 그래서 이별이 어떤 감정인지 알 수 없었다. 본성 안에 존재하는 왜소한 실체인 것만은 자명했다. 하지만 함부로 모습을 드러내지 않기에 희미하게 받아들일 수밖에 없었다.

안나는 201호 아저씨와의 헤어짐이 대단하게 다가오지 않았다. 그냥 길거리에서 지나치는 길고양이처럼 무의미했다. 그런데 존재의 불씨처럼 감정의 부추김이 얇고 견고한 피막을 강하게 뚫는 것이다. 그 시원이 어디인지 알 수는 없었다. 그래서 억지로 감정을 눌렀다. 억압하면 할수록 감정의 운동성은 불규칙적으로 뛰며 날뛴다는 것을 아직 안나는 모르고 있었다.

반면에 네로는 안나하고는 달랐다. 그와 안면이 없어서 그런지 정의 끈이 없었다. 그리고 사람에 대한 감정은 차갑고 냉정하게 도려내는 것이 쉽지 않았으나 그렇게 했다. 그것이 자신이 살 길이란 것을 알고 있었다. 아직도 포에게 당한 아픔과 상처는 몸 구석구석 은밀한 곳까지 흔적으로 남아 있었다. 그것을 누르고 사람들에게 친절하게 행동하기는 싫었다. 율법에도 명기되어 있지 않은가. '고양이 최대의 적은 사람이다.'

사위는 적요했다. 태양이 거세게 일어날 시간이었다. 하지만 가는 햇살 한 줄기 들어오지 않았다. 거대한 소나무 잎사귀들이 두꺼운 천막 역할을 하는 것이다. 바람은 자유자재로 움직일 수 있어 청량한 공기를 만들 수 있었다. 하지만 슬레이트 건물 주위의 공기는 신선하지 않았고 정체되어 있었다. 끊임없이 유입되는 공기를 애써 막아내는 안쓰러움이 엿보였다.

주차장에 고급 승용차가 한 대 세워져 있었다. 긴 자태를 뽐으며 차분에게 쉬는 것 같았다. 여유로움과 우아함이 검은색 외부에서 고스란히 묻어나는 것이었다. 소나무 군락지에서 원래부터 생존하는 것이 아니어서 이질감은 있었다. 안나는 그 승용차 보닛 위에 뛰어올랐다. 소나무 꽃가루가 엷게 앉아 있었다. 가까이 다가가서 보니 지저분했다. 안나는 도화지에 그림을 그리듯이 자신의 발자국을 깊이 새기고 있었다. 자신의 족적을 세상에 보여주고 싶었던 것이다. 네로에게 올라오라고 눈짓을 해도 사양하며 지켜만 보고 있었다. 아직도 보닛에는 따스한 열기가 남아있었다.

안나와 네로는 정문 쪽으로 다가갔다. 안나는 편안한 표정으로 두리번거리며 거닐었고 네로는 초조한 기색이 만연했다. 타고난 풍채가 그래서 그런지 소극적이었다. 예전에 길거리에서의 당당한 모습은 온데간데없었다. 그에 비하면 안나는 자신의 아지트에서 놀이하듯이 적극적이고 자연스러웠다.

녹슨 철문이 막고 있어도 절벽처럼 답답하지는 않았다. 어딘가에는 통로가 있다는 것을 안나는 알고 있는 것이다. 페인트가 벗어진 철문을 앞발로 밀치자 틈이 있다는 것을 알았다. 네로도 곁에서 온몸으로 밀었다. 한쪽 철문이 반쯤 열리는 것이었다. 그때 그들은 안으로 뛰어들었다.

거실에는 아무도 없었다. 초라한 겉모습과는 달리 깔끔하게 정돈되어 있었다. 벽지도 밝고 화사했다. 방은 따로 하나 있었으나 문은 없고 구슬로 된 발이 거실과의 경계를 이루었다. 발에는 늠연한 고양이가 풀밭 위에서 나비와 벌을 지켜보고 있었다. 긴 수염이 인상적이었다. 꽃들도 화사하고 아름다워 한가한 봄날인 것 같았다.

"안으로 들어와."

안나와 네로는 목소리가 들리는 쪽으로 시선을 옮겼다.

안나는 알아들을 수는 없었고 네로는 사람의 언어를 이해했다. 그들은 천천히 그리고 조심해서 걸음을 옮겼다.

방안은 단순했다. 화려한 색상은 볼 수가 없었다. 일반적으로 방을 꾸미는 물건들도 없었고 신을 모시는 방이라고 생각이 들지 않을 정도로 지나치게 검소해 보이기까지 했다. 방 한가운데 앉은뱅이책상이 있고 벽 가까이에는 조그마한 제단이 있고 그 위에는 향로가 있었다. 그 뒤로 큼직한 액자가 한쪽 벽을 차지하고 있는 것이 이상하게 느낄 정도로 유치해 보였다. 기괴하고 음험한 느낌도 들지 않았다. 그냥 아이들이 치기어린 장난으로 그린 그림이었다. 물감으로 그린 것도 아니고 크레용으로 그린 것도 아니었다. 굵은 연필로 희미한 형체를 간신히 담아낸 모습만 어슴푸레하게 묻어났다.

"며칠 전부터 기다리고 있었지. 만남은 운명의 퍼즐과 같은 것이지. 억지로 끼워 넣어도 제자리가 아니면 헛돌고 말지. 우주를 움직이는 거대한 구속력도 작은 만남으로 이루어지는 것이지. 그 작은 만남과 만남이 새로운 세계를 파생시키는 것이고. 사람들은 아직도 그 단순한 진리를 알지 못하지."

앉은뱅이책상 앞에 앉아있는 여자아이의 낭랑한 목소리였다. 아직 변성기도 지나지 않은 어린 여자아이였다. 얼굴에서 뿜어져 나오는 빛 때문에 눈이 부셔서 제대로 쳐다볼 수가 없었다. 저절로 고개를 숙일 수밖에….

"세상 밖으로 가는 지도를 찾기를 원하지? 나도 정확한 지도를 줄 수는 없어. 난 그곳을 대략 알고는 있지만 가보지는 않았지. 삶과 죽음의 중간 정도에 있는 것만은 알고 있지. 자신이 진정으로 원하면 우주의 지혜는 그곳으로 인도하지. 몸을 우주의 신선한 기운에 맡기도록 해봐. 때때로 우주에 미아처럼 떠도는 악귀가 너희들을 속일 수도 있지. 늘 자신을 경계하고 순수를 유지해야 다가갈 수 있는 곳이야. 헛것이 무시무시하게 다가와도 마음이 현혹되지 말아야 해."

"방향은 어떻게 잡죠? 무작정 떠날 수는 없잖아요. 사람들도 나름대로 표식을 보고 나아가잖아요. 하물며 고양이에게는 더더욱 힘들지 않겠어요?"

"그럼 그곳을 안내할 수 있는 가이드를 가르쳐주지. 나도 그놈이 별로 마음에 들지는 않아. 제복도 늘 한결같이 검은 색이고. 성격도 거침없는 다혈질이고. 하지만 눈동자는 상대의 마을을 꿰뚫어 보는 심미안을 가졌지. 기분 나쁘게 말이야. 예측할 수 없는 친구지. 까마귀 그 놈 말이야. 그 친구에게 부탁을 해봐."

"이젠 내가 해줄 수 있는 얘기는 없어. 복채는 없을 것이고. 생식기가 없는 측은한 고양이라서 한 번은 봐주지. 그리고 저 그림을 잘 봐. 세상 밖으로 가는 길을 가르쳐 줄 거야"

안나는 무슨 말을 하는지 알 길이 없었다. 그들은 느끼며 서로를 이해하는 것 같았다. 네로는 사람의 언어를 구사하지는 못했으나 교감으로 의사소통을 하고 있었던 것이다. 안나는 그 내용이 궁금했다.

안나와 네로는 밖으로 나왔다. 안나는 벽에 걸려있는 그림을 유심히 보고 곰곰이 생각했다. 기시감. 알 수 없는 친근감이었다. 내용은 알 길이 없었음에도 기분 나쁜 이미지는 아니었다. 어린아이가 연필로 아슴푸레한 꿈을 그린 것 같았다. 태어나서 얼마 되지 않았을 때 어미의 따스한 털에서 느낄 수 있는 포근함을….

안나는 네로에게 물었다. 네로는 대답 없이 걷기만 했다. 그는 깊은 생각에 잠겨 있었다. 그들 사이에 구피가 날아들었다. 바쁘게 날갯짓을 하며 궁금한 것을 물었으나 아무도 대답해주지 않았다. 그때 멀지 않은 곳에서 까마귀가 울었다.

"까마귀가 세상 밖으로 인도해 줄 거야."

까마귀와의 흥정

안나와 네로는 까마귀가 날아가는 쪽으로 달렸다. 구피도 까마귀를 놓치지 않으려고 무던히도 애를 썼다. 뒤를 좇으며 간격을 유지하는 것도 쉽지 않았다. 싫었으나 하는 수 없었다.

안나와 네로는 한참을 달렸다. 네로는 돌을 넘고 나무를 피하며 웅덩이를 건너뛰었다. 억새를 헤집고 구절초의 향기를 뒤로한 채 달리고 달렸다. 하지만 네로의 뒤를 따라가던 안나는 몸에 무리가 왔다. 격한 호흡이 가슴을 억누르고 목까지 차올랐다. 사냥 속에서 만들어진 근육이 아니라 제한된 공간에서 만들어진 살덩이인지라 제대로 된 내구성을 발휘하지 못했다. 무작정 달리기에는 몸이 최적화되지 않은 것이다. 실내에서 주는 사료만 먹고 야생의 날것을 좇으며 긴박한 삶을 살아보지 않아 그런 것이다. 안나는 온몸에 땀이 흥건했다. 그래서 천천히 걸었다. 주위를 살펴보니 혼자 외진 산속이었다. 소쩍새는 그런 안나의 상황을 아는지 모르는지 계속 울기만 했다.

안나는 산길 옆에 오롯이 솟아있는 거석 위에 올랐다. 햇살이 소박하게 드리워져 온몸에 끈적끈적한 땀을 말리기에는 안성맞춤이었다. 안나는 혀로 털을 골랐다. 그리고 아프고 열이 나는 발바닥을 핥았다. 거친 바닥을 적응하는 단계라고 생각했다. 자신이 사르트르에 적응했듯이. 안나는 그렇게 한참 동안 몸을 가지런하게 정리했다. 햇살이 거친 돌 표면을 따스하게 데웠기 때문에 졸음이 몰려왔다. 소쩍새의 울음소리는 안나를 더욱 깊은 잠으로 초대했다.

안나는 달콤한 잠을 자고 있었다. 그때 네로는 만신창이가 된 몸으로 안나 곁에 편안하게 앉았다. 안나의 민감한 더듬이는 반응이 없었다. 네로를 의식하지 못한 채 자고 있었다. 야생에서 살아가는 데 치명적인 약점이었으나 네로는 눈감아주었다. 그런 모습도 싫지 않았다.

네로는 입에 큼직한 들쥐를 물고 있었다. 그것을 바닥에 내려놓고 엉망이 된 털을 골랐다. 정성을 들이고 애를 써도 안나처럼 기품 있고 넉넉한 털은 될 수 없다는 것을 이미 알고 있었다. 암놈으로서의 시기심이었다. 어쩔 수 없었다.

네로는 피곤했다. 구피를 놓치지 않기 위해서 안간힘을 쓰며 뛰었건만 우거진 숲속에서 놓쳤다. 자신이 관리하던 좁고 익숙한 길거리와는 사뭇 다른 세상이었다. 끝없이 펼쳐진 숲속을 뛰고 또 뛰었다. 하지만 그 자리에 맴도는 것 같았다. 갑자기 어지러웠다. 연이어 두려움이 몰려들었다. 혼자였다.

한참을 네로는 안나 곁에서 다정하게 누워있었다. 처음에는 겸연쩍어 거리를 두었다. 하지만 자신도 의식하지 못한 채 안나의 품에 안겨 있었다. 안나의 털은 따스했다. 체취에서 풍기는 향긋한 향기는 정신을 흐릿하게 했다. 그 향기는 네로를 더욱 적극적으로 충동질했다. 네로는 더욱 대담해져 네로의 은밀한 곳까지 머리를 문지르며 나아가고 있을 때였다. 그때 구피가 나타난 것이다.

"제 버릇 개 못 준다니까."

네로는 구피를 쏘아보며 몸을 급히 당겼다. 세상 모르고 자고 있던 안나도 눈을 떴다. 안나는 주위에 이상한 분위기가 감돌고 있는 것을 의도적으로 하품을 하며 밀어냈다. 연이어 기지개를 폈다. 스트레칭 하는 것도 잊지 않았다. 기다렸다는 듯이 네로는 안나에게 들쥐를 건넸다. 아직 온기가 있었다. 피도 굳지 않고 싱싱했다.

안나는 날것에 대한 부담감이 있었다. 사료에 익숙해져 피의 비릿함이 역겹게 다가왔다. 내색하지는 않았다. 자신도 야생에서 살아남기 위해서는 참고 먹어야 했다. 사르트르가 준 사료는 세상을 헤치고 나갈 수 있는 자양분을 줄 수 없었다. 그것은 온순한 고양이에게 어울렸다.

안나는 들쥐의 살코기만 빼먹고 껍질은 버렸다. 아직 들쥐의 거친 털을 통째로 삼키기에는 역겨움이 있었다. 까칠까칠한 털이 비위에 거슬렸다. 감동적인 것은 바닥에 떨어진 들쥐의 껍질을 네로는 아무렇지도 않게 먹어 치우는 것이었다. 안나는 네로의 모습에 신뢰의 눈빛을 보냈다. 네로도 안나의 은근한 눈빛을 의식했다. 싫지 않았고 뜨거운 열기가 벅차오르는 것을 느낄 수 있었다. 황홀했다.

"까마귀 둥지를 찾아냈어. 이름과 성품도 알아냈지. 내 그물망에서 못 벗어난다니까. 혼자 외롭게 산다고 해. 외골수라는 소문이야."

구피는 허겁지겁 말을 쏟아 놓았다. 그러고는 안나 곁에 착지해서 부리로 안나의 털을 쪼며 장난질을 했다. 안나도 구피의 날개에 머리를 문지르며 미소를 잃지 않았다. 네로는 그들의 친한 모습이 싫었다. 자신과 안나의 관계를 가로막고 있는 것 같았다. 평소에 명상으로 삶을 정리하면서 쌓아온 평정심이 일시에 무너지는 것이었다.

네로는 마음을 추스르며 웃음을 잃지 않으려 애썼다. 네로는 속으로 자신을 위무했다. 구피는 고양이 족속이 아니며 어울릴 수는 있어도 관계를 맺을 수는 없는 것이다. 그래도 안나와 구피가 스스럼없이 행동하는 것이 반갑지 않았다. 안나는 자신만 생각하고 자신 곁에만 머물러야한다고 생각했다. 네로도 그것이 이율배반적인 것을 알고 있었다. 사랑의 모순 중에 집착이 생존하고 있다는 것을 알면서도 네로는 그랬다. 그것이 평정심을 깨뜨리는 것도 알고 있는 것이다.

네로는 보잘것없는 집에서 태어났다. 그래서 그런지 유독 태생이 뛰어나고 기골이 장대한 고양이를 흠모하며 살아왔다. 예전에 그런 일이 있었다. 자신의 추한 외모는 생각하지 않고 길가 고급 주택에 하얗고 털이 긴 고양이를 좋아했다. 그를 한 번 보는 것이 삶의 위안이 될 정도였다. 그래서 늘 그곳 주위를 서성거렸다. 먹이를 구하는 사냥을 하고 의도적으로 그쪽으로 돌렸다. 그 하얀 털이 일렁거리는 것을 상상하며 말이다. 넘실거리는 어깨에 안기는 것을 상상하다가 맨홀 구멍에 빠질 뻔한 일이 한두 번이 아니었다.

그러던 어느 날, 그 사내고양이 곁에 크림색이 도는 화사한 암놈이 놀고 있었다. 1층 베란다에서 놀고 있어 달려들어 밀쳐버릴 수도 있었다. 하지만 사내고양이가 늘 가까이 붙어 있어 무턱대고 달려들 수도 없었다. 질투의 불덩어리는 더욱 커졌다. 네로는 안으로 참아내며 때를 기다렸다. 그때는 멀리 있지 않았다. 이슬비가 내리던 날이었다. 사내고양이가 잠시 실내로 들어가고 없었다. 아직도 성숙하지 않은 멍한 암놈을 과감하게 돌진하여 물었다. 얼마나 빨랐는지 반항의 거친 울음소리도 내지르지 못하고 그 자리에서 기절했다. 재빠르게 그 자리를 빠져 나오려는 순간에 하얀 털을 한 귀한 사내고양이가 뒤에서 으르렁거리며 달려들었다.

원래 네로의 계획은 이것이 아니었다. 암놈고양이에게 치명적인 상처를 주고 사내고양이를 차지하는 것이었다. 실의에 빠지고 슬픔에 빠진 사내고양이를 위로하면서 자신의 여성적인 자애로움을 보이며 그의 호감을 사고 싶었던 것이다. 하지만 현장에서 그 사내고양이의 강한 저항을 받아내야 하는 꼴이 되었다. 그 비극적인 상황을 주위에서 먹이를 구하고 있던 구피가 본 것이다. 구피와 네로만이 알고 있는 것이다.

그 일을 겪은 후 네로는 다른 동네로 영역을 옮긴 것이다. 안나가 살던 동네로. 그곳에서 어리숙한 길고양이들을 굴복시키며 새로운 삶을 시작한 것이다. 과거의 지저분한 삶의 조각들을 숨긴 채 말이다. 하필이면 옮긴 그곳이 구피의 영역이기도 한 것이다. 처음에는 서로 모른 체하며 지내다가 구피가 먼저 아는 척했다. 네로는 당황스러워 얼굴이 붉게 타오르며 그 당시의 낭패감이 일시에 일어나는 것이었다. 그런 표정을 지우려고 애썼다. 그것이 최선이라고 생각했다.

하지만 구피는 네로의 무리들에게 소문을 내지 않았다. 네로와 구피의 암묵적인 합의인 것처럼. 구피는 한두 번 비아냥거릴 뿐이었다. 그의 평소의 성품과 어울리지는 않았으나 구피는 그랬다.

안나는 그런 사정도 모른 체 네로의 모습이 정갈하고 단정해보인다고 생각했다. 겉으로 보기는 흉한 몰골이었으나 다정하고 여성이 가져야할 내적인 아름다움을 안으로 품어내고 있었다. 안나가 볼 때면 늘 비스듬한 얼굴을 보였다. 어딘지 신비스러운 모습을 품으며 혀로 털을 고르는 것이었다. 안나는 그런 모습이 친근해 보였다.

"까마귀는 울음으로 죽음을 부를 수 있다고 해. 삶의 이쪽에서 죽음의 저쪽으로 오갈 수 있는 유일한 생명체지. 그것은 삶을 이해하고 죽음을 이해할 수 있어야 가능하지. 어쩌면 그 경계 한쪽에 세상 밖으로 통하는 문이 있을지도 몰라. 까마귀도 그곳을 모를지 모르지. 갈급함으로 그곳을 찾아야할지도."

구피는 엄숙하게 말했다. 귀중한 정보를 말할 때 이런 엄숙함도 필요하다는 것을 구피는 알고 있었다.

"무시무시한 놈이구나. 무작정 부딪쳐서 설득이 되겠어? 그전에 죽음의 공포에 내몰려 실성하거나 죽을지도 모르겠는 걸. 하지만 마땅한 대책도 없잖아. 그와 흥정할 매개가 있는 것도 아니고."

네로도 걱정이 되는 모양이었다. 안나는 아무렇지도 않은지 하늘에 떠 있는 구름을 쳐다보았다. 서서히 뭔가가 자신의 마음에 맺히는 것을 느낄 수 있었다. 구름의 흐름과 형태가 다르고 몸짓도 자유자재로 펼쳤다 오므렸다 흩어버리는 것이었다. 예전에는 무의미로 다가와서 있는지 없는지 관심도 없었다. 하지만 생동하는 젊음으로 미소와 웃음을 품어내는 것이었다. 사물의 언어를 온몸으로 느끼며 받아들이는 것이었다. 율법에서 가장 중요한 덕목인 명상을 틈틈이 해서 그런 것 같지는 않았다. 자신의 털에서 풍기는 위엄처럼 자연스럽게 얻어지는 것이었다.

안나는 천천히 자신의 존재를 느끼고 있었다. 고양이 족속 중에서도 우월하고 범접할 수 없는 용태로 상대를 압도하며 친화력으로 끌어들일 수 있다는 것을 말이다. 네로도 처음에는 강한 저항을 동반했다. 그런 네로가 이젠 온순하게 사냥을 해서 바치는 것이다. 그것이 불만스럽게 보이지 않았다. 더더욱 짜증내는 일도 없었다. 오히려 경외하는 눈빛으로 자신을 우러러보는 것이었다. 구피도 마찬가지였다. 엄살을 부리며 권모술수로 남자친구를 궁지에 몰아넣어 제거하려고 해도 정작 자신에게는 모든 수고를 아끼지 않는 것이다. 고난의 길을 함께 걸으며 정보를 수집해서 성스러운 곳으로 향할 수 있게 도와주는 것이었다. 보통 귀한 것으로 매수해도 일시적인 반응으로 끝나는 것이 허다했다. 하지만 안나는 자신은 구피에게 아무것도 준 것이 없었다.

"이 능선만 넘으면 철쭉이 온 산을 물들이고 있어. 사람들은 없고 나비들과 벌들만이 치열한 경쟁을 하지. 생존은 어디에나 존재해. 그것이 거룩하든지 그렇지 않든지…. 삶의 본질은 없고 오로지 실존만이 생존 경쟁에 빠져있는 것 같아."

구피는 안나를 보며 얘기했다.

구피는 하늘을 빠르게 휘저으며 출발하자고 독려했다. 안나와 네로는 몸을 일으켰다. 휴식 후의 움직임이 자유롭지 못했다. 머물러 있어 근육이 경직되어 있었다. 그들에겐 젊음이 있어 원활하게 움직이는 것은 대수롭지 않았다.

네로는 마음이 설레었다. 거대하고 빈틈없이 들어찬 잡목림 사이로 벗어나는 것이 우선 좋았다. 더욱이 분홍빛이 온 산을 뒤덮은 곳에서 마음껏 뛰어다닐 수 있다는 것도 가슴 들뜨게 하는 것이었다. 네로는 마을에 있는 울타리 줄장미를 본 것이 가장 많이 본 꽃의 행렬이었다. 사람들이 인위적으로 심은 것이었다. 하지만 철쭉꽃 무리는 자유로우며 열정적인 모습인 것이다. 바람과 햇살이 빚어낸 열렬한 빛깔이었다. 달빛도 우아한 표정을 드러내는 데 한몫했을 것이다. 소박한 열의로써….

다소 오르막 경사가 있었다. 구피는 앞서서 나무를 피하며 날고 그 뒤를 안나가 따랐다. 네로는 설레는 마음과는 달리 소극적인 걸음이었다. 군데군데 무더기로 자라는 억새의 칼날을 피하는 것도 쉽지 않았다. 조심하고 신중했다. 길거리에서 보이던 거침없는 행동은 볼 수 없었다. 그와는 달리 안나는 보무당당했다.

안나는 숨이 차올랐어도 기상은 하늘을 찌를 것 같았다. 야생에 적응한다고 정신을 집중해서 나아가긴 해도 베란다에서 곱게 자란 흔적을 지우는 데는 시간이 걸릴 것 같았다. 야생의 최적의 몸은 거친 단련과 시간의 연속성에서 만들어지는 것이다. 비탈길을 오르고 내리고 반복해야 비로소 얻어지는 결과물인 것이다. 안나도 조급해 하지 않았다.

　숲속의 음험한 그늘에서 벗어나자 시야가 온전히 드러났다. 태양도 많이 기울어져 식어가고 있었다. 바람도 거추장스러운 액세서리를 다 버리고 능선에 차갑게 내려앉아 있었다. 구름도 어눌하고 침통한 표정을 지었다. 누구를 원망하는 것인지 질투하는 것인지는 확실히 알 수 없었다. 조금 전과 상이했다.

　네로는 꽃무리들 사이로 펼쳐진 오솔길을 한없이 달렸다. 이런 일이 처음이라 환희에 차 있었다. 그것도 잠시 뿐이었지만. 반면에 안나는 천천히 걸었다. 땅바닥이 고르지 않아 뛰기에는 아직 이른 것이다. 구피는 안나 곁에서 날며 평소와는 달리 쾌활한 모습은 볼 수 없었다. 무서움에 질린 듯 거대한 힘에 짓눌려 있는 것 같았다.

　안나는 이상한 점이 있었다. 꽃들은 화려하고 우아했다. 하지만 벌과 나비가 없었다. 구피가 말한 치열한 생존은 볼 수 없었다. 네로도 한참을 달리다가 이상한 점을 발견했는지 안나 곁으로 다가와서 말했다.

　"우리가 모르는 일이 벌어지고 있어. 사위에 음험하고 차가운 기운이 감싸고 있어. 꽃들도 조화처럼 생기를 잃었어. 그래서 그런지 향기도 나지 않아."

　안나와 네로는 구피를 올려다봤다. 구피도 의아할 뿐이었다. 조금 전에 꽃무리 사이사이에 벌들과 나비들이 혼란스럽게 날아다니는 것을 본 것이다. 생존의 치열함이 여실히 드러나는 현장을 말이다. 하지만 지금은 물에 독약을 풀어 놓은 것 같았다. 맑고 깨끗했으나 죽어있는….

"서둘러 까마귀를 만나러 가 보자. 그의 이름을 아직 모르고 있지. 플루토라고 하더라고. 나도 소문을 들었을 뿐 확실한 것은 몰라."

그들은 서둘러 플루토의 둥지로 갔다. 꽃무리가 끝나는 지점에 있었다. 우람하지 않은 소나무 우듬지 가까이에 얼기설기 나뭇가지를 얽어서 만든 집이었다. 소박하고 검소했다. 멋을 부리지 않은 간소한 둥지였다.

플루토는 짧고 간결하게 울었다. 울음소리는 온 산을 넓게 나아가 살피고 탐색하며 펼쳤다 오므렸다 밀고 당기기를 반복하는 것이었다. 그런 삼엄한 감시 때문인지 꽃들은 활기찬 모습은 볼 수 없었고 우울하며 침울해 보였다. 생장이 정지되어 있는 것 같았다.

시간이 흐르자 플루토의 울음소리가 사물을 더욱 초라하게 가라앉았다. 그러고는 죽음의 입김을 서서히 불어넣어 생존의 생기를 빨아들여 명계를 다스리는 자양분으로 삼으려는 듯 보였다. 괴기스럽고 음험하고 위협적이었다. 네로는 오금이 저렸다. 평정심도 잃고 눈동자의 초점도 잃었다. 구피도 함부로 날아오르거나 재잘거리지 않았다. 반면에 안나는 의연했다. 부리부리한 눈동자와 억센 어깨를 펴며 당당하게 나아갔다. 사르트르의 손아귀에 잡힌 그 안나가 아닌 것이다. 새롭고 대범하며 의연하고 용맹스러웠다.

플루토는 거만하고 무서운 눈초리로 내려다봤다. 네로는 안나 뒤에 숨고 구피는 거리를 두고 힘없이 날고 있었다. 안나는 이상하게 플루토의 만남이 설레었다. 꺼림칙하고 불쾌한 인상임에 불구하고 현실을 뛰어넘을 수 있는 열쇠가 그에게 있을 것 같았기 때문이었다. 기대와 불안이 섞인 만남이었다. 플루토도 안나와의 첫 대면이 가치 없는 것은 아니었다. 안나를 본 순간 보통 고양이와 다르다는 것을 느낀 것이다. 겉으로 보이는 풍채도 길고양이가 아니었다. 표현할 수 없는, 그래서 기분 나쁜 숭고함과 거룩함이 보드라운 털에서 묻어나는 것이었다. 더욱이 안나의 마음에 접근할 수 없었다. 외피의 견고함이 길을 막은 것이다. 그렇게 되면 플루토의 장점이기도 한 독심술이 안 통하는 것이다. 당황스럽지 않을 수 없었다. 사람과 동물 그리고 식물까지도 자신이 원하는 상대의 걷잡을 수 없는 마음을 읽을 수 있었다. 추악하고 간악한 마음을 말이다.

플루토는 안나의 마음의 외피에서 꼬투리를 찾을 수 없었다. 그 단계를 넘어서야 마음의 내피로 향할 수 있었다. 그렇게 되면 더 이상 깊은 심연으로 들어갈 수도 없었다. 단단하고 견고한 문이 앞을 가로막은 것이다. 이상한 일이었다.

마음의 외피에는 아집도 없었고 질투도 없었다. 경계도 없었고 두려움도 없었다. 미움도 없었고 증오도 없었다. 분노도 없었고 절망도 없었다. 반면에 희망과 소망과 자애로움이 있었고 친절과 희생과 사랑이 있었다. 플루토는 아연하지 않을 수 없었다. 처음 만나는 강적이었다. 그래서 곁에 있는 네로와 구피의 마음을 열어봤다. 내숭과 교묘한 교태를 보았다. 어둡고 칙칙한 영혼의 숨결도 보았다. 발정난 암고양이의 추악한 모습도 보았다. 외로운 고아의 울적함도 보았다. 먹이를 독차지하려고 둥지에서 형제들을 밀쳐버리는 간악한 모습도 보았다.

"음전한 모습을 보이는 네로. 사내의 마음을 한 번도 들뜨게 해보지 못했지. 천한 태생과 천한 몰골. 욕구를 채우기 위해 어리고 여린 고양이를 물어 죽였지. 지금도 사내와의 짜릿한 사랑을 원하지. 세상 밖으로 나가기 위한 소망보다는 강렬한 욕구를 채워 갈증을 해소하기를 원하지. 안나는 그것도 모르고 네로의 친절을 의심하지 않지. 더욱 황당한 놈은 구피라는 참새지. 어미에게까지 외면당했지. 먹이에 대한 욕심 때문에 다른 형제들을 죽음으로 몰아넣었지. 그래서 늘 쫓기듯이 이리저리 날아다니고 있지."

플루토는 네로와 구피를 번갈아 쏘아보며 말했다.

네로는 상기된 몰골로 어찌할 바를 몰랐다. 구피는 플루토가 말이 끝나기도 전에 멀리 날아갔다. 외면하고 싶었던 것이다. 안나는 여전히 큼직한 느티나무처럼 버티고 서 있었다. 안나는 마음의 동요가 없었다. 생존하는 모든 생물은 각자의 세계 속에서 각자의 말할 수 없는 소소한 삶이 있다는 것을 알기 때문이었다.

플루토는 재차 안나의 마음을 들려다봤다. 마음속에서는 별다른 것은 찾지 못했다. 그래서 안나의 기억 속으로 시선을 옮겼다. 뭔가를 찾았다. 사르트르였다. 사르트르에게서 아파하고 고통에 허덕이던 모습이 적나라하게 드러났다. 더욱이 처참하게 거세를 당한 것이었다. 생식의 본능적인 열정은 볼 수 없게 되었다. 고양이가 누릴 수 있는 생의 환희를 즐길 수 없었다. 고고한 자태라고는 없었다. 유린당하고 착취당하는 영상이 선명했다. 그런데 그것이 기억 속에만 존재할 뿐이다. 마음의 외피에는 전이되지 않았다. 그 뭔가가 상처와 아픔을 마음의 벽에 안착하지 못하게 막은 것 같았다. 그게 뭔가는 알 수 없었다. 보통 고양이가 아닌 것은 분명했다.

"우리들을 기다리고 있었지. 그럼 온 이유도 알겠구나. 우리들에게 길을 가르쳐 줘. 세상 밖으로 가는 열쇠를 가지고 있다고 했어."

안나는 단호하게 말했다.

"세상에 공짜는 없는 법이지. 무엇을 줄 수 있지? 흥정은 주고받는 것이 아니겠어. 일방적으로 한쪽으로 기우는 흥정은 없는 것이지. 그런 것은 희생에 가까운 것이지. 내가 예수도 아니고."

"그럼 내가 뭘 주기를 바라지? 보시다시피 나에게 귀중한 것은 네로와 구피뿐이야. 그들의 삶이 과거에 어떠했는지 중요하지 않아. 지금 이 순간 그들이 내 곁에 있는 것만으로 중요한 것이지. 과거에 벗어놓은 허물 때문에 현재의 알맹이를 버릴 수 없는 것이지. 그것만큼 어리석은 짓은 없어."

"그럼 그들을 주는 것이 어때? 쓸 때는 없겠지만 안나가 중요하다고 생각하니까 그러는 거야. 먹이나 축내겠지만."

"그건 안 될 일이야. 친구를 파는 고양이는 없어. 내 목숨을 파는 한이 있어도."

"사람들은 부모도 팔지. 친구뿐이겠어?"

"그건 같은 계열에 있는 다른 족속들의 일이고. 비열한 사람과 어찌 고고한 정신을 가진 고양이와 비교하겠어?"

"그럼 안나의 목숨을 내놓든지? 그럴 생각이 없다면 얼른 사르트르에게로 가도록 해. 지금 안나를 간절히 기다리고 있어. 지금 가면 가출한 것을 용서하고 더 이상 폭력을 행사하지 않을 거야."

"내 목숨이면 되겠어? 고양이에게도 율법은 있어. '기회가 오면 과감하라.' '고양이 최대의 적은 사람이다.' 두 번

째와 다섯 번째 있는 조항이지. 난 그것들을 존중해. 율법을 지켜야만 대대로 전통을 계승할 수 있지."

네로는 안나의 행위를 막았다. 안전과 안락을 추구하는 암컷의 전형적인 형태였다. 하지만 안나는 여기서 주저앉고 싶지 않았다. 삶의 궁극과 싸우면 새로운 세계의 입구를 찾을 것이라 생각했다. 분연히 일어나고 싶었다. 더욱이 자신은 종족을 대표하는 선택된 고양이라는 생각이 플루토를 만나고서 깊숙이 파고드는 것이었다.

"훌륭한 일이야. 제대로 된 고양이를 만났군. 나도 양심은 있지. 사람들에게 버림받고 생식기가 잘려나간 고양이에게 목숨까지 빼앗을 수는 없지. 성별도 없는 고양이 안나를 가지고 말이야. 그렇다고 그 길을 가르쳐주지는 않아. 대신 사람을 한명 소개해주지. 이 산 바로 초입에 있는 찻집이야. '실크로드'라는 상호를 가지고 있지. 그 집 여주인이 온정을 베풀 거야."

그리고 플루토는 어디론가 날아갔다. 기괴하고 음울한 울음을 길게 남기고. 신비스럽게도 그때까지 자취가 묘연했던 벌들과 나비들이 꽃무리 사이사이 윙윙거리며 꿀을 탐하고 있었다. 식어 있던 태양도 어느새 뜨거운 열기를 서쪽하늘에 붉게 물들였다. 안나는 네로를 보며 끊임없는 신뢰를 던졌다. 네로도 그랬다.

플루토의 함정

안나와 네로는 밤길을 조심해서 걸었다. 안나는 어둠 사이사이에서 걸음을 옮기는 것이 익숙하지 않았고 네로는 익숙했다. 구피는 조금 전에 어디론가 날아갔다. 이미 실크로드에 가 있을 것이다. 그의 날갯짓은 의외로 민첩하고 기민했다. 구피는 밤을 싫어했기 때문에 안나도 이해했다.

안나는 네로가 플루토를 만나고 나서 자신에게 거리감을 두고 있는 것을 알았다. 분노를 간신히 참는 듯이 속으로 삭이고 있는 표정이었다. 반갑지 않은 외모가 더욱 억눌리고 초라하게 보였다. 그것이 언젠가는 자신에게 터질 것 같은 불길한 생각이 들었다.

네로는 플루토의 말을 듣고 실의에 빠졌다. 네로는 잘생기고 건강한 사내고양이를 만나서 예쁜 새끼를 낳고 싶은 것이 꿈이었다. 그리고 다른 고양이에게 자랑하고 싶었다. 어쩌면 보상받고 싶었는지 모른다. 삶의 궁핍과 외로움을 이겨낸 초라하고 비천한 삶에 대한 보상 말이다. 그것을 다 만족시키는 사내가 안나였다. 하지만 네로는 고양이 신을 모시는 소녀가 안나의 생식기를 말했을 때는 반신반의했었다. 어둠을 호령하는 플루토가 말했을 때는 이미 기정사실로 다가오는 느낌이었다.

안나의 생식기는 사르트르에 의해 잘려나간 것이다. 인간의 편의와 몰인정에 희생당한 것이었다. 네로는 그 소실된 자리를 확인하고 싶었다. 그래야 다음 행보를 결정할 수 있을 것 같았다. 그것이 쉽지 않았다. 안나는 늘 그 은밀한 곳을 무의식적으로 가리고 있었다. 안나 앞에서 조신하고 정갈해 보이고 싶은 자신으로서는 기회를 엿볼 수밖에 별도리가 없었다. 경박하고 천박하게 안나의 꼬리를 들어 볼 수도 없지 않은가. 더욱이 이런 일은 안나에게 정중하게 물어볼 수도 없는 것이다. 그에게 크나큰 고통과 상처를 안긴 것이라 간신히 잊고 있는 것을 들춰내고 싶지는 않았다. 그래서 기다려야했다.

안나는 네로의 변화에 신경 쓰지 않았다. 암컷들은 본래 마음이 변화무쌍하고 독하다는 것을 알고 있었다. 구피도 바람둥이 사내를 죽음 직전까지 가게 내버려두지 않았는가. 그렇지만 기분은 유쾌하지 않았다. 플루토를 만나고 얘기를 한 후부터 그랬다. 불길하고 어둡고 칙칙한 분위기 때문만은 아니었다. 자신에게 다른 고양이에 있는 뭔가가 이미 소멸되었다는 직감이 들었기 때문이었다.

안나는 생식기가 뭘 하는 것인지 알지 못했다. 몸이 그것을 느끼기 전에 이미 날카로운 메스로 충일하게 차오르는 정기를 절개해 버린 것이다. 사르트르의 소행이었다. 생후 5개월 정도 되었을 것이다. 그 어릴 적에 사르트르는 안나의 성별을 영원히 잃게 한 것이다. 일반적인 고양이가 꿈꾸는 번식에 대한 달콤함을 그때 모두 앗아간 것이다. 안나는 그때의 기억이 난다. 다소 흐릿했으나 명징하게 떠올랐다. 겨울비가 왔다. 바람은 불지 않았음에도 차가웠다. 사르트르는 일요일 아침 자신을 동물병원에 데리고 가서 맡겨버렸다. 짐짝을 사무적으로 건네듯이….

안나는 그때의 고통을 알고 있었다. 눈망울에 온통 눈물로 흥건했다. 마취가 풀리자 고통이 알싸하게 온몸으로 서서히 퍼지더니 형언할 수 없는 눈물이 난 것이다. 안나도 사내의 정수를 잃은 자신을 미세하게 직감하고 있었던 것이다. 어려서 명확하게 이해하지는 못했어도 근원적인 소멸은 어림짐작으로 알 수 있는 것이다.

그 이후 안나는 혼자 살았고 가르쳐주는 종족도 없었다. 단절된 베란다에서 정보는 구피밖에는 없었다. 그런 사정을 일일이 얘기한다는 것도 우습고 유치하다고 생각했다. 더욱이 구피는 고양이 족속도 아닌 것이다. 종족이 나눌 수 있는 소소한 얘기를 구피에게 얘기 못할 것이라 단정해 버렸다. 그리고 사르트르의 과도한 폭력과 사사로운 간섭 때문에 깊이 생각할 겨를도 없었다. 하루하루를 버티기도 힘겹고 어려웠던 시기였다. 그것을 지금 현시점에서 플루토가 끄집어낸 것이다. 잠잠히 과거의 끄나풀에 동여매어진 것을. …

그동안 안나와 네로는 불빛이 휘황찬란하게 빛나는 실크

로드에 이르렀다. 무거운 어둠 속에서 건물의 도드라진 부분을 조금씩 밝히는 불빛들이 간신히 건물의 형태를 만들고 있었다. 불빛은 숲과 실크로드의 경계를 이루었다. 하지만 숲에서 내뿜는 신선함이 실크로드를 은근히 감쌌다. 단순한 입김은 아니었다.

실크로드는 큰길을 조금 벗어나 있었고 주위에는 마을이 없었다. 조그마한 산과 산 사이에 고립되어 있는 성채 같았다. 그 앞으로는 검은 빛을 뿜어내는 거대한 저수지가 있었다. 예전부터 그 자리를 꿋꿋하게 지킨 여유가 묻어났다. 바람이 거세게 불면 바다의 전설을 조금이라도 들려줄 것 같았다. 바다의 신 포세이돈이 잠시 피크닉을 나와 정양할 수 있을 것 같기도 했다. 고요하고 아늑했다.

안나와 네로는 실크로드 출입문을 밀치고 들었다. 초저녁이라 의자는 텅 비어 있었다. 하지만 빌리 조엘(Billy Joel)의 '피아노 맨(Piano man)'이 그 빈곳을 채우고 넘쳐흘렀다. 그때 여주인이 레스토랑 식재료 창고에서 나와서 흐뭇한 표정으로 안나와 네로를 맞이했다. 그녀의 친절에도 네로는 경계를 하며 으르렁거렸다. 안나가 눈치를 주자 다소 진정을 했다. 하지만 찜찜한 표정은 버리지 못하고 있었다. 그녀는 네로의 단호한 적의에 대항하지 않고 웃으며 안나와 네로를 안았다. 네로는 더 이상 저항하지 않았다. 그녀는 3층으로 데리고 갔다. 그러고는 차갑고 한적한 방에 던져버렸다. 냉정하게….

　안나와 네로는 그제야 속은 것을 알았다. 네로는 보통 이런 경우 세상과 고립되거나 격리되었다고 하는 것을 안다. 길거리에서 자란 민감한 촉수는 이럴 때 유별나게 잘 알아차린다. 안나는 아직도 무덤덤한 표정으로 정황을 제대로 파악하지 못하고 얼떨떨하게 두리번거릴 뿐이었다. 야생에서 마음대로 뛰어다니다가 묵은 골방에 갇히자 답답하고 멍해졌다. 갑자기 사르트르의 베란다에서 사육되던 생각이 떠오르자 얼굴이 화끈거리고 초조해졌다. 또다시 갇혔다는 생각이 불안을 몰고 왔다. 안나와는 달리 네로는 도망갈 수 있는지 발톱을 문틈 사이로 내밀어 당겨도 보았으나 움쩍도 안했다. 큼직한 창문 사이로 어슴푸레한 빛이 다가와 방바닥을 희미하게 비추는 곳으로 네로는 움직여 앞다리를 길게 뻗어보았다. 창문은 너무 높은 곳에 위치해 있었다. 창문은 반쯤 열려있어도 방충망이라는 벽이 가로막고 있었다. 안나가 탈출한 사르트르의 베란다보다 높고 위험했다. 유연성을 타고난 고양이일지라도 뛰어내리면 온몸에 무리가 갈 것이 자명했다.

　초조한 모습을 감추지 못하던 안나는 이내 마음의 평온을 찾았다. 이럴 땐 조바심을 쳐봐야 소용없었다. 사르트르와 동거하면서 터득한 삶의 지혜였다. 그때는 혼자였으나 지금은 네로가 곁에 있어 의지가 되었다. 그것으로 위안을 찾고 이곳에서 벗어날 수 있는 묘책을 찾아야했다.

"오늘은 여기서 자기로 하자. 내일 걱정은 내일 하고."

안나는 배를 바닥에 깔며 혼잣말했다.

네로는 안나의 행동이 당황스러웠다. 자신이 볼 때 위험에 처한 것이 분명했기 때문에 안나의 감이 떨어지는 행동을 보니 답답해서 미칠 것 같았다. 안나가 눈을 감는 것을 보고 네로는 창가로 다가가 크고 거칠게 울었다. 산이 가로막고 있어 그 울음이 멀리 가지 못하고 되돌아왔다. 그래도 목이 찢어지도록 울었다. 그렇게 한참을 울다가 네로의 울음이 점점 작아지고 뜸해졌다. 순간 정적이 흘렀다. 반쯤 열린 창문 사이로 밤의 잔잔한 침묵이 흘러들어오고 그 뒤를 아주 멀리서 들리는 소쩍새의 청아한 목소리가 따랐다. 그것도 잠시 뿐이었다. 플루토의 울음소리가 밤의 온전함을 산산이 부수어 놓고 있었다. 그와 함께 방충망 사이로 2층 레스토랑에서 음악 소리가 들려왔다. '어니스티(Honesty)'였다.

If you search for tenderness
It isn't hard to find
You can have the love you need to live

But if you look for truthfulness

You might just as well as be blind
it always seems to be so hard to give

Honesty is…

  당신이 부드러움을 찾는다면
  그건 어렵지 않아요.
  당신이 사는 데 필요한 사랑을 얻을 수 있죠.

  하지만 당신이 진실을 찾는다면
  당신은 눈이 멀어 버린 것과 같아요.
  진실을 베풀기란 항상 어려워요.

  진실이란…"

  안나는 누워서 흥얼거렸다. 충분히 내용을 알고 있는 것 같았다. 그러고는 몸을 약간 일으켜 흥얼거렸다.
  네로는 깜짝 놀랐다. 자신도 영어는 이해하지 못했다. 안나는 배우지도 않았는데 몸으로 느끼고 머리로 이해하고 있었다. 신기하고 놀라웠다. 천부적인 재능이 안나에게 주어진 것 같았다. 길고양이 세계에서 자신이 뛰어난 고양이라고 생각하며 그렇게 살아왔었다. 하지만 안나에 비하면 아무엇도 아닌 것 같았다. 정작 그렇게 흥얼거리는 안나 자신은 당연한 것처럼 여겼다.

그때 거실 쪽에서 거친 여주인의 목소리가 들렸다. 단순하게 훈계하는 목소리가 아니었다. 분노를 다스리기 위해 내지르는 다짐도 없어 보였다. 질서 없이 이글거리며 끓어오르는 분노의 입자들을 집중적으로 모아서 쏘아대는 것이었다. 분명 어른이 아이에게 하는 모양새였다. 하지만 차갑고 싸늘하며 호전적이었다. 밤이 깊을수록 여주인의 목소리는 더욱 격하게 압박하는 것이었다. 급기야 폭력을 행사했다. 손바닥으로 머리를 때리더니 어느 순간 주먹으로 변했다. 아이가 넘어지자 육중한 다리로 밟고 걷어찼다. 그래도 아이는 신음소리를 내거나 울지 않았다. 속으로 참아내듯이 간헐적으로 큰 한숨을 쉬는 것이 고작이었다. 여주인은 제 풀에 지쳐서 욕지거리를 던지고 사라졌다.

안나와 네로는 가슴이 뛰고 긴장되었다. 분위기가 이렇게 흘러가면 몸이 먼저 반응하는 것이었다. 온몸 구석구석 무겁게 가라앉아있는 무자비한 폭력의 멍울들이 세포들을 하나씩 깨우는 것이었다. 안나는 자리에서 일어나고 창문 쪽에 있던 네로는 방문 쪽으로 다가갔다. 거실에서 거친 음성이 사라지자 더 큰 두려움이 몰려왔다. 안나는 음험하고 무거운 침묵에서 깨어나기 위해 일부러 작지 않은 울음으로 울었다.

거실에 별다른 일은 벌어지지 않았다. 그래서 다소 안심하고 미세한 빛이 방바닥에 어려 있는 곳에 밀착해서 누웠다. 더 이상 숲속에서 플루토의 기괴하고 음습한 울음소리가 들리지 않았다. 아까 멀리서 들리던 소쩍새의 울음소리가 가까이 다가와서 울고 있었다. 풀벌레 소리도 거침없이 비집고 들어왔다.

그렇게 한참이 지났다. 안나와 네로가 눈을 붙이고 얕은 잠을 청하고 있을 때였다. 방문이 조심스럽게 천천히 열렸다. 교무실에 처음 불려가는 아이처럼 소심했다. 안나와 네로는 작은 인기척에 목을 돌리며 눈을 떴다. 동시성.

어리고 여린 소녀였다. 그녀의 몰골이 말이 아니었다. 머리는 헝클어지고 얼굴에는 핏자국이 엉겨 붙어 있었다. 입술도 터지고 눈도 부어 있었다. 치아는 부러지지 않았으나 많이 흔들렸다. 혀로 밀고 당기기를 할 수 있었다. 손등이고 옷에는 아직 마르지 않은 피가 선연하게 드러났다. 짧은 반바지 아래로 진한 멍울이 군데군데 박혀 있었다. 원래 그 자리에 없었던 낯설음이 유난히 티를 드러내며 눈치를 보며 서식하는 것이었다. 그녀는 아무렇지도 않은 양 선 채 엷은 미소를 지어 보였다. 아픔을 느끼면서도 차분함은 잃지 않았다. 그녀는 침묵으로 안나와 네로에게 뭔가를 얘기하고 있는 것이었다. 안나는 느낄 수 있었다. 간절하면서도 절실한, 굴절되지 않으면서도 순수한 뭔가를….

그 소녀는 방문을 반쯤 열어둔 채 사라졌다. 안나와 네로 는 열린 방문 사이로 나와 거실에 이르러 출입문 쪽으로 발 걸음을 재촉했다. 두꺼운 출입문은 고양이가 간신히 빠져나 갈 수 있을 정도로 열려있었다. 네로부터 빠져나가고 안나 가 나갈 즈음에 여주인이 언제 와 있었는지 네로의 목덜미 와 안나의 꼬랑지를 들어올렸다. 그러고는 아까 갇혀 있던 골방에 던져 넣었다. 장광설을 늘어놓는 것도 잊지 않았다.

"내가 너희들을 플루토에게 샀다. 이젠 내가 너희들의 주 인이다. 내 허락 없이 아무 것도 할 수 없고 아무 곳에도 갈 수 없다. 내가 너희들을 사려고 얼마나 많은 돈을 지불했는 지 모를 거야."

안나와 네로는 재차 방에 갇히고 나서 문을 열어둔 것이 그 소녀라는 것을 알았다. 그녀도 자신들처럼 폭력으로 영 혼이 병들고 피폐되어 있었던 것이다. 그래서 사소한 친절 을 베풀었다고 생각했다. 네로가 안나에게 했던 것처럼. 아 직도 그들은 사람에 대한 단순한 적의가 남아있어 그 믿을 수 없는 선행을 온전히 받아들일 수는 없었다.

"여기 있었구나. 얼마나 찾았다고. 플루토가 우리 모두를 여주인에게 팔았어. 그것도 자살한 산양 한 마리와. 사체를 갈기갈기 찢어서 쪼아 먹는 것을 좋아하는 플루토에게는 당 연하겠지만. 그래도 우리의 값어치가 레이스를 펼치다 죽은 경주마는 되었어야 하지 않겠어?"

구피는 방충망 밖에서 너스레를 떨었다. 상황의 심각성을 모르는지 얼굴은 밝았다. 네로를 내려다보며 얄밉게 쓴웃음을 지었다. 구피는 네로에게 당한 최근에 일을 생각하고 있었던 것이다. 무참하게 짓밟힌 더 이상 회복이 되지 않을 것 같은 자존감….

안나는 구피가 반가웠다. 하지만 네로를 내려다보는 시선이 심상치 않았다. 설마 최근에 벌어진 난투극에 대한 간사한 보상을 여기에서 받고 싶은 것은 아닐 것이라 생각했다. 지금 상황이 상황인지라….

그때 여주인이 신문지 한 다발을 들고 들어왔다. 형광등 스위치를 켜자 안나와 네로는 눈이 부셨다. 그들은 각자 경계하는 격앙된 표정으로 여주인을 맞았다. 꼬리를 들고 허리를 곧추세우며 크고 세차게 울부짖는 것을 잊지 않은 채. 하지만 안나는 공격적으로 몸을 던지지 못했다. 반면에 네로는 거세게 돌진하여 여주인의 종아리를 깊고 강하게 물었다. 그러자 여주인은 무지막지한 오른손을 휘둘렀다. 그 충격으로 네로는 바람벽에 강하게 부딪쳤다. 그녀는 아픔을 호소하며 네로의 목덜미를 억세게 쥐고 무참하게 때렸다. 그녀는 손이 아플 정도로 때린 후 네로를 바닥에 내팽개쳤다. 그러고는 종아리에 흐르는 피를 보고 안나도 잡고 때렸다.

그녀는 한참을 때리고 방문을 닫고 나가버렸다.

네로의 얼굴은 피로 낭자했다. 눈동자도 충혈되고 코피도 났다. 고막도 울리고 허리도 쑤셨다. 하지만 네로는 개선장 군처럼 당당하고 거침없었다.

"나쁜 년에게 독을 품었지."

네로는 자신에게 만족하는 음성이었다. 안나는 그런 네로 를 보는 것이 씁쓸했다. 그런 상황을 구피도 창 밖에서 내 려다보고 있었다. 액션영화를 보듯이 집중해서 흥미를 가지 고 말이다. 조금 더 치열하고 잔혹한 액션을 보지 못한 것 이 아쉬움으로 남아 있는 표정이었다. 네로는 여전히 얄밉 고 싫은지 구피를 보며 으르렁거렸다.

"까불어 봤자 독 안에 든 쥐 신세지. 이런 날이 올 줄 알 았지. 상황은 늘 바뀌기 마련이니까. 아직도 너에게 짓밟힌 가슴 부위가 아프고 욱신거려. 길고양이 주제에 하늘을 나 는 새를 업신여겨? 언젠가 되갚아 줄 것이라 마음속으로 곱 씹고 있었지. 그날이 참 빠르게도 다가온다니까."

구피는 네로를 내려다보고 날선 말을 한참을 하고 사라졌 다.

안나는 그것을 지켜볼 수밖에 다른 방법이 없었다. 네로 는 피곤한지 여주인이 내려놓고 간 신문지를 펼쳐 그 위에 누웠다. 안나는 네로가 측은했고, 믿음직스러웠다. 격한 저 항은 생존에 필요한 생필품인지 모른다. 하지만 정작 자신 은 가까이 가지 못했다. 용기가 결여되지는 않았으나 본능적으로 행동하지 못했다. 아직 실존의 미숙함이 드러났다. 아니면 고양이의 율법을 몸속 깊이 새기지 못한 것이지도 모른다. 어쨌든 안나는 플루토의 간계에 빠졌다는 것을 알았다. 고민해도 소용없다는 것도 알았다. 인내심을 가지고 빈틈을 노려야 한다는 것밖에….

　안나는 네로 곁에 밀착해서 지친 육체를 뉘었다. 그러더니 스르르 눈이 감겼다. 숲속에서 소쩍새는 여전히 애잔하게 울고 있었다. 안나는 깊은 잠으로 들어서면서 '어니스티'를 흥얼거렸다.

서커스 단원이 된 안나와 네로

안나는 야행성이라 낮에 자고 밤에 활동했다. 하지만 그들은 어릴 적부터 사람들의 보살핌으로 살아왔다. 그래서 고양이의 야성이 많이 무뎌졌다. 조제된 정량의 사료도 본능을 잃게 하는 데 일조했다. 네로는 거친 길거리를 다니며 그 야성을 어느 정도 복원시켰으나 안나는 아직 그렇지 못했다. 다소 시간이 더 걸릴 것이다. 그래도 안나는 자신의 핏속에 고양이의 우월한 유전자가 남아있다는 것을 알고 있었다.

오늘 아침부터 많은 일들이 있었다. 많은 환경의 변화로 불안하고 긴장되지 않을 수 없었다. 안나와 네로는 지치고 유린되어서 온몸이 무거웠다. 그래서 밤의 활동을 밀쳐내버리고 깊은 숙면으로 나아간 것이다. 그들은 새벽 즈음에 깨어났다. 밖은 새벽이슬이 내리는지 풀벌레 소리가 축축했다. 지쳐있었기에 초저녁의 청아한 소리는 아니었다. 간신히 참아내며 아침을 기다리는 절박함도 없었다. 단지 밤의 섭리를 따르며 우는 생명의 일상성인 것이다. 네로는 먼저 일어나 몸을 길게 움직이며 스트레칭을 했다. 여주인이 거세게 때렸음에도 몸이 불편하지 않은 것 같았다. 하지만 안나는 많이 결렸다. 특별한 부위가 많이 아프거나 고통으로 자지러질 정도는 아니었어도 몸의 밸런스는 많이 무너졌다. 여주인에게 맞은 것보다 많은 활동량으로 기인한 것이었다. 사르트르의 집중적인 폭력에도 꿋꿋했기에….

그때 방문이 열렸다. 거실의 따스한 기운이 밀려들었다. 그 소녀였다. 잠옷을 입고 포니테일(ponytail) 머리를 하고 있었다. 단아하고 정갈했다. 여전히 입술은 많이 부어 있었다. 규칙적으로 치아를 밀고 당겼다. 그녀는 네로에게 바나나를 건넸다. 그러고는 안나를 지그시 바라보며 자신의 이름을 얘기했다. 안나도 눈망울을 지그시 감으며 자신의 이름을 얘기했다. 그리고 그녀는 방문을 닫고 사라졌다.

그 소녀의 이름은 바리라고 했다. 안나는 그녀와의 대화를 네로에게 말했다. 네로는 바리가 자신이 좋아하는 바나나를 어떻게 알았는지 궁금했다. 그들 사이에 교감이 없었던 것이다. 아직 네로는 그럴 단계가 아닌 것이다. 네로 자신이 바리의 리듬을 인정해야 가능한 일인 것을 네로는 알고 있었다. 명상의 궁극은 고립이 아니라 만물과의 소통인 것이다. 자신이 아직도 그런 단계에 이르지 못한 것을 깨달았다. 고양이의 율법을 따르며 나름대로 각성하면서 살았어도 그런 단계는 요원한 것이었다. 그렇지만 안나는 만물의 언어를 충분히 이해하는 것이다. 그런 것은 노력으로 된 것이 아닌 듯했다.

네로는 유심히 바나나 하나를 내려다보다 안나 곁으로 밀었다. 바리가 두 개를 가지고 온 것이다. 안나는 어리둥절했다. 얘기는 들어도 직접 보거나 먹어보지 못했다. 네로는 그런 것을 아는지 모르는지 태연하게 껍질을 벗겨 농익은 과육을 삼켰다. 안나는 약간 꺼림칙했기에 우선 따라서 해 보기로 하고 껍질을 벗겼다. 앞발로 누르고 이빨로 벗기기가 여간 힘든 것이 아니었다. 하지만 몇 번의 도전 끝에 껍질을 벗길 수 있었다. 네로처럼 능숙하게 벗겨 알맹이를 먹어치우지는 못했다. 처음 해보는 것이라 나쁘지는 않았다. 안나는 바나나 과육을 조금 베어 물고 입속에 넣어 보았다. 달콤한 것이 사료의 무미건조한 맛과는 달랐다. 네로도 이런 독특한 향과 맛에 길든 것 같았다.

"안나도 이젠 길거리의 고양이가 다 되어 버렸네. 바나나도 다 먹고. 사료하고는 태생이 다르지. 이젠 원숭이처럼 나무도 잘 오를 수 있겠네. 네로에게 조금만 배우면 될 거야. 축하할 일이 또 있어. 여주인이 너희들을 서커스 단원으로 만든다는 거야. 소녀 바리와 함께 말이야. 그래서 플루토에게서 너희들은 산 것이래. 헐값이긴 하지만. 이 촌구석에 그런 볼거리라도 있어야 돈벌이가 되지 않겠어?"

"구피, 빠져나갈 방법이 있겠어? 3층이라 뛰어내릴 수도 없고. 철문은 굳게 닫혀있고. 구피, 너라면 방법을 찾을 수 있을 것도 같아."

"방앗간에 가서 정보를 얻을 수 있을 거야."

구피는 네로를 야멸차게 바라보고 어디론가 날아갔다. 안나는 구피를 믿고 있었다. 구피가 돌아오면 빠져나갈 방법을 찾아올 것이라 생각했다. 안나로서 최선의 생각이었다. 하지만 네로는 그렇지 않았다. 구피는 분명 자신들에게 뭔가를 숨기고 있다는 것을…. 그 뭔가가 자신들이 겪고 있는 현실과 무관하지 않다는 것을 말이다. 확실한 증거를 찾기 전에는 안나에게 말할 수 없었다. 안나는 이간질하는 것을 제일 싫어했다. 자신이 구피를 싫어하는 것을 알고 있기에…. 아직도 네로는 안나를 연모하고 있었던 것이다. 그래서 미움을 살 필요는 없었다. 아직도 생식기를 확인하지 않았기에…. 자신의 눈으로 확인해야 마음을 거두고 또다시 내일을 향해 나아갈 수 있는 것이다. 그것이 또 자기가 살길이라고 생각했다. 네로는 자신의 강한 욕구를 채워주지 못하는 사내는 필요 없었다. 만약에 안나가 사람들에게 존경을 받는 신이 될지라도 무의미했다. 자신에게 필요한 것은 생존의 활력이었다. 생식기의 부재는 그것을 모두 앗아가는 것이었다. 껍질만 사내는 필요 없는 것이다. 애무만하고 끓어오르는 욕구를 참아야 하는 싱겁고 타점 없는 행위는 싫었고 재미없었다.

네로는 새벽을 깨우는 것은 햇살이 아니라 새의 지저귐이라는 것을 알고 있었다. 새벽의 차가운 기운은 새소리에 부서지고 녹아내리는 것을. 차츰 영롱한 새소리가 하나씩 자취를 감추면 비로소 햇살이 먼 산부터 비추고 가까이 다가

온다는 것도 알고 있었다. 네로는 야산에서 자주 아침을 맞이해봤기에 알 수 있었다. 지금도 그 햇살이 창밖에 머물러 있었다. 예전에는 자유로웠지만 지금은 갇혀 있다. 그래서 그런지 아침햇살이 더욱 곱고 맑았다. 자신의 위치와 상황에 따라서 똑같은 사물이 달라지는 것을 이제 안 것이다. 햇살은 예나 지금이나 여전히 따스하게 다가오고 있음에도….

그때 여주인이 들어왔다. 미간을 찌푸린 채 긴 운동복을 입고 있었다. 한낮이 아니라 밖은 차가운 것이다. 그녀 뒤에는 바리가 멀거니 쳐다보고 있었다. 긴 창을 한 고깔모양의 모자를 쓰고 있었다. 제법 우스꽝스러웠으나 이상하게 잘 어울렸다. 바지는 하얀색 스키니 바지를 입고 있었고 그 위를 핫핑크 블라우스가 감싸고 있었다. 제복 같지는 않았다. 손님들을 위한 옷인 것은 분명했다.

"오늘부터 고양이들을 훌륭하게 만들어봐. 밥값은 해야 될 것이 아니야. 숫자도 가르치고 말도 가르쳐. 앞발을 들고 춤을 추는 것도 괜찮겠지. 아니면 원숭이가 할 수 있는 나무 타기나 꼬리를 이용해 거꾸로 매달리기. 멀리서 손님들이 찾아와서 볼 수 있게 말이지. 그러면 영원히 엄마에게 보내주지."

우울하던 바리에게 희망의 빛이 감돌았다. 안나는 그녀의 얼굴에서 화색이 도는 것을 볼 수 있었다. 안나와 바리는 서로에게 은근한 존재적 관계인 것을 각자가 조금씩 느낄 수 있었다. 한 영혼이 다른 영혼에게 말을 걸고 인정하는 것이다. 그것은 서로 다른 언어 체계와는 무관한 것이다. 맑고 순수하며 솔직하면 가능한 것이다.

네로는 여전히 경계의 모습을 감추지 않았다. 하지만 안나는 그렇게 저항하는 모습을 드러내지 않았다. 당면한 현실을 주도면밀하게 파악하는 것이 우선이라고 생각했다. 그래서 네로의 저항하는 모습을 내버려두고 여주인을 지켜봤다. 안나는 여주인이 방을 나가자 네로를 진정시켰다.

바리는 방으로 들어와 안나와 네로를 끌어안았다. 무시로 날리는 털은 아랑곳하지 않았다. 블라우스에 묻어도 거리낌 없었다. 언어로 표현은 못했으나 안나는 이해할 수 있었고 교감할 수 있었다. 그녀의 어두운 삶의 이면도 송골송골 맺히듯이 다가왔다. 네로도 바리를 측은하게 바라보기는 매한가지였다. 예전에 자신의 삶과 같이 힘든 나날을 보내고 있다는 것을 알고 있는 것이다. 새엄마로부터 받은 고통이 더 힘들고 괴로울 것 같았다.

바리는 눈물을 흘렸다. 처연하고 괴로워서 우는 것이 아니었다. 환희에 가까운 기쁨이었다. 바리는 태어나서 처음 만나는 친구였다. 이젠 다른 사람들의 시선에 신경 쓸 필요는 없었다. 내 마음을 나눌 수 있고 의지할 수 있는 친구가 생긴 것이다. 특히 바리는 안나가 마음에 들었다. 네로도 싫지는 않았으나 안나의 은은하고 깊은 미소가 더욱 온유하게 다가왔다. 말로 표현할 수 없었다.

안나도 그런 바리의 마음을 느낄 수 있었다. 자신과 많이 닮아 있었다. 사르트르에게 당한 것처럼 바리도 새엄마에게 당하고 있었다. 베란다에 갇혀 있었던 것처럼 바리도 방에 갇혀 있었다. 공포와 두려움에 떨며 웅크리고 있었던 것이다.

네로는 사람에 대한 경계가 심했었다. 하지만 바리는 달랐다. 사람에 대한 경계는 율법에도 나오는 것이다. 바리는 유일하게 그 벽을 허물었다. 그녀는 사물을 이해하는 미소로 받아들이고 품고 녹였다.

바리는 안나와 네로를 번갈아가며 쓰다듬어 주었다. 바리의 손길이 닿는 곳마다 그들은 온몸으로 느낄 수 있었다. 그들도 사람의 손길이 이렇게 부드럽고 따스한 것이지 처음 알았다. 안나는 어린아이처럼 그녀의 품에 파고들어 어리광을 부렸다. 머리로 문지르며 혀로 핥았다. 몸속에서 행복하면 내는 소리를 반복적으로 내며 말이다.

안나는 온전한 가족이 되는 순간을 느낄 수 있었다. 사람과 동물이 구분되어 있어도 무의미한 것이었다. 의미란 살아있는 따스한 온기와 온기에서 나온다는 것을 이미 알고 있었다. 가까이서 서로 오감으로 느끼며 호흡하고 시간을 보내는 것이 가족인 것이다. 생명만 부려놓고 헤어진 가족은 이방인인 것이리라. 가족은 기억 속에서 망각으로 가라앉지 않는 유일한 것이라고 안나는 생각했다.

안나는 마음을 추스르고 현실을 직시하고 싶었다. 부정한다고 밀려드는 밀물이 주저하며 멈추지 않는 것이다. 마귀할멈 같은 여주인이 순순히 풀어주지 않을 것은 자명했다. 지불한 돈만큼 이익을 챙기고 싶을 것이다. 어쩌면 이런 생각들이 조금 전에 형성한 가족에 대한 책임감일 것이라 지레짐작했다.

네로도 현실을 박차고 나가야한다고 생각했다. 하지만 가족이라고 생각한 적은 없었다. 길거리 고양이들과 사뭇 다른 것은 인정했다. 바리도 그랬고 안나도 그랬다. 하지만 그 이상은 아니었다. 더욱이 안나를 사랑하고는 있어도 그 소녀와 플루토의 말이 정확하다면 안나도 정리 대상이었다. 생식기를 잃은 사내는 필요 없었다. 자신이 꿈꾸는 미래에 그런 비극적인 무료함과 무력함을 채우고 싶지 않았다. 보통의 암고양이들이 꿈꾸는 몽환적이고 스릴 넘치는 달콤한 희열로 삶의 전체를 채우고 싶었던 것이다.

그 즈음에 안나는 네로와 대화했다. 그들은 차분하고 온화하게 서로의 눈동자를 들여다봤다.

"우리들이 할 수 있는 것을 하자. 여주인이 원하는 방향대로. 지금 그것밖에 할 수 있는 것이 없지 않은가. 그 사이사이 틈이 나면 탈출하는 거야. 어설프게 저항했다가 더욱 더 고립되거나 구타당할 수 있어."

　네로도 비슷한 생각이었다. 엉거주춤 앉아있는 바리도 안 나의 말을 알아들었다. 입모양을 보고 안 것이 아니었다. 미간으로 집중되어 있는 눈동자로 서로 소통한 것이다. 바 리는 고양이의 언어 체계가 궁금했으나 알고 싶지는 않았 다. 모른 체 놔두는 것이 어쩌면 안나를 더 잘 아는 것인지 모른다. 언어로 표현되어 버리면 본래의 고유를 잃을 때가 많기 때문이었다.

　바리는 작은 탁자를 방 중앙에 놓았다. 밥상으로 쓰던 것 이다. 구석에 오래 처박혀 있어 먼지가 지저분하게 쌓여 있 었다. 바리는 손걸레로 깨끗이 닦고 안나와 네로를 밥상 위 에 나란히 올려놓고 숫자 카드를 꺼내어 놓았다. 안나와 네 로는 앞발을 세워 앉아서 바리를 주시했다. 바리는 1에서 10까지 숫자를 나열했다. 그러자 안나는 바리가 원하는 것 을 대충 알 것 같았다. 처음 보는 숫자였어도 생소하지 않 았다. 한때는 그래도 사르트르의 집에서 살았다. 그는 학자 로서 저명한 사람이었다. 그 정도는 쉽고 익숙한 것이다. '실존이 본질에 선행한다.'는 철학적인 명제도 배우지 않 았는가. 집요하고 강제적이었지만 말이다.

　네로는 사람들의 언어는 읽을 수 있었어도 숫자는 처음 접하는 것이었다. 타고난 기민성과 눈치로 바리가 원하는 방향성을 알 것 같았다. 길거리에서 터득한 생존의 촉수는 민감하지 않으면 무시당하거나 따돌림당한다. 네로가 길거리에서 우두머리 노릇을 할 수 있었던 것도 다 이런 것 때문이었다.

바리는 다소곳하게 설명했다. 안나는 침착하고 차분하게 그녀를 올려다봤다. 그녀의 눈망울 주위에 이상한 열기가 묻어나는 것이었다. 알 수 없는 애매하고 모호한 따스함이었다. 그 속에 여리게 꾸물거리는 삶의 부스러기가 있었다. 그것이 빛나는 것이다. 어제는 볼 수 없었던 것이다. 음침하게 가라앉은 그림자만이 스멀거릴 뿐이었다.

바리가 숫자를 들면 안나와 네로는 그 숫자를 보고 우는 것이다. 안나가 한 번 따라하자 상황을 빠르게 받아들이는 네로는 이미 알았다는 듯이 의미심장한 미소를 띠었다. 바리가 다른 숫자 카드를 들자 안나보다 먼저 울었다. 몇 번을 반복해도 그들은 대답이 늦거나 틀리지 않았다. 그들에겐 너무 쉬운 것이다. 바리는 놀라웠다. 그래서 얼굴에 흡족한 미소가 연신 묻어났다.

바리는 다른 것을 배워보자며 아래층으로 데려갔다. 레스토랑이 있는 층이었다. 바리는 그들을 레스토랑 베란다에 내려다놓았다. 그리고 베란다 가장자리에서 캣타워 비슷한 물건을 끄집어내었다. 형태는 안나의 집에 있는 것과 비슷했다. 눈에 띄게 다른 것은 중간쯤에 철봉이 길쭉하게 매달려 있는 것이었다. 튼튼하고 견고해 보였다. 네로는 그것을 보고 당당하게 뛰어올라 철봉 위를 위태롭게 걷더니 어느 순간에 꼬리로 매달리는 것이었다. 한순간에 벌어진 일이었다. 안나도 뒤따랐다. 하지만 고정된 철봉이 너무도 가늘어 보여서 나아가지 못했다. 힘겹고 두려웠다. 지켜보는 바리는 격려하는 눈빛을 보냈다. 네로는 안나가 안절부절 못하는 것을 보며 미소를 머금은 채 눈을 감았다. 명상에 들었다. 네로는 꼬리로 매달리면 습관적으로 명상을 했다. 사위의 어수선한 것들을 흘려보내고 영육을 차분하게 가라앉혔다. 그때 안나는 마음을 단단히 먹고 가늘고 위태로운 철봉으로 과감하게 나아갔다. 몇 발도 딛지 못하고 가꾸라졌다.

바리는 떨어진 안나를 머리 높이까지 들었다가 자신의 눈높이에 놓았다. 그러고는 서로 눈을 맞추었다. 바리는 안나의 눈을 빤히 들여다봤다. 안나의 눈망울은 맑고 투명했다.

"이럴 것이 아니라 탈출하는 것이 어때. 여주인도 없고 감시도 느슨한 것 같아."

네로는 한참 명상에 접어들었다가 눈을 뜨며 말했다.

네로는 몸을 흔들며 반동을 일으켜 바닥에 착지했다. 체조선수처럼 우아하고 세련된 자세였다. 주위는 다시 삼엄해지는 것 같았다. 하지만 바리는 그것에 동의하지 않았다. 안나에게 목을 좌우로 흔들며 부정적인 의사를 드러내었다. 그러고는 새엄마의 주도면밀한 행위를 말했다. 네로는 받아들이려 하지 않았다. 그래서 베란다 문을 밀치고 나가려 했다. 그 순간에 아직도 어둠이 내밀하게 배어 있는 숲 속에서 플루토의 음험한 울음이 들렸다. 짧고 간결하게….

"네로는 언제 그런 재주를 익혔어? 안나도 남다르게 총명하고. 더 이상 가르칠 것이 없겠다. 조금만 더 연습하면 되겠어."

바리는 플루토가 감시하고 있다는 것을 알았다. 그래서 안나에게 한 말이었다. 주위를 환기시키기 위해서. 안나는 네로에게 눈치를 줬다. 네로도 안나의 의도를 빠르게 인식하고 자연스럽게 돌아와서 캣타워 위로 뛰어올랐다.

바리는 안나에게 철봉에서 꼬리를 걸고 명상하는 법을 네로에게 배우라고 했다. 그러고는 안나를 들어서 네로 곁에 내려놓았다. 네로는 은근히 다가가서 꼬리를 들어 안나의 발끝부터 머리끝까지 쓰다듬었다. 연이어 섬세한 혀의 터치로 짧고 부드러운 털을 고르게 폈다. 사랑과 존경이 물씬 묻어나는 것이었다. 절실하고 극진하며 고귀했다.

안나는 네로의 행위가 이성적으로 다가오지 않았다. 몸속 깊은 곳에서 끓어오르는 뜨거운 열기는 없었다. 온몸 구석구석 황홀한 탄식은 상상할 수도 없는 것이다. 입 주위에 가늘고 긴 수염이 파장을 일으키는 일은 더더욱 없었다.

"둘이 잘 어울려."

바리는 안나를 보며 말했다. 안나는 질겁해서 몸을 움츠리며 어색한 표정을 지었다. 그러고는 조금 전에 미끄러진 곳으로 갔다. 네로는 바리가 안나에게 한 말을 알아들을 수는 없어도 섬세하게 발달한 밑천이 있어 대강 알 것 같았다. 내색하지는 않았다.

안나는 사르트르가 꼬리를 강하게 단련시켜 놓았기 때문에 근력이 모자라는 것은 아니었다. 지속적으로 가혹하게…. 하지만 네로에 비하며 요령이 부족했다. 더욱이 네로처럼 체계적으로 교육을 받은 것도 아니었다. 네로의 주인 포는 사르트르보다 더 혹독하고 가혹했던 것이다.

안나는 다시 시도를 해봤다. 철봉이 가까워지자 앞발을 천천히 내밀었다. 조심스러웠다. 아까 네로가 하는 것을 지켜봤어도 너무도 자연스럽게 이루어져서 동작 하나를 구분 짓고 따라할 수 없었다. 수없이 많은 반복적인 연습이 만들어낸 결실인 것 같았다. 안나는 용기를 내어 가늘게 뻗은 철봉 위를 조금씩 나아갔다. 위태롭기 그지없었다. 그때 바리의 도움이 있었다. 안나의 두툼한 꼬리를 철봉 위에 올려다놓았다. 그러자 기다렸다는 듯이 꼬리로 철봉을 감았다.

바리는 밝게 웃으며 박수를 쳤다. 네로도 기뻐서 어쩔 줄을 몰랐다. 철봉에 자연스럽게 매달려 있는 안나 자신도 대견했다. 안나도 매달려서 주위를 살폈다. 모든 사물이 거꾸로 보였다. 바리도 그랬고 네로도 그랬다. 안나는 새로운 세계를 보는 것처럼 경이로웠다. 사르트르가 강제적으로 꼬리를 들어 올렸을 때는 아무 것도 보이지 않았다. 안나는 그것이 왜 그런지 알 수가 없었다. 그래서 눈을 감고 명상으로 다가갔다. 마음속에 있는 문을 하나씩 열고 들어갔다. 겹겹이 닫힌 문이었다. 열쇠로 열고 들어갈 수 있는 것이 아니었다. 때로는 기다림으로, 때로는 밝은 미소로 그 자리에서 한없이 맴을 돌다보면 알아서 문이 열리는 것이었다. 어쩌면 그 문을 여는 열쇠는 포기인지도 모른다. 집착과 바람을 다 포기하고 잊을 때 비로소 문이 열리고 또 다른 문을 맞이하는 것인지도….

안나는 몇 개의 문을 열고 들어갈 즈음에 자신이 원하는 정답을 찾았다. 본래 사물은 같은 형태로 본질을 지키며 살고 있는 것이다. 그것을 바라보는 시선이 다르게 보고 판단하는 것이다. 그리고 고통과 회피도 있었다. 사르트르에게 매달려 있을 때는 잔인한 상황만 피하기 위해 사위의 잔잔한 숨결을 들을 수 없었다. 그 당시는 그것을 회피하는 것이 최선이고 살길이라고 생각할 때였다. 그러므로 생존의 필연성이 굴절을 낳은 것이다.

네로는 그렇게 멈춰 있는 안나 곁에 나란히 매달렸다. 멀리서 보면 깊은 잠의 수렁에 빠져있는 모습이었다. 달콤한 꿈을 꾸는지 얼굴에는 엷은 미소를 잃지 않았다. 네로는 명상의 뜰에서 안나와 교감하기를 바랐다. 그곳에서 다정하게 앉아서 서로의 털을 가지런하게 해주고 꼬리로 얼굴을 쓸어주고 싶었다. 그러고는 접힌 귀를 들어서 따스한 입김을 잔잔하게 불어넣어 주고 싶었다.

"잘하고 있군. 밥값은 하고 있어. 리허설도 필요 없겠군."

베란다 문을 밀치고 여주인이 들어왔다. 흡족한 표정으로 매달려 있는 안나와 네로를 내려다봤다. 그러고는 바리의 어깨를 툭툭 치며 정겹게 웃었다. 바리는 무표정했다. 차갑고 어두웠다. 강하게 외면했다.

여주인이 문 열고 들어오는 소리에 안나와 네로는 눈을 떴다. 그들은 철봉에 매달려서 여주인의 일방적인 말을 듣고 있었다. 그 사이 안나는 바리의 일그러진 얼굴을 보았다. 가혹한 폭력의 장면들이 떠오르는 모양이었다. 가여웠다.

여주인은 주위를 여러 번 휘둘러보고 나갔다. 곧바로 네로는 몸의 반동을 일으켜 날렵하게 철봉 위에 섰다. 다소 불안했다. 그러면서도 얼굴에 미소는 잃지 않았다. 그러고는 아직도 매달려 있는 안나를 내려다보았다. 꼬리를 철봉에 감은 채 미동도 없는 안나를. 당당하게 매달려 있는 모습이 대견했다. 그러던 중에 우연찮게 네로는 안나의 은밀한 곳에 눈길이 갔다. 자석이 양철을 강하게 잡아당기듯이 숙명적이었다. 소멸되었다. 그곳에 있어야 하는 토실한 '자두'가 없었다. 광포한 태풍이 불어닥쳐 떨어졌는지 알수는 없었다. 여하튼 소멸되었다. 네로는 사지가 휘청거리며 풀어졌다. 생존의 방향과 가치를 잃어 버렸다. 침통한 표정으로 베란다 가장자리를 찾아가서 힘없이 스러지듯이 배를 깔고 누웠다. 그러고는 더 이상 눈을 뜨지 않았다. 네로의 도드라진 행동에 안나는 걱정이 되었다. 다가가서 꼬리로 쓰다듬어 주었다. 그래도 기척이 없었다. 차가운 돌덩어리가 땅 속 깊이 박힌 것 같았다.

바리는 네로의 행동을 알 것 같았다. 그렇다고 확실하게 콕 짚어 말할 수는 없었다. 마음의 어떠한 부분이 상실되어 버린 것을…. 그것이 안나와 연관이 되어 있다는 것도. 회복될 수 없고 되돌릴 수 없다는 것을 직감적으로 느끼며…. 어쩌면 안나와 자신을 버리고 영원히 사라질지도 모른다는 불길한 생각도 해보았다.

그때 아주 먼 잡목림 속에서 플루토의 울음소리가 들렸다. 안나와 네로의 불행을 알고 있는 것 같았다. 낮고 음울하게 울었다. 먼 곳에서 너희들을 감시하고 있다는 메시지를 담고 있는 것이다. 바리는 소름이 돋았다. 새엄마의 마수는 플루토의 울음 속에 숨어 있었다. 그 사이사이 뻐꾸기의 울음소리가 섞여 있어도 어울리지 못하고 사그라졌다. 하지만 바리는 위축되지 않았다. 안나를 만나고 난 후에 나오는 자신감이었다. 그를 생각하면 무한한 가능성이 펼쳐지는 것 같았다. 힘들어도 이겨낼 수 있을 것 같았다. 홀로 있을 때는 상상도 못한 일이었다. 안나는 이미 벌써 그녀의 심중에 뿌리를 깊게 내리고 있었다. 그래서 새엄마도 플루토도 무섭지 않았다. 안나가 태양처럼 우뚝 솟아 있었기에….

실크로드를 벗어나 세상 밖으로

안나는 네로 곁에 잠들어 있었다. 그는 무난하게 숙면을 취하고 있었다. 두려움 없는 편안함이었다. 반면에 네로는 아직도 몸을 끌어당겨 머리를 묻고 실의와 허탈에서 헤어나지 못하고 있었다. 싸늘한 표정은 여전했다.

안나는 꿈속을 헤매고 있었다. 예전에 한번 꾼 황막한 사막은 아니었다. 외길로 되어 있는 숲길이었다. 바람은 정처 없이 떠돌지 않았다. 숨죽이며 떡갈나무 잎사귀 곁에 조용히 머물렀다. 녹음에서 뿜어져 나오는 싱그러운 향취는 바람의 조신함으로 사위를 차분하게 감싸고 있었다. 삶의 노고를 잊게 하는 독특한 물질 같았다. 햇살도 가까이 오지 못하고 산등성이에 멀찌감치 물러나 있었다.

안나는 투박한 산길을 걷고 있었다. 바리도 없고 네로도 없고 구피도 없었다. 혼자 담담하게 걸었다. 경사가 심하지는 않았으나 잡풀들이 온몸을 휘감아서 나아가기 힘들었다. 새벽의 이슬은 내려서 이미 말라버리고 없었다. 가끔씩 두꺼운 풀잎 사이에 축축한 물기가 여전히 자생하고 있었다.

안나는 침엽수림이 우거진 곳에 이르렀다. 길 양쪽으로 도열해서 무표정하게 자신을 경호하는 것 같았다. 삼엄하고 서늘했다. 신기한 것은 그때까지 자신의 움직임을 제약했

던 잡풀들이 어느 순간부터 소멸되어 없어진 것이다. 그제
야 구피가 예전에 한 말이 떠올랐다. '특별한 식물은 자신
의 생존을 위하여 일정한 화학 물질을 만들어 주변의 경쟁
식물들의 성장이나 발아를 막는다는 사실을…. 붉은색 단풍
나무도 그렇고 허브도 그렇고 소나무와 참나무도 그렇다고
했다. 어떤 식물은 때때로 자신의 생존에 대한 필요를 채워
주는 주변 식물의 성장을 돕는다고 했다.' 그때 안나는 의
아하고 대수롭지 않게 받아들였다. 자신의 눈으로 직접 확
인하니 생존이 새로운 진화를 낳는다는 것을 절실하게 느꼈
다.

안나는 자신의 자양분으로 주위에 생존하는 생물들의 생
육에 도움이 되기를 바라며 외길을 걸었다. 삶 속에는 선택
적 선악이 존재하는 것도 알았다. 자신이 생존하기 위해 때
로는 참혹한 현실을 취하고 때로는 더불어 나누는 삶을 취
하는 것이다. 그것은 천부성에서 나오는 행동이 아닌 것이
다. 환경의 변화에 따라 고의로 자행되는 것이다.

침엽수림을 벗어나자 하늘이 훤하게 열렸다. 가까이 있던
산등성이 어느 순간 멀리 자리를 옮기고 있었다. 외길도 차
츰 그 폭이 넓고 부드러워졌다. 잡풀도 없고 가지런하게 정
돈되어 있었다. 꽃들도 주위를 단정하게 수놓았다.

안나는 마음이 한결 나아졌다. 외롭고 고단했던 순간들
이었다. 언제부터 걸었는지 알 수도 없었다. 시간의 개념도

풀어져 흐릿했다. 하지만 자신이 그 무엇을 위해 걷고 있다는 것을 알았다. 그 무엇을 적확하게 깨닫지는 못해도 나아가는 것이었다. 사람들이 삶의 나날을 보내듯이….

외길을 걸을 때마다 산등성이는 멀리 사그라졌다. 아득한 구름 사이로 소멸되어 버리는 것 같았다. 바람이 천천히 움직이며 그 일을 돕는 것도 같았다. 대지는 끝없는 평원을 꿈꾸고 있기에 자신에게 고착되어 있는 산들을 유감없이 흘려보내는 것 같았다. 미련도 없이….

그 땅에서 사람들은 곡식을 일구고 있었다. 누렇게 익은 밀이 바람에 일렁거리고 보리도 초록을 예전에 벗어던지고 누런 외부만 고집하고 있었다. 논에는 물이 그득하게 고여 있었다. 씨앗을 바라는 간절함이 물살로 드러나는 것 같았다. 애타게 그리움을 풍기며 유혹하는 것처럼….

안나는 아득하게 멀어지는 산을 바라보다 시선이 머무는 곳이 있었다. 처음에는 흐릿한 형체로 다가왔다가 차츰 뚜렷하게 보디를 드러내었다. 피라미드였다. 한 번 본 적이 있는 그것이었다. 장소가 사막이 아닌 것 빼고는 모양과 크기가 같았다. 피라미드 꼭대기에는 여전히 고양이 형상을 한 조각이 주위를 휘둘러보고 있었다. 거룩하고 인자했다. 그 아래 사람들이 모여 있었다. 무언가 암송하며 기도를 드리는 것이다. 안나는 들을 수 있는 거리까지 다가갔다. 사람들은 한결같은 음성으로 기도했다. 신성한 피라미드 꼭대기에서 빛을 뿜어내는 고양이 형상을 바라보며….

"안나여, 안나여, 당신은 우리들의 구주이십니다."

바리는 안나와 네로가 혼곤한 잠에 취해 있는 것을 보고 레스토랑 안으로 들어갔다. 베란다와는 달리 실내는 고여 있는 물속처럼 어둠이 두껍게 가라앉아 있었다. 바리는 출입문 쪽으로 다가가서 문을 열려고 할 즈음에 밖에 누군가 얘기하고 있는 것이었다. 바리는 마음의 언어로 얘기를 했다. 그들은 알지 못해도 그들의 마음과 얘기하는 것이었다. 바리 자신이 외롭고 고독할 때 손수 반복적으로 터득한 방편이었다. 그것이 어느 순간부터 가능성의 단계를 거쳐 모양새를 갖추는 것이었다. 마음은 실존과 무관하게 본질의 순수한 가치를 따르고 추종하기 때문에….

바리는 출입문 뒤에 새엄마가 어떤 사내와 이야기하고 있다는 것을 느낄 수 있었다. 불경하고 괴기스러웠다. 새엄마의 마음은 바리에게 전해졌다. 하지만 희끄무레한 유리를 통해서 보이는 사내의 마음은 칠흑으로 덧칠해져 있었다. 어두운 곳에서 삶을 이끄는 무리의 우두머리일 거라 생각했다. 아니면 명계를 다스리는 플루토 정도는 될 것 같았다. 따스한 온기는 찾을 수 없으니 말이다.

바리는 새엄마의 마음의 뜰에 구피가 평화롭게 노닐고 있는 것이 보였다. 그러다가 구피는 플루토가 나타나자 넙죽 엎드려 존경의 예를 표하고 있었다. 주위를 맴돌며 아첨을

121

떠는 것도 잊지 않았다. 플루토도 구피에게는 야멸찬 시선을 버리고 신뢰가 묻어나는 표정을 지었다. 충복이었다.

바리는 베란다로 돌아왔다. 새엄마와 그 사내가 헤어지는 것을 보고 말이다. 그녀는 베란다에 놓인 테이블에 얼굴을 파묻고 자는 척했다. 새엄마의 눈을 속이기 위해서는 할 수 없었다. 그렇게 엎드려 있는 바리의 어깨 위에 햇살이 차분하게 쌓였다. 바리는 창이 긴 고깔모자를 비스듬히 세워놓고 눈을 감았다. 낮잠을 청하기 위해 취한 자세는 분명 아니었는데 자신도 모르게 잠속으로 끌려들어간 것이다.

해가 많이 기울었다. 안나와 네로는 여주인이 준 굴비를 맛있게 먹고 다시 잠을 청했다. 찐 굴비는 비릿한 바다 냄새가 많이 나지 않았다. 부드러운 음식이라 안나는 별미로 먹었고 네로는 몇 번 씹다가 뱉었다. 살아온 환경이 달랐기에 식성도 달랐다. 후식은 바리가 준 바나나를 먹었다.

그렇게 6월의 뜨거운 한낮을 잠으로 보내고 있었다. 숲속에서 서늘한 바람이 가끔씩 불어와 열기는 식히기는 했어도 때 이른 여름의 광기는 어쩔 수 없었다. 실크로드 앞에 크게 입 벌리고 있는 저수지도 마찬가지였다. 어두운 표정을 드러내며 침묵으로 일관할 뿐이었다. 바람이 가끔씩 다가가 장난을 치는 해도 동요하는 기색은 보이지 않았다. 스스로 몸을 일으켜 볼 만한 형태를 만들어 열기를 쫓아내지 못하는 것이 저수지에 갇힌 물의 신세였다. 언젠가는 기회가 올 것을 알기에 참고 인내하는지도 모른다.

안나가 일어날 즈음에는 제법 서늘했다. 두껍게 드리워진 구름이 태양을 가리고 있었고 미루나무 잎사귀를 움직이는 바람도 가지에만 매달려 있지 않았다. 안나는 일어나 몸을 길게 늘어뜨리며 스트레칭을 했다. 후덥지근한 대기가 사라지자 온몸을 덮고 있는 촘촘한 털 사이에서 끈끈한 땀이 베어나지 않았다. 쾌적했다.

안나는 테이블 위에 엎드려 자고 있는 바리 곁에 다가갔다. 테이블 위에 오르지는 않았다. 그녀의 양 발 사이에 앉아서 머리를 문질렀다. 그러고는 자신의 헝클어진 털도 혀의 오밀조밀한 빗질로 정돈했다. 그는 정성을 들였다. 그러면서 자신이 당면한 현 시점을 생각했다. 사르트르에게 갇혀 있을 때와 별반 다르지 않았다. 어쩌면 사르트르와 있을 때는 느슨하게 풀어져 있었던 것이었다. 협소한 베란다에 갇혀 있긴 했지만 말이다. 하지만 지금은 완전히 다르다. 감시가 예사롭지 않았다. 자의에 의해서 들어온 것도 아닌데 자유는 없는 것이나 마찬가지였다. 플루토는 폭넓은 시야를 확보해서 밤낮을 가리지 않고 감시했다. 플루토를 어떻게 하지 않으면 이곳에서 빠져나갈 수도 없을 것 같았다.

그때 바리가 깨었다. 그녀는 테이블 아래로 손을 뻗어 안나를 안아서 넓적다리 위에 올려놓았다. 안나는 가볍게 바리의 손가락을 물며 혀로 핥았다. 머리로 손등을 묵직하게 문지르는 것도 잊지 않았다. 바리도 손가락으로 안나의 양쪽 귀를 꼭 잡아당겼다. 그러고는 미소를 띠며 가늘게 뻗어 있는 수염을 적당하게 당겼다.

테이블에 그늘은 깊게 드리워져 있어 안나와 바리는 시원했다. 건물 주위에 느티나무가 무성하게 버티고 있었다. 안나는 바리와 장난을 치다가 테이블 위에 올라서 길게 드러누웠다. 그리고 바리의 눈동자를 그윽하게 올려다봤다. 바리도 안나의 눈동자를 자애롭게 내려다봤다. 둥근 원이 아래로 길쭉하게 당겨진 것이었다. 기묘했으나 놀라지 않았다. 생소했으나 인정했다.

"안나, 이젠 우린 어쩌지? 주위에는 거미줄이 여러 겹이야. 홑겹이 아니라니까. 탐욕에 눈먼 자들이 우리를 속박하고 있어. 누구를 믿어야 하지? 이렇게 지체하다가는 영원히 자유를 잃을지도 몰라."

바리는 안나를 바라보다가 아까 새엄마와 낯선 사내가 작당하는 영상이 떠오른 것이다. 그래서 걱정이 되었던 것이다. 하지만 안나는 별 걱정을 하지 않았다. 태연하고 자연스럽게 여전히 바리에게 장난을 걸었다.

"친구들이 떠날 수도 있어."

바리는 안나를 보며 흘러가는 말로 던졌다.

그제야 안나는 장난을 멈추고 바리에게 집중했다. 그때

바리의 시선은 저수지 쪽으로 향하고 있었다. 연이어 몸을 일으켜 잿빛이 도는 수면의 잔잔한 움직임을 오랫동안 쏘아보았다. 멈춘 듯이 조용했다. 그렇게 한참을 처연하게 바라보다가 눈물을 훔쳤다.

안나는 자신의 주위에 무슨 일이 벌어지고 있다는 것을 직감적으로 느꼈다. 바리는 확실히 알고 있는 것이다. 자신이 상처를 입을까봐 속내를 밝히지 않는 것이다. 의식적으로 자신의 시선을 피하고 있지 않은가. 안나는 궁금하고 답답했다. 그래도 묻지 않았다. 바리의 성품을 알고 있었기에…. 조만간 자신에게 진실을 차분하게 얘기해줄 것을 알고 있었기에….

그때 숲속에서 플루토의 울음소리가 들렸다. 들녘에 떨어진 낟알을 먹고 우는 맑은 울음은 아니었다. 썩어가는 사체의 내장을 꺼내먹으며 우는 음흉하고 음습한 울음이었다. 아마도 자살한 산양의 사체를 먹고 있는 것인지도 모른다. 장기는 온전히 식어버리고 온기는 찾아보기 힘든 매캐하고 구린내 나는 것을….

네로는 플루토의 울음소리에 잠을 깼다. 스트레칭은 하지 않고 누워서 눈만 끔벅끔벅거렸다. 일상적이고 반복적인 것이 식상하고 귀찮았다. 안나를 향해서 울지도 않았다. 가끔씩 자신도 모르게 아주 작게 울었었다. 그럴 때면 네로는 자신에게 놀랐었다. 그때 저수지를 보고 있던 바리는 기분이 많이 상해 보이는 네로의 늘어진 몸을 안아주기 위해 다가왔다. 네로는 싫지 않았다. 누군가에게 위안을 받고 싶었다. 네로는 모든 것이 허무했다. 땅바닥에 떨어진 자존감을 격려와 위로로 보듬어주기를 바랐다. 바리가 그 역할을 해주었다. 가슴 깊이 안아서 따스함을 품어주는 것이었다.

바리는 네로의 마음을 알았다. 네로가 왜 냉랭한 표정으로 안나를 밀어냈는지…. 여자가 여자를 이해하는 것은 쉬운 일이다. 바리는 소녀였으나 여자였다. 네로도 고양이의 족속이었으나 여자였다. 동물적인 생식 구조가 같은 것이다. 그래서 그 요인을 빠르게 읽을 수 있었다. 네로는 안나를 사내로 본 것이다. 그 사내는 네로의 근원적인 욕구를 채워주지 못하는 것이다. 그 기능을 하는 육체의 한 부분이 이미 소멸되고 없는 것이다. 다시 이을 수 있는 것이 못 되었다.

안나는 바리가 마음을 열었기 때문에 자신의 처지를 알았다. 네로가 의도적으로 경계한 이유를…. 마음의 문을 닫고 자신에게 거리를 둔 것도 이젠 알 것 같았다. 자신에 대한 상실감 때문에 피막을 싸고 있었다는 것을 말이다. 안나 자신은 아무렇지도 않았으나 자신의 부분을 원했던 네로는 큰 상처를 입은 것이다. 자신이 허락하지 않은 일을 가지고….

탐욕은 원래 그렇다. 자신이 원하는 생각들을 자기 것으로 착각한다. 네로도 그랬다. 안나가 상실한 은밀한 부분을 자기의 소유물로 여긴 것이다. 자기가 애무하고 위로하며 사랑해줄 자기 것으로…. 안나의 의사와는 상관없이 꿈이라는 장치로 도둑질하는 것이다. 죄의식은 없다. 네로가 그랬다.

안나와 네로는 서먹서먹했다. 바리도 네로를 쓰다듬어 주면서 애써 모른 척했다. 불편하고 측은했다. 바리는 그들의 관계가 평탄하게 풀어졌으면 했다. 그런 종류는 마음대로 이루어지지 않는 것이 매력인지도 모른다. 당사자에게 가혹한 현실이 펼쳐지겠지만….

바리는 만남과 헤어짐에 연연하지 않았다. 엄마와의 이별이 너무 컸다. 그것보다 더 큰 아픔은 없는 것이다. 그래서 사소하고 작은 아픔은 그녀의 가슴을 자극하지 못했다. 무뎌지고 익숙하다는 말이 잘 어울린다. 엄마에게 어리광을 부릴 나이였어도 엄마는 없고 무도한 새엄마만 있었다. 긴장과 두려움을 양산하는 존재가 거대한 화강암처럼 우뚝 솟아 있는 것이다. 그래서 바리 자신이 일찌감치 정서의 분화를 의식적으로 제한한 것인지도 모른다. 생존을 이겨내기 위해서 자신도 모른 체 말이다.

거들먹거리는 태양의 모습도 이젠 볼 수 없을 정도였다. 실크로드 곁으로 에워싼 조그마한 산 뒤로 이미 숨어 버린 것이다. 갑작스러운 것은 아니다. 영원히 멈춰있는 것은 없기에 그렇다. 그 자리에 머물러 버리면 죽음을 의미한다.

생존은 후진을 하든지 전진을 하든지 움직이는 것이다.

실크로드도 차츰 어둠의 영역에 들어가고 있었다. 강한 햇살을 피해 산에서 자생하던 짙은 그늘이 천천히 산 아래로 경계를 넓히는 것이었다. 어둠과 밝음이 또렷하게 맞은 편 산중턱에 새겨져 있었다. 그것도 오래 머물러 있지 않을 것이다. 밤이 오기 전에 행해지는 번잡한 모습에 불과했다. 밤을 기다리며 행해지는 통과의례인지도 모른다.

바리도 차츰 밤이 다가오는 것을 지켜보고 있었다. 태양이 멀리 사라지고 그 자리를 은근하고 촉촉한 색채가 어느새 다가와 있었다. 평소에 지켜보는 헛것이 아니었다. 자신의 마음을 느끼는 친구들과 함께 바라보는 저녁노을이었다. 기대와 환희가 너울거리며 침울하게 가라앉은 자신의 마음속을 다소 온화하게 만들었다. 바리에게는 처음 있는 일이었다. 예전에는 밤의 초입이라 많이 싫어했다. 혼자 외로이 길고 긴 밤을 지새워야한다는 두려움에 내몰리곤 했다. 하지만 지금은 그렇지 않았다. 자신감과 의욕이 생기는 것이다. 평범한 삶의 무기력에서 벗어나기 위해 돋아나는 그것이 아니었다. 현격한 차이가 있었다.

"자, 리허설을 준비해. 무대는 카운터 쪽으로 하고. 손님들도 몇 명 초청했지. 연습한 것보다만 잘하면 돼. 정신을 차리고 해야 할 거야. 그렇지 않으면 저녁밥은 없을 거야. 흡족하게 공연을 하면 붉은 색이 감도는 참치를 한 덩어리씩 주지. 캔에 밀폐된 물고기와는 살점의 결이 다르지."

여주인이 베란다 문을 열면서 뱉은 말이었다.

여주인은 얼굴에 홍조를 띠고 있었다. 마음이 쫓기면 으레 그랬다. 바리와 안나와 네로는 그 자리에서 멍하니 앉아서 들었다. 어안이 벙벙하다는 말이 잘 어울렸다. 여주인은 친한 척 음흉한 미소를 머금고 바리 곁으로 다가갔다. 어깨를 쓰다듬더니 어느 순간 가슴으로 내려와 유두를 억세게 꼬집었다. 바리는 참으며 저녁노을을 바라봤다. 안나와 네로와 함께….

레스토랑 실내의 조명은 카운터 앞에 있는 조명뿐이었다. 중심에서 화려한 빛을 발산하던 샹들리에에도 어둠의 깊은 사슬에서 헤어나지 못하고 있었다. 테이블과 의자도 자리를 지키며 어둠의 노골적인 무뢰한 행동에 불만을 품고 있었다. 하지만 저항할 수는 없었다. 플루토가 어둠을 거느리고 참석했기 때문이다.

플루토 외에 손님은 없었다. 여주인이 가까운 친구들을 연락했으나 통화할 때는 온다고 했다. 감감무소식이었다. 여주인은 의아했다. 그럴 친구들이 아니었다. 공짜로 술과 볼거리를 제공한다고 했기에 안 올 부류들이 아니었다. 그들 중에 정상적인 사람들도 없었고 대체로 이혼하거나 별거 중이었다. 먹고 마시는 것을 낙으로 생각하는 친구들이었

다. 그런 친구들이 소식도 없이 안 오는 것이었다. 이상했
다.

여주인은 무작정 기다릴 수만 없었다. 그래서 바리에게
신호를 보냈다. 그녀는 먼저 손님들에게 인사했다. 손님은
플루토밖에 없었다. 짙은 어둠이 서려있는 연미복을 입고
바리를 또렷이 쳐다봤다. 대견한 눈빛이 아니라 바리에게
무언가를 얻기 위해 뿜어내는 욕망의 눈빛이었다.

바리는 준비한 것을 시작했다. 안나와 네로는 이미 캣타
워에 올라가 늠름하게 앉아 있었다. 바리는 차분하게 숫자
카드를 꺼내었다. 숫자 1을 손님들에게 보이고 안나에게 보
였다. 그러면 안나는 크게 한 번 울었다. 여주인은 플루토
에게 몸을 비비며 흡족한 표정을 지었다. 플루토도 신기하
기는 마찬가지였다. 하룻밤 사이에 완전히 달라진 모습이었
다. 바리는 이젠 네로에게 숫자 3을 보였다. 기다렸다는 듯
이 네로는 우렁차게 3번 울었다.

여주인과 네로는 서로 마주보며 크게 박수를 쳤다. 그리
고 각자의 잔에 있는 패스포트를 깊이 들이켰다. 독주는 빠
른 반응으로 화답했다. 여주인의 얼굴이 많이 달아올랐다.
플루토도 마찬가지였다. 그들의 관계는 더욱 밀접해지는 것
이었다. 뜸을 들이고 있던 플루토는 여주인에게 귓속말을
했다. 그러자 여주인은 공연을 중단시키며 바리를 불렀다.

바리는 테이블 앞에 다가가서 빈 잔에 술을 채웠다. 예전

에 해본 것이라 능숙했다. 새엄마의 모호한 눈빛과 플루토의 음흉한 눈빛을 피하는 것이 더 힘들었다. 그때 순식간에 플루토는 긴팔을 뻗어 바리의 손목을 잡아끌었다. 처음 있는 일이었다. 그래서 당황스럽고 수치심에 얼굴이 확 달아올랐다. 새엄마는 그 자리를 떠났다. 이젠 플루토는 노골적이었다. 자기 옆자리에 앉혀 어깨에 손을 얹었다. 허물거리는 웃음을 잃지 않은 채 말이다. 그러고는 급하게 독한 술을 들이켰다.

안나와 네로는 그 불손한 광경을 캣타워 위에서 보고 있었다. 안나부터 돌진했다. 그 뒤를 네로가 뒤따랐다. 안나는 플루토의 오른쪽 종아리 살점이 깊은 곳에 과감하게 물었다. 그와 동시에 네로는 왼쪽 아킬레스 부분을 물었다. 플루토는 테이블을 강하게 밀치며 고통을 호소했다. 플루토는 몸을 수그려 안나의 머리통을 강하게 내리쳤다. 그래도 안나는 물러서지 않았다. 더 힘차게 재차 물었다. 플루토는 울부짖으며 고통을 호소했다. 네로는 더 큰 고통을 선사했다. 미세한 신경이 집중적으로 모이는 곳을 물고 흔들었기 때문이었다. 네로가 물고 있는 곳을 끊어 버리면 플루토는 더 이상 정상적인 걸음걸이를 보일 수 없을 것이다. 플루토도 강하게 저항하며 때렸다. 그래도 안나와 네로는 물러서지 않았다. 피가 바닥을 흥건하게 적셨다.

여주인은 3층에 올라가서 내려오지 않을 것이다. 플루토와의 거래가 있었던 것이다. 들어도 못 들은 척 봐도 못 본 척해야 하는 것이 약관일 것이다. 그러면 오늘은 플루토를 도와줄 사람은 없는 것이다. 더욱이 오늘은 문을 닫는 날이다.

그렇게 시간이 제법 흘렀다. 그때 바리가 다가가서 안나의 몸을 잡고 머리를 쓰다듬어주며 말했다.

"그만하면 됐어."

그러자 네로도 물고 있던 부위를 한 번 강하게 물고 선선히 물러났다. 경계는 늦추지 않았다. 그제야 살았다는 표정을 짓고 있던 플루토는 고통의 분노를 바리에게 집중했다. 일어서서 강하게 얼굴을 후려갈겼다. 바리는 동시에 기절했다.

바리는 여기에 있으면 큰일 난다는 것을 알고 있었다. 자신뿐만 아니라 안나와 네로도 맞아죽을지 모르는 일이었다. 그래서 곧바로 집을 나섰다. 더 이상 새엄마를 대면하기도 싫었다. 늘 가혹한 언사와 구타로 자신을 괴롭혔고 더 나아가 자신의 엄마를 헐뜯고 욕했다. 그것은 참을 수 없는 일이었다.

바리는 늘 용기가 없어 실크로드를 벗어날 수 없었다. 늘 장벽은 두려움이었다. 보이지 않았지만 보이는 것보다 더 묵직한 무게로 다가왔다. 각설탕 주위를 두리번거리며 서성거리는 개미들처럼 집요하고 끈질겼다. 허점이 조금이라도 보이면 거침없이 살점을 겨냥하는 것이었다. 하지만 경거망동하지 않았다. 절제의 모드를 잃지 않는 것이었다. 그것이 가장 훌륭한 무기인지도 모르는 것이었다.

이젠 안나가 있고 네로가 있었다. 그들이 곁에 있어 두려움을 멀리 떨쳐버릴 수가 있었다. 두려움도 친구들의 결속에는 꼬리를 내리고 사그라졌다. 멀찌감치 거리를 두고 틈이 생기기를 기다리는 것이다.

바리는 실크로드의 불빛이 보이는 대로변에 멈췄다. 적막한 어둠 속에서 집 테두리를 밝히는 전구들이 군데군데 박혀 있었다. 불빛의 유기적인 연결은 없어 보였다. 단지 실크로드의 형태를 가장 두드러지게 보이게 하는 임무를 수행하는 것밖에는⋯. 어쩌면 다른 꿈이 있는지도 모른다. 달 표면에서도 또렷한 모습을 볼 수 있게 애쓰는지도⋯. 그것이 감추어두었던 소박한 꿈인지도⋯.

바리도 누구를 밝히는 사람이 되었으면 했다. 자신의 고유의 빛을 밝히면서 신성한 존재를 밝히는, 그 확실한 길을 찾고 싶었다. 쉽지는 않을 것이다. 시인이 가차 없는 관념 속에서 표류하는 적당한 언어를 고르기는 힘든 것처럼⋯. 그녀도 알고 있다. 그래도 그녀는 그 믿음을 놓지 않을 것도 알고 있는 것이다.

도로변에 영산홍이 화려하게 피어 있었다. 꽃을 좋아하는 네로는 애처롭게 쳐다만 볼 뿐이었다. 예전 같으면 앞발을 길게 뻗어서 얇은 가지를 꺾었을 것이다. 하지만 지금은 시무룩했다. 바리는 그것을 알기에 측은했다. 차오르는 달빛도 네로의 우울한 표정을 온전히 보듬어내지는 못했다. 안나는 아는지 모르는지 천진난만했다. 그러고는 달빛과 실크로드의 불빛을 번갈아 보며 혼잣말했다.

"세상 밖으로 내달려보자. 그곳에는 치열한 생존의 멍에가 없을 거야."

2부

다시 찾은 고양이 신

몇 시간을 걸었다. 길 위에 선 바리는 행복했다. 다소 불편하고 낯선 길임에도 현실은 충만한 자신감으로 다가왔다. 안나도 걷는 것을 재미있어했다. 바리 앞을 뛰거나 걷기도 하며 새벽으로 다가오는 찬 공기를 한없이 마셨다. 반면에 네로는 바리 꽁무니를 간신히 따르고 있었다. 어딘지 지치고 힘들어 보였다. 의욕을 상실한 패잔병이 목적지를 잃은 것처럼….

밤이 깊을수록 도로는 조용했다. 띄엄띄엄 전봇대가 일정하게 거리를 두고 서 있었다. 바리는 걷다가 하나씩 세어 보기도 했다. 그러다 도로가에 도열해 있는 벚나무를 세면서 걸었다. 그것도 잠시뿐이었다. 바리는 깊은 밤 속으로 들어갔다. 조신하게 떠 있는 달만이 주위를 살펴줄 뿐이었다. 끊임없이 신선한 공기가 쉼 없이 자신을 정화시켜 주는 것이었다. 바리는 새로웠다. 실크로드에서는 느낄 수 없는 것이었다. 알 수 없는 밤의 입자들이 자신을 향해 다가오는 것을 느낄 수 있었다. 미지의 곳으로 인도하는 정령들의 손짓 같기도 했다. 오묘하고 신기했다.

네로는 바리와 안나보다 조금씩 뒤처졌다. 새벽이 깊을수록 더 차이가 났다. 안나는 의식하지 않았고 바리는 불안했다. 아침으로 향하는 이 도로에서 새로운 변화가 일어날 것 같았다. 바리는 새엄마의 가차없는 눈총에 더듬이가 몹시 발달해 있었기 때문에 네로의 수심 깊은 얼굴 속에서 뭔가를 본 것이다. 현상으로 드러나지 않았어도 불안은 그곳에서 기인한 것이다.

안나는 그 즈음에 겉으로는 태연자약했으나 속으로는 네로를 하염없이 허락하고 있었다. 연민하지 않으려 노력하고 있는 중이었다. 율법에 있어 억지로 참는 것이다. 짧은 시간이 흘렀어도 그 사이 네로와 돈독했다. 싸우고 또 싸웠다. 거칠고 투박하게 생겼어도 따스한 구석이 많은 친구였다.

안나는 아스팔트 위를 걷다가 한 번씩 뒤를 돌아봤다. 네로는 버스를 놓친 여학생처럼 멀어져만 갔다. 안나는 멈춰서 기다릴 수도 없었다. 네로의 마음은 이미 다른 영역에서 생활하고 있다는 것을 알고 있기 때문에…. 각자에게 각자의 삶의 노고가 기다리고 있다는 것을 알고 있었다. 더욱이 자신이 네로에게 미래의 가치를 심어줄 다알리아가 없는 것이다. 네로가 필요로 하는 것은 이미 상실되어 버렸기에….

안나와 바리는 말없이 네로를 보내줬다. 네로는 새로운 환경에서 또 새로운 고양이들을 만날 것이다. 그 무리 속에서 번뜩이는 재치와 꾀로 우두머리 역할을 할 것이 자명하다. 무리를 이끌며 자신이 꿈꾸는 사내를 만나서 애틋한 사랑의 행위를 나눌 것이 분명하다. 그것이 어쩌면 네로의 소박한 삶의 궁극의 가치인지도 모른다. 그에게는 세상 밖의 낙원보다 그것을 갈망하고 있는 것이다. 자신의 영역에서 안정적인 사랑을 나누며 만족하는 그런 삶.

그것이 암고양이들의 보편적인 생각인지도 모른다. 그것을 탓하거나 원망할 생각은 없는 것이다. 삶의 선택은 언제나 자신이 손수 하기에, 비록 그것이 잘못되어 슬픔이나 불행에 빠지더라도, 심지어 고통의 나날을 보낼지라도 그것은 오직 자신만이 감당할 수 있는 숙제인 것이다. 삶은 개별적으로 다가오기에….

안나는 태어날 때부터 다른 삶을 선택한 것이다. 바리도 그랬다. 그 선택이 신의 영역에서 나오는 당도 높은 열매는 아닌 것이다. 각자의 삶이 길거리에 버려지듯이 하찮게 놓이는 것이다. 반면에 운명의 선택은 각자가 선택할 수 없는 영역인 것이다. 손을 들어 구름 위를 나는 송골매를 잡을 수 없듯이 날래고 쏜살같다. 더욱이 갈고리 모양의 발톱과 부리를 하고 있어 때때로 잔인하고 가혹하다.

안나는 네로와의 헤어짐이 각자가 선택할 수 있는 것으로 본 것이 아니라 운명으로 봤다.

강하게 잡고 묶어놓아도 언젠가는 떠날 것을 아는 것이다. 운명이란 놈은 원래 그런 것이다. 그래서 연민도 없고 잔인한 것이다.

바리는 대로를 벗어나 폭이 좁은 길로 접어들었다. 아스팔트는 끝나고 콘크리트로 이어졌다. 바닥에서 전하는 질감이 달랐다. 바리는 목적지를 정하고 길을 알고 걷고 있었다. 그래서 주저함 없이 거의 본능적으로 나아가는 것 같았다. 안나는 그녀가 인도하는 대로 따랐다.

어둠에 머물러 갇혀있던 사위가 점점 풀려났다. 처음에는 다소 주저하며 울던 새소리가 차차 본래의 목소리를 찾아가는 것이었다. 아직도 햇살은 그 사이에 길게 드리워져 현의 역할을 하지 못하고 있었다. 안나는 구피가 떠올랐다. 그들 새소리 중에 어쩌면 구피가 있을 것 같았다. 작은 날개를 유난히 파닥거리며 나타날 것 같았다. 그런 마음을 알고 있는 바리는 안나에게 말도 못하고 무작정 바라만 볼 뿐이었다. 어머니의 마음처럼 온화하고 자애롭게.

안나는 바리에게 묻지 않았다. 구피를 기다리며 바리도 기다렸다. 비록 구피가 불경한 짓을 저질렀을지라도 기다리며 마음의 문을 열어 두었다. 바리도 마찬가지였다. 자신에게 숨기는 것을 언젠가는 바리 자신이 스스로 말할 때까지 기다리기로…. 그것은 구피에게도 그랬고 바리에게도 그랬다. 지금까지 그들과 함께한 신뢰와 믿음이라고 생각했다. 바리도 안나의 그런 배려를 알고 있기에 더욱 더 경외감이 들 정도였다. 고양이를 존경하는 최초의 사람이 될 것 같은 생각이 은연중에 들었다.

날이 깨어날수록 바람도 깨어났다. 이슬을 머금은 갈참나무 잎사귀들도 윤기를 내며 바지런히 움직이고 있었다. 아카시아나무도 반질거리는 물기의 무게에 하얀 꽃을 더욱 아래로 늘어뜨리고 있는 것 같았다. 안나는 네로를 처음 만났을 때 물고 있던 아카시아 꽃을 떠올렸다. 어울리지 않았고 흉한 모습이었다. 지금 생각해도 꼴불견이었다. 우스꽝스러웠다. 하지만 왜 네로가 떠오르는지 모르고 있었다. 안나는 연민하지 않았지만 추억처럼 그리움이 밀려들어 그럴 것이라 생각했다.

안나는 점점 걸을수록 사위가 익숙해지는 것을 알았다. 산의 형태와 나무의 품종이 눈에 익은 것이다. 더욱 편안하게 다가오는 것은 향취였다. 한 번 맡은 향취는 여간해서 잊히지 않았다. 그 많은 기억의 입자들을 머리 주위의 가녀린 털 속에 숨겨놓았는지도 모를 일이다. 필요하면 끄집어내어 비교할 수 있게 말이다. 바리도 안나의 표정을 보고 이해할 수 있었다. 그래서 안나에게 말했다.

"내 동생을 만나러 왔어. 이름은 오로라지. 착하고 예뻐."

오로라는 바리와 안나를 기다리고 있었다. 그녀는 새벽 일찍 일어나 개울물 속에 들어갔다가 나왔다. 평소에도 유난히 새벽안개가 맺혀 있는 곳이었다. 그녀는 그곳에서 몸을 정갈하게 씻고 마음을 정돈했다. 신을 모시는 것은 게으름을 버리고 보편을 무시하며 주관을 따르는 것이다.

그녀는 하늘과 땅을 이어주는 신목 아래에 앉아 기도했다. 단아한 한복이 유난히 돋보였다. 풍경은 흑백이었지만 한복은 컬러였다. 엷은 수분을 머금은 공기도 아래도 가라앉아 진중한 분위기를 만드는 데 일조했다. 소나무들도 엄숙한 모습으로 바람의 접근을 용납하지 않았다.

기도는 내면의 깊은 곳으로 들기 위한 준비 운동이다. 그 속에는 자신이 모시는 신의 길이 따로 있다. 여러 갈래로 나눠져 있어 정신을 차리지 않으면 길을 잃기 십상이다. 유혹도 많다. 탐스러운 과일이 무르익은 과수원길이 있는가 하면 가드레일부터 금으로 입힌 사치스러운 길도 있다. 길가에 풀 한 포기도 없는 옹색한 길이 있는가 하면 무수한 꽃으로 치장해서 화려하게 돋보이는 길도 있다. 어떤 길은 노골적으로 옷을 반쯤 벗은 미소년들이 눈웃음을 치며 다가오는 길도 있다.

그 길 위에 언제나 오로라는 걷고 있는 것이다. 단정하게 옷을 차려입고 오로지 신의 길을 바라보고 걷는 것이다. 시시때때로 다가오는 유혹의 손길에 친절을 표하면 신은 노발대발한다. 삐치기도 잘하고 엄포도 잘 놓는다. 그래서 신의 길만 바라봐야 하는 것이다. 오로라 자신도 오직 그것이 살길이란 것을 안다. 어리지만 필연의 사슬을 벗어날 수 없다는 것을 알고 있는 것이다. 뼈저리게 싫어 밀어내면 낼수록 가혹하게 사지를 결박한다는 것도 알고 있기에….

한참을 그런 자세로 앉아 있다가 오로라는 눈을 떴다. 발자국 소리를 들은 것이다. 바리와 안나였다. 익숙한 언니의 발자국 소리를 알고 있었고 템포도 알고 있었다. 그리고 자신의 기도의 아우라(aura)를 뚫고 들어올 사람은 언니밖에 없었다. 숲속의 정령들도 오로라가 기도하면 번잡한 행동을 하지 않았고 먼 발치에서 쉬쉬하는 것이었다. 들짐승들도 될 수 있으면 울음소리나 움직임도 자제했다. 그녀를 존중하고 경외하는 것이다.

오로라는 바리와 안나를 맞았다. 안나는 바리에게 들었어도 직접 대면하자 이상한 마음이 들었다. 구면이었으나 처음 보는 사람처럼 새로웠다. 어려보여도 어른스러움이 묻어났다. 안광이 유난히 빛났다.

바리와 안나는 서로 깊이 얼싸안았다. 눈물과 감격이 아침햇살처럼 주위를 밝혔다. 바리는 가슴 깊이 곱씹고 쌓아둔 아픔을 울음으로 드러내었다. 올무가 가슴부위를 파고들어 절망적으로 우는 꽃사슴의 울음소리는 아니었다. 새끼를 잃어 우는 누렁이 소의 울음소리는 더더욱 아니었다. 새벽 끝자락에서 안으로 깊게 감아 들여서 소망을 담고 우는 소쩍새의 울음소리였다.

자매는 서로의 눈물을 닦아주었다. 오로라는 한없이 눈물이 났다. 뜨겁고 격렬했다. 바리는 동생과는 달리 차분하고 온화한 모습으로 돌아왔다. 넉넉한 미소를 머금으며 한없이 등을 쓸어주었다. 오로라는 더 깊이 파고들었다. 바리의 따스한 품이 엄마의 품으로 여긴 것이다.

안나는 그들의 만남이 감격스러웠다. 그 만남과 만남 사이에는 끓어오르는 눈물이 있었다. 어쩌면 눈물은 만남의 첨병인지도 모른다는 생각이 들었다. 앞서 나와 스스럼없이 상대의 기미를 파악하고 앞으로 나아가야 할지 멈춰야 할지 판단하는, 또 어쩌면 눈물은 관계의 결속을 다지는 물질인지도 모른다. 투명하고 유연해서 상대의 허물을 어느 정도 보듬을 수 있으니….

안나가 진하게 눈물을 흘린 것은 단 한 번뿐이었다. 생식기가 상실되어 고통이 급속하게 몰려왔어도 그것보다도 더 참기 힘든 것은 예측할 수 없는 앞날의 불안이었다. 뭔가 하나를 잊고 여행을 출발하는 것처럼 허전하고 찜찜했다. 그땐 그것이 사내의 중심이 된다는 것을 알지 못했다. 네로를 만나고 구피를 만나면서 그것이 사내에게 크나큰 손실이라는 것을 알게 된 것이다. 사르트르의 편의와 몰인정이 내몰고 간 불행이었다. 안나는 그 당시의 눈물과 지금의 눈물이 다르다는 것을 알고 있는 것이다.

몰아치듯 흐르던 눈물도 끈끈해졌다. 바리와 오로라는 천천히 산길을 걸었다. 그 사이 태양도 볼만하게 치솟았다. 안나는 그들의 뒤를 따랐다. 자매들은 손을 꼭 부여잡고 내

143

리막길을 사뿐히 걸었다. 소나무 군락지가 벗어나자 넓고 평평한 곳이 나왔다. 야생 잔디가 푸릇푸릇하게 이슬을 깊이 뿜어서 들이고 있었다. 햇살이 강하게 걷어가기 전에 말이다.

그 중심에 편편하고 투박한 돌이 지면에서 떨어져 오롯이 놓여 있었다. 거대한 고인돌이었다. 오로라는 가슴 높이까지 오는 돌을 양손으로 짚고 훌쩍 뛰어올랐다. 많이 해본 능숙한 솜씨였다. 바리도 따라했다. 하지만 안나는 뛰어오를 자신이 없었다. 발을 동동 구르고 있을 뿐이었다. 고인돌 위에서 내려다보는 오로라는 맑게 웃었다. 바리는 미소를 머금다가 뛰어내려 안나를 안아서 올리고 자신도 오로라 곁에 앉았다.

"여긴 내가 마음을 추스를 때 오는 곳이야. 신령하고 영험한 곳이지. 기나긴 세월 동안 죽음의 집으로 존재하는 곳이지. 아직도 수없이 많은 영혼들은 이곳에 머물러 있지. 그들이 옹립한 왕이 내가 모시는 신이지. 하지만 아직도 그들은 갈 곳이 없어 여기 머물러 있어. 어둡고 칙칙한 지하 감옥 같은 곳에서. 그들의 왕은 그들을 구원하지 못하고 외면만 하고 있어. 자신이 감당할 수 없는 것을 알고 있기 때문이지. 신들도 자신에게 주어진 힘이 무한하지 않다는 것을 알고 있어. 그래서 늘 조바심에 보채지. 그럴 때면 중간에 낀 내가 힘들어 질 때가 많아.

오로라는 바리에게만 보고 말했다. 안나에게는 눈길도 주지 않았다. 오로라는 안나가 사람의 언어를 이해하지 못하는 것을 예전에 알고 있었다. 그 이후의 안나는 모르는 것이나. 그래서 안나는 애기만 줄곧 듣고 있었다. 하지만 문득 궁금한 것이 있었다. 며칠 전에 왜 자신의 무리를 플루토에게 안내했는지 묻고 싶었다. 그 의문을 바리가 오로라에게 물었다.

"오로라가 플루토에게 그들을 보냈지. 플루토가 또 새엄마에게 그들을 팔 것도 알고 있었지. 그리고 그들로 인해서 내가 그곳을 탈출할 것도 알고 있었고. 걸어오면서 그것이 궁금했어. 그들은 나에게 투지와 자양분을 줄 수 있었기에 실크로드를 박차고 나올 수 있었어."

"만남의 연결고리가 그렇게 얽혀 있었어. 난 단지 등불만 비추었을 뿐이야. 그것이 플루토의 손아귀에서 벗어날 수 있는 유일한 방법이었어. 성스러운 기운을 타고난 안나, 그만이 어둠의 지배자 플루토를 제압할 수 있지. 아직 플루토는 안나의 존재를 모를 거야. 얼뜨기 고양이정도로밖에…."

"그럼 나와 안나의 만남이 예정되었었단 말이지. 그럼 네로와 구피는?"

"그들은 모두 언니의 삶을 스치고 지나가는 바람 같은 존재들이지. 아름다운 인연이란 그 만남을 오랫동안 머물게 하는 것이고, 안나와의 만남은 이미 지구가 태어나면서부터 정해진 것이야. 네로와 구피는 그렇지 않을 거야. 그들은 지구를 스쳐지나가는 이름 없는 무수한 운석의 무리 중에 하나지. 우주에 상존하는 생명들 속에는 진솔한 삶을 나누기는 쉽지 않아. 때때로 상처를 주고받으며 만나고 헤어지지. 상생의 가치를 나누고 음미하며 나아가기란 여간 쉽지 않은 일이야."

"안나와 네로와 구피, 그들은 각자 정해진 방향으로 나아가는 것이구나. 그 방향이 같으면 아름다운 인연의 고리로 연결되는 것이고, 그렇지 않으면 만났다가 헤어지는 것이고."

"방향이 같다고 아름다운 인연을 만들 수는 없어. 기차의 레일이 길게 뻗어서 나아간다고 해서 그것이 서로 교류하는 절실한 만남이 아니듯이. 그것은 기차를 받치고 달릴 수 있는 장치에 불과한 것이야. 어쩌면 아름다운 인연은 레일을 은근히 받히는 침목일 수도 있을 거야. 아니면 그 위를 달릴 수 있는 기차일 수도 있지. 애씀과 고통 그리고 안락과 즐거움을 나눌 수 있는 관계. 그것이 아름다운 인연이지."

"그럼 새엄마와 플루토는 뭐지."

"그들은 그들 나름의 인연으로 얽히고설킨 것이야. 우주의 기운은 비슷한 것끼리 만나는 것이지. 주파수도 같은 것끼리 만나 공명하듯이. 그것은 악행을 저지르는 자든 선행을 행하는 자든 상관없는 것이지."

안나는 곁에서 듣고만 있었으나 쉽지 않은 내용이었다. 익숙하지 않은 말들뿐이었다. 하지만 자신에게 동떨어진 내용이 아니란 것은 이미 알고 있었다. 자신도 자매들과의 만남이 예사롭게 지나가는 것이 아니란 것을 알고 있었다. 티를 내지 않았을 뿐이었다.

자매는 잠시 대화를 멈췄다. 그때 바리는 안나의 눈곱을 떼어 주었다. 안나는 그윽한 눈빛으로 바리를 올려다보았다. 관심과 신뢰가 묻어났다.

"이젠 어떻게 하지. 안나를 만나고 미래에 대한 두려움은 없어졌으나 마음은 그렇게 편하지는 않아. 설명할 수는 없어도 꺼림칙한 것은 어쩔 수 없어. 안나가 보통 고양이가 아닌 것은 알겠는데…."

"언니 마음의 울림을 믿어. 그것은 지구와 함께 생성된 거야."

바리와 안나는 오로라가 거처하는 허름한 슬레이트집에서 며칠을 지냈다. 향불 냄새도 적응이 되었다. 그들은 제2의 인생을 준비하는 왕잠자리 유충처럼 식욕이 왕성했다. 그렇다고 두꺼비 올챙이는 먹지 않았다. 안나는 오로라가 애써 준비한 곱게 다진 한우를 마음껏 먹었다. 바리도 새엄마의 눈치에서 벗어나자 당당하고 의연해지는 자신에게 놀랐다. 음식에 대한 솔직한 생각을 여실히 드러내었다.

안나는 사랑이 충만한 자매의 모습을 보고 행복했다. 차고 넘치는 풍족함도, 궁색함도 없었다. 적당하게 있을 것만 있는 소박한 삶이었다. 오로라도 바리와의 재회에서 자신이 평소에 드러내지 않은 마음의 부분들을 표현하며 핏줄의 끈끈함에 놀랐다. 애써 숨겨 오던 감정이 소소하고 초라해 보이는 것이다. 그것이 자신의 의지와 무관하게 튀어나왔다. 바리도 다르지 않았다. 늘 새엄마에게 구박만 받다가 격려와 찬사를 받아서 어색했으나 새로웠다. 늘 활기가 넘치는 것이었다.

하지만 바리는 마음의 끈을 놓지는 않았다. 일교차가 큰 날씨처럼 자신의 마음을 풀어놓지 않았다. 싸늘하고 경직된 분위기에서 살았기 때문에 행복한 마음을 무의식적으로 경계했기 때문이다. 그렇다고 환경이 바뀌고 상대가 바뀌는 상황에서 마음은 천진하고 늠늠한 것을 추구하는 것을 알기 때문에 불안했다. 오래가지는 않았다.

그들은 먹고 마시며 놀았다. 낮에는 낮에 맞는 놀이를 했고 밤에는 밤에 맞는 놀이를 했다. 별을 한없이 바라보며 무한한 지구의 역사와 우주의 역사에 대하여 얘기했고 생성과 소멸에 대하여 얘기했다. 우주의 섭리에 대하여 얘기했고 신의 존재에 대하여 얘기했다. 그런 것은 오로라가 얘기했다. 안나와 바리는 오로라의 신비한 이야기를 경청할 뿐이었다.

오로라는 신묘하고 뛰어났다. 나이도 어리고 가르치는 선생도 없었다. 하지만 말에는 군더더기 없는 확신과 소신이 있고 절제된 지식도 있었다. 모습은 황녹색일 때도 있었고 붉은색일 때도 있었다. 황색일 때도 있고 오렌지색일 때도 있었다. 푸른색일 때도 있고 보라색일 때도 있었다. 그녀는 현묘함과 단순함을 골고루 내포하고 있었다.

하루하루가 지날수록 활기가 차올랐다. 외부적인 격한 변화에 급하게 끓어오르는 콜라의 기포는 아니었다. 무던하고 은근한 온기를 품고 있는 소망을 안으로 받아내고 있는 것이다. 그들 각자는 그것이 행복이란 것을 깨닫기는 다소 시간이 지나야 알 것이다. 그 순간이 과거의 추억으로 포장될 때 말이다. 그립고 아쉬워질 때, 영롱하게 빛나는 추억의 열매를 끄집어 낼 때, 어수선하게 따라 나오는 것을 우연히 발견할 때, 그럴 때 말이다.

떠날 때를 정해놓지는 않았으나 헤어져야 한다는 것을 알기에 바리는 초조했다. 무작정 오로라 곁에 머물러 있을 수는 없는 것이다. 오로라는 오로라의 영토가 있고 바리는 바리의 영토가 있는 것이다. 각자가 가꾸고 각자가 지켜야하는 곳이다. 그것이 삶의 룰이라는 것을 알기에 바리는 내색하지 않았다.

우연찮게 안나는 바람벽에 걸린 그림에 눈길이 갔다. 예전에 본적이 있는 그림이었다. 그때도 호감을 불러일으켰던 생각이 났다. 그림의 형태도 잡히지 않았으나 은은하고 자애로운 뉘앙스를 풍겼던 것이다. 안나는 오로라의 거처에 적지 않은 시간을 보냈지만 이제 그림이 자신의 눈에 머무는 것이다. 그 그림이 서서히 형태를 잡는 것이다. 흐릿하고 모호한 형태가 일정한 선을 만들고 연이어 면을 만드는 것이다. 사막의 모래폭풍이 오래 머물다가 서서히 사라진 후에 드러나는 첨탑처럼 오롯하게 솟아있는 것이다. 피라미드였다. 안나는 몹시 신기했다. 자신의 꿈에서 본 적이 있는 그림이 옮겨져 있는 것이다. 안나는 뚫어지게 쳐다보았다. 뭔가 자신에게 표식을 던지는 것 같아 눈을 떼지 않았다. 도저하고 심미적인 언어로 자신에게 명확하게 계시라도 할 것 같아 기다린 것이다. 그 이상 아무런 변화가 없었다. 고양이가 기지개를 펼 짧은 시간이 지나자, 갑자기 세부적인 형태가 빠르게 진행되는 것이었다. 달이 뜨고 별이 떴다. 초원에 풀들도 어느새 자라 있었다. 그 사이사이 야생화들이 울긋불긋 향기를 뿜내고 있었다.

불행하게도 그 피라미드 주위로 시커먼 새 한 마리가 날고 있었다. 긴 부리도 날카로운 발톱도 없었다. 화려한 깃털로 자신을 돋보이게 할 수도 없었고 아름다운 목소리로 사위를 고요하고 거룩하게 만들 수도 없었다. 날갯짓으로 평화로움을 불러들일 수도 없었고 온유함을 뿜어낼 수도 없었다. 더욱이 근육이 우람한 독수리 같지도 않았다. 그렇다고 왜소하지도 않았다. 다소 음험하고 기괴하며 삶의 이쪽에서 저쪽으로 날아갈 수 있을 것 같은 적당한 크기였다.

그 새는 사명감을 가지고 피라미드 주위를 감시하는 것 같았다. 어느 정도 거리를 두고 맴돌 뿐 안으로 침노하지는 않았다. 보이지 않는 파장이 울타리를 만들고 있는 것 같기도 했다. 그 새는 안을 바라만 보고 날 뿐이었다. 으스스하고 썰렁한 울음소리를 내면서….

그때 오로라가 안나의 등 뒤에서 그림을 바라보며 말했다.

"저 곳이 안나가 찾고 있는 세상 밖이야. 우아한 다알리아도 심을 수 있지. 지금까지 주인을 기다리고 있었어. 우주에 존재하는 제각각의 사물들은 다 주인이 있어. 안나를 기다리며 가장 훌륭한 면을 보여주기 위해 때를 기다렸던 거야. 상대가 무르익지 않으면 기다려주는 센스도 있어. 참을성도 강하지. 자신의 진면목을 아무에게나 보여주지는 않는 거야. 자존심일 수도 있지. 안나가 인식하고 나타나지 않았다면 저 그림은 흐릿한 채 무의미하게 계속 남아 있었을 거야."

그 얘기를 듣고 있던 바리는 그림을 뚫어지게 봐도 예전과 같이 흐릿하게만 보일 뿐이었다. 눈을 비비고 다시 봐도 매한가지였다. 의아했으나 묻지 않았다. 그런 바리를 보고 오로라는 말했다.

"저 그림의 영혼은 안나에게만 말을 걸게 되어 있어. 몇 천 년의 시간 속에서 참고 인내하며 지금까지 온 것이지. 운명은 어떤 방식으로든 드러내지. 그 당사자에게. 꿈이라든지 일상의 현상이라든지. 표식으로 드러내며 유혹을 하지만 정작 본인이 모르고 지나칠 뿐이지. 그래도 눈을 뜨지 못하면 시련 속에 밀어 넣어서라도 관철시키지. 그것이 운명의 본연의 의무이기에…."

안나는 새로운 삶이 시작되는 것 같았다. 잠깐 동안 그림 속에서 미래에 일어날 영상들이 두서없이 쏟아지는 것이다. 쓰레기더미처럼 뒤죽박죽이었으나 조금씩 잡히는 것이 있었다. 힘든 고난과 시련이었다. 그 배후에는 플루토가 둥지를 틀고 있었다. 노회하고 음산하게….

그리고 안나는 과거에 일어난 일련의 일들을 반추해봤다. 사르트르와 네로와 구피, 그리고 플루토와 여주인과 바리, 어쩌면 그들 모두 자신의 삶의 방향을 제시하기 위해 놓인 설정인지도 모른다고 생각했다.

"이젠 떠나야할 시간이 된 것 같아. 그곳을 봤으니 가야 하지. 그렇지 않으면 운명은 잔인한 이빨을 드러내며 괴롭힐 거야. 그 놈은 언제 잠잠한 수면을 박차고 나올지 모르는 일이지. 바리도 안나와 같은 운명공동체지. 그래서 새엄마로부터 끄집어낸 거야. 보이지 않는 손길이…."

끝없이 흘러가는 운석

안나는 바리와 오로라가 자신의 엄마에 대하여 얘기하지 않는 것이 의아했다. 그들은 만나서 약속이나 하듯이 의식적으로 피하는 것 같았다. 그래서 안나는 모르는 척 넘어가기로 했다. 언젠가 바리가 얘기할 때까지 기다리는 것도 예의라고 생각했다. 하지만 가끔씩 나쁜 여주인이 바리의 엄마를 말할 때 화색이 도는 바리의 얼굴이 떠올랐다. 그 이미지가 좀처럼 사라지지 않았다.

벌써 며칠이 지났다, 오로라의 영역에서 벗어난 것이. 바리는 못내 이별의 아쉬움을 참지 못하고 눈물을 흘렸다. 영원히 재회할 수 없는 마지막 눈물인 것 같았다. 바리 자신도 언니로서 할 수 있는 일이 아무것도 없는 것이다. 그저 눈물 속에 따스한 사랑을 밀어 넣는 것밖에…. 그것이 언니의 입장에서는 더 없이 가혹한 현실이었다. 그에 비하면 오로라는 차분하게 보내줬다. 흐느끼는 언니의 등을 쓸어주고 눈물을 닦아주기까지 했다.

바리는 발걸음이 무거웠다. 하지만 안나가 있어 나아갈 수 있었다. 안나는 바리의 마음을 아는지 모르는지 몇 걸음 앞에 꼬리를 흔들며 걷고 있었다. 몸속 깊은 곳에서 울리는 흥얼거림도 들려오는 것 같았다. 얄밉지는 않았다.

안나는 햇살이 가볍게 다가와서 촘촘하게 깃든 털 사이를 비집고 들어오는 것을 느낄 수 있었다. 속살을 간질이며 긴밀하게 기웃거리는 것이 싫지 않았고, 바람도 곱고 천진해서 치기어린 장난질은 치지 않았다. 안나는 주저함 없이 걸었다. 온몸에 에너지가 치미는 것을 감지하고 있었다. 오로라와 헤어진 후 삶의 확신을 느끼면서 일어난 몸의 변화였다. 왕잠자리 유충처럼 투명한 눈동자와 긴 날개가 나올 것 같은 기분이었다. 하지만 외부적인 변화는 없었으나 내부적인 변화가 심했다.

가치의 정의가 바뀐 것이다. 사르트르의 명제와 고양이의 율법은 자신에게 온전한 마음을 유지하는 데 도움이 되지 않았다. 늘 가시방석 같았고 타율과 격절이 스스럼없이 묻어나오는 것이었다. 깨달음은 그곳에서 나오는 것이 아닌 것 같았다. 확언할 수는 없으나 일상의 소소한 곳에서 땀의 끈끈한 끈기 속에서 숨 쉬고 있는 것이 분명했다. 그것을 끄집어내는 것이 힘들어도 인식의 날카로운 눈길을 가지고 은근하게 인내하며 기다리면 가능할 것이라 생각했다.

오로라는 깨달음의 길 위에 안나가 있다는 것을 단정적으로 말하지 않았다. 그녀는 두루뭉술하게 말했을 뿐이었다. 인생의 널빤지 위에 만남과 헤어짐으로 관계를 말하고 그 속에서 안나 자신이 그 길을 찾는다고만 말했다. 자신이 진정으로 원하면 꿈과 표식과 사물의 언어들이 다가와서 말을 건다고 했다.

길 위에 자동차가 갑자기 많이 늘었다. 그래서 바리는 샛길로 접어들었다. 안나는 그녀의 뒤를 따르며 '어니스티'를 흥얼거렸다. 바리도 처진 마음을 끌어올리기 위해 따라 흥얼거렸다.

If you search for tenderness
It isn't hard to find
You can have the love you need to live

But if you look for truthfulness
You might just as well as be blind
It always seems to be so hard to give

Honesty is...

그렇게 한참을 걷다가 바리는 밭에 일하는 노파에게 다가갔다. 온몸이 땀으로 흠뻑 젖어 있었다. 머리에 쓴 수건으로 틈틈이 닦고 있는 것이다. 바리는 잡풀들을 뽑느라고 여념이 없는 노파 곁에 우두커니 서서 바라만 보았다. 안나도 그랬다.

노파의 목덜미는 구릿빛이었다. 피부의 탄력은 잃었고, 그 자리에 여러 겹의 주름이 빼곡히 메우고 있었으나 생기는 넘쳤다. 노파는 앉아서 작업하지 못하고 엉거주춤 서서 앞으로 나아가며 잡초를 제거했다. 엉덩이를 들고 있는 모습이 기이하고 우스운지 안나는 자신도 모르게 키득거렸다. 바리는 그런 안나를 들어서 안았다. 털이 많이 날렸다.

그때 노파는 허리를 세웠다. 피가 아래로 쏠려 얼굴은 불그레하고 눈동자도 충혈되어 있었다. 강한 햇살과 무연한 시간이 얼굴에 흔적으로 남아 있었다. 체념한 표정으로 가볍게 일렁이는 바람을 맞으며 바리와 안나를 유심히 바라봤다. 우스꽝스러운 모습을 보고 웃지 않고 신중했다. 그러고는 손짓으로 불렀다.

노파는 밭이랑을 두둑하게 하는 것을 가르쳤다. 바리는 노파의 호미를 잡고 따라 해봤다. 땅속에 수분이 골고루 퍼져 있어 흙이 곱고 기름졌다. 그래서 쉽게 호미질을 할 수 있었다. 바리의 농사일을 도우려는 듯이 안나도 가까이 가서 앞발로 땅을 팠다. 노파는 싱겁게 웃었다.

그제야 노파는 밭이랑에 검은콩을 심었다. 촉촉한 흙을 손으로 파서 간격을 두고 몇 알씩 넣었다. 반복적으로 이루어지는 움직임이었다. 하던 일을 멈춘 바리와 안나는 노파의 손놀림을 보고 경이로움마저 들었다.

노파는 한 이랑을 마치고 바리에게 그늘에 쉬라고 했다. 바리는 안나를 안아서 밭 가장자리에 있는 무성한 뽕나무 밑에 앉았다. 잎은 연했으나 잎사귀가 많아 그늘을 만들기에는 충분했다. 노파는 남은 이랑에 아까와 비슷한 속도로 콩을 심었다. 불편한 무릎을 생각하면 대단한 일이었다.

노파는 격의가 없었다. 손녀라고 생각하는지 살갑고 인정이 많았다. 아니면 손님이 이미 올 것을 알고 기다리고 있었는지도 모른다.

구름이 투명할 정도로 날씨가 맑았다. 더욱이 구름은 무리를 지어 다니지 않아 하늘은 살벌하게 파랬다. 그래서 햇살의 행동은 자유분방했다. 과도하고 거침없이 내리꽂았다. 스멀거리는 벌레들과 움직임은 달랐으나 닮은 점도 있었다. 움직임이 보이지 않는 것이 닮았다. 어느새 한발 가까이 다가와 있는 것도 닮았다. 햇살이 그랬다. 어느 순간 다가와서 자신의 존재를 드러내는 것이다.

노파는 그늘 아래로 들어왔다. 고깔모자를 쓴 바리를 보며 흐뭇하게 웃으며 물병을 건넸다. 바리는 우선 안나를 먹였다. 반듯한 그릇이 없어 음용하기는 쉽지 않았다. 바리의 애씀으로 극복할 수는 있었으나 입가에 흘러내리는 물방울은 어쩔 수 없었다. 바리는 여전히 안나를 안고 있었다.

"둘은 영혼의 친구구나. 흙과 검은콩도 그렇지. 흙은 수분과 자양분을 충분히 품어서 감싸지. 그럼 검은콩은 그것을 빌어 발아를 하는 것이고…. 그들은 유기적으로 서로를 갈구하며 성장을 시키는 것이지. 흙은 본질이고 검은콩은 실존일거야. 집에 가면 나와 그런 관계를 설정한 꼬꼬가 있

어. 하루에 하나씩 달걀을 낳는 것이 닭의 일과이지만. 늘
충실한 삶을 살며 나를 따르며 존경하지."

노파가 바리에게 한 말이었다.

그들은 노파의 집으로 향했다. 바리는 안나를 시골길 위
에 내려놓았다. 온갖 잡풀들이 어지럽게 펼쳐져 있었다. 그
래도 안나는 헤치고 나갈 수 있을 것 같았다. 안나는 길가
에 있는 애기똥풀에 눈길이 갔다. 네로가 있었으면 다가가
서 즐겁게 조우했을 것이다. 아니면 한 줄기 꺾어 물고 다
닐지도 모른다는 생각이 들었다.

안나는 길이 이어지는 쪽으로 시선을 넓혔다. 어느 순간
길은 끝이 나고 한적한 기와집이 길을 막았다. 한 채가 덩
그러니 대나무 숲 사이 모습을 드러내었다. 초라하지도 기
품이 있어 보이지도 않았다. 조촐하고 정갈할 뿐이었다.

안나는 그런 생각을 해보았다. 자신이 나아가는 길에 저
런 소박한 집이 있을까. 그 속에서 일상의 잡다한 번뇌를
잊고 단조로운 삶을 영위할 수 있을까. 찰나의 생각 속에서
안나는 고개를 내저었다. 그런 안식은 없을 것 같았다. 자
신의 길은 또 다른 길로 이어지는 관문이 될 것 같았다. 그
속에서 뭇사람들에게 위안을 줄 수 있는 안식처를 제공하는
것이 자신의 소명인 것 같았다.

요즘 안나는 그런 생각도 해본다. 그럴 때면 자신이 고양
이라는 사실을 잊는다. 바리가 자신을 따르며 존중해서 생

긴 망상인지도 모른다. 아니면 꿈결에 내비친 영상들이 자신을 도취시킨 것인지도 모르는 일이다. 아무튼 안나는 여러 사람들이 자신을 우러르며 숭상할 것이란 것을….

안나는 노파와 바리 뒤를 따르며 주위를 휘둘러보았다. 다른 집들은 없었다. 산들이 주위를 근엄한 자세로 움직임 없이 뿌리를 내리고 있었다. 논도 없고 들판도 없었다. 작으나 옹골찬 밭이 산 아래 야트막한 곳에 상처부위처럼 유난히 도드라지게 드러내었다. 노파가 틈틈이 생존의 흔적을 드러내는 것이었다.

어쩌면 상처는 본질을 인식시키는 삶의 각성제인지도 모른다는 생각을 했다. 안나는 노파의 밭을 보고 그런 생각이 들었다. 대지의 입장에서는 상처이고 고통인 것이다. 그것을 참으며 나아가지 않으면 새로운 품종을 심어서 싹을 틔우지 못할 것이 자명한 일이다. 새로운 생각과 이념이 다르지 않고 새로운 가치와 정의도 다르지 않았다.

그때 집을 지키는 꼬꼬가 노파를 보며 다가왔다. 벼슬이 옆으로 꺾인 암탉이었다. 바리와 안나를 바라보자 오던 걸음을 멈췄다. 안나도 처음 보는 동물이라 주춤하지 않을 수 없었다. 연이어 도전적인 모드로 바꿨다. 그런 안나를 보며 바리는 미소를 지으며 들어서 안았다. 안나는 긴장 상태를 풀지 않았다. 꼬꼬도 마찬가지였다.

노파는 그런 모습을 보고 싱겁게 웃더니 꼬꼬를 집으로

들어가라고 손짓했다. 강아지도 아닌 것이 뒤뚱거리며 앞서 갔다. 당당하기 그지없었다. 바리는 신기했다. 안나도 신기 하기는 마찬가지였다.

"꼬꼬는 내가 밭에 가면 집을 지키지. 그 사이 알을 품어 서 밀어내지. 그것이 꼬꼬에게는 실존이지. 그리고 자신이 할 수 있는 최고의 삶이지. 그 삶을 온전히 나에게 바치는 것이지. 그에게 내가 삶의 본질인 것이야. 모든 것이 나의 삶의 리듬에 맞춰있지. 어쩌면 우주의 비밀이 그 속에 숨어 있는 것인지도 모르지."

안나는 과거를 회상해봤다. 사르트르와의 만남이 우연히 아닌 것 같았다. 그 속에서 비탄과 절망의 나날을 보냈지 만, 그로 인해 만물이 본질과 실존으로 이루어졌다는 것을 몸소 느낄 수 있었다. 사르트르가 주입시키고자했던 것은 자신의 삶의 철학이자 본질인 것을 이제야 안 것이다. 안나 는 그것이 틀렸다고 생각하지는 않았다. 사르트르 입장에서 는 실존이 본질인지도 모른다. 그것이 삶의 지표인지….

안나는 노파의 말도 선뜻 수긍이 되지 않았다. 본질의 유 일무이한 것을…. 더욱이 관계 속에 본질이 있고 실존이 있 다는 것은 쉽게 다가오지 않았다. 우주에 머물러 있는 미물 들은 그 자체가 본질인 것이다. 고양이 세계에서 서열을 정 해서 우두머리가 되듯이 본질과 실존이 그렇게 구성되어 있 지 않다고 생각했다. 본질은 오롯이 떠 있는 태양처럼 자체

발광을 하며 주위에 온전하고 따스한 영향력을 미치는 것이 분명하다고 생각했다.

대청마루에 걸터앉자 시원했다. 꼬꼬는 자신의 울타리에서 두 발로 흙을 끌어당겨 가며 벌레를 잡느라 여념이 없었다. 이방인에 대한 경계는 전혀 없었다. 평소에 하던 대로 하루의 시간을 보내는 것이었다. 하지만 안나는 이상하게 꼬꼬가 눈에 거슬렸다. 생소해서 그런 것은 아니었다. 이런 감정은 예전에는 없었던 것이다. 안나는 대청마루 밑에서 꼬꼬에 대한 시선을 떼지 않았다.

안나는 그 근원을 찾고 싶었다. 온전한 감정이 왜 왜곡되어 자신을 괴롭히는지를. 시기심은 아닌 것 같았다. 그렇다고 막연한 두려움도 아니었다. 과거에 꼬꼬와의 만남으로 형성된 불협화음도 아닌 것이다. 꼬꼬와의 묵혀둔 불손한 행위의 그림자는 없는 것이다.

그때 산속 깊은 곳에서 까마귀 울음소리가 들렸다. 플루토인지 아니면 그의 수하인지 알 수는 없으나 분명한 것은 사위를 싸늘하고 음험하게 만들었다. 그늘도 더욱 깊고 으스스해지는 것 같았다.

"까마귀를 조심해. 저놈은 나약한 마음의 부분을 헤집고 들지. 온순하고 반듯한 마음도 집요한 공격에 자신도 모르게 오염되고 말아. 어둠을 불러들일 수도 있고 죽음을 끌어들일 수도 있지. 그의 눈 밖에 나면 아무튼 골머리가 아파

지지. 그의 수괴는 플루토란 놈인데 그놈이 모든 것을 관장하지. 아직 본 적은 없지만 제대로 눈을 마주치지 못한다는 말도 있어. 죽음의 골짜기와 다를 봐 없다는 거야."

노파는 식혜를 마루에 놓으며 말했다.

안나는 그제야 알 것 같았다. 마음의 울타리는 견고한 것 같으면서 아무나 드나들 수 있는 곳이기도 하다. 긴장의 끈을 조금이라도 느슨하게 하면 이끼처럼 눌어붙어 버리는 것을. 얍삽한 악마는 허점이 보이면 여러 얼굴을 해가며 현혹시키는 것 또한 알고 있는 것이다. 안나는 마음의 온전한 방향으로만 나아가기 위해서는 자신의 끊임없는 감시와 관찰이 필요하다는 것을 여실히 느끼고 있었다.

"하지만 그 막강한 플루토도 메시아의 아우라에는 오금을 저리며 도망가는 것이야. 그 분은 세상의 낮은 곳에서 일어나시지. 아픔과 고통과 절망을 몸소 느끼며 철학과 율법을 넘어 서는 것이 장기이시지. 낮은 자의 마음을 얻어서 가장 높은 곳으로 서서히 향하지. 그곳에서 만인의 우러름을 얻는 것이지. 사람들은 그 분을 기다리고 있지. 기도와 갈급함이 그 분을 기다리는 최소한의 예의라는 것을 그들은 알지. 가지런하고 정갈하며 음전한 마음가짐은 기본 바탕이고…."

노파는 종이 위에 써놓은 글을 읽듯이 구김이 없었다.

까마귀의 울음소리가 어디론가 사라지고 들리지 않았다.

더 깊은 산속으로 날아갔는지 아니면 플루토가 소집했는지 알 수는 없었다. 다만 까마귀의 울음소리가 사라지고 난 후, 숲속의 숨결이 더욱 정겹고 온화하다는 것이다.

산속의 어둠은 빨리 다가왔다. 개구리들이 와글거리며 요란스러웠다. 논은 없는데 몇 안 되는 개구리들이 메아리를 만들며 울어댔다. 다른 지역에서 원정을 왔는지 알 수는 없지만 다소 어색하게 울었다. 그래서 풀벌레 울음소리가 뚜렷하게 드러나지 않았다.

낮의 심지는 꺼지고 밤의 심지가 애처롭게 밝아왔다. 외진 산골 기와집은 등대와 다르지 않았다. 주위에 서성이는 어둠을 깊이 빨아들였다. 안나는 대청마루에 누워서 발에 침을 발라 얼굴을 닦았다. 그러고는 몸을 길게 늘어뜨려 하늘을 봤다. 어둠속으로 빛을 뿜어내고 있었기에 어둠 깊은 곳에 서식하는 별들이 보이지 않았다. 완전한 어둠만이 우주의 신비를 간직한 빛을 맞이할 수 있을 것이다.

안나는 우주의 언어를 이해하고 싶었다. 지상에 존재하는 언어는 자신이 먼저 그들의 주파수를 맞추면 가능하다는 것을 이미 알고 있었다. 그리고 그들이 원하는 방식과 태도로 다가가면 얼마든지 가능한 일이다. 그래서 꼬꼬의 언어도 이해하고 마구간에 있는 흑염소의 언어도 이해할 수 있었다. 언어의 체계가 달라도 먼저 마음을 열면 그쪽에서 경계를 푸는 것을 느낄 수 있었다.

하지만 우주의 언어체계는 다른 것 같았다. 뚜렷한 생명체로 다가오지 않았고 빛으로나 유성으로 우회적으로 말을 거니 말이다. 안나는 답답하고 무료했다. 해답을 찾지 못하는 난해한 문제 같았다. 하지만 조바심을 내지는 않았다. 시간이 지나고 그 언젠가는 스스럼없이 저쪽에서 먼저 다가올 것을 알고 있기 때문이다. 어쩌면 그것이 깨달음인지. 그것으로 만인의 우러름을 받을지….

바리는 노파의 방에서 나왔다. 그리고 대청마루에 켜진 전구를 껐다. 그러자 어둠이 기습적으로 몰려드는 것이다. 불빛이 머물러 있는 부분을 어둠이 주도면밀하게 다가와서 밀쳐버리는 것이다. 갑자기 적요와 별빛이 기와집으로 엄습했다.

바리와 안나는 대청마루에 나란히 걸터앉았다. 바리는 여름의 초입에 들어서는 밤을 제대로 바라본 적이 없었다. 그것은 안나도 마찬가지였다. 그래서 그들은 한없이 바라보고 느끼고 있었다. 밤하늘을 채우는 것은 무수한 별빛이 아니라 어둠이란 것을 안나는 처음 알았다. 플루토도 저 어둠과 다르지 않을 것 같았다.

안나는 눈을 감고 소리에 집중했다. 개구리 울음소리가 풀벌레소리를 공고히 누르고 있었다. 그 위로 소쩍새가 규칙적으로 단아하게 울었다. 낮에 울던 매미들은 밤에는 울지 않았다. 지휘하는 마에스트로(maestro)는 없어도 무난하게 조율되는 것이다. 아마추어 오케스트라의 어설픈 연주 같지 않았다. 나름대로 훌륭했다. 조화로웠다.

안나는 조화로운 것이 이런 것이구나 싶었다. 각자에게 가장 아름다운 목소리를 이끌어내는 밤의 지혜도 대단하다고 생각했다.

밤의 지혜는 그들의 재능을 억지로 불러들이지 않았다. 차분한 분위기를 만들어 주는 것이 다였다. 기다림인지 인내인지는 알 수는 없었다. 어쩌면 밤의 지혜는 영악하게 각자의 본성을 다 알고 있는지도 모른다. 그래서 그들이 원하고 바라는 것을 미리 준비해뒀다가 선물로 주는 것인지도….

안나는 조화에 대하여 생각했다. 남을 해치거나 다치게 하는 선을 지키는 것이 조화라고 생각했다. 아니다. 그것은 소극적인 조화였다. 적극적이고 대승적인 조화는 각자의 여건과 리듬을 인정하고 받아들여 흡수하는 것이었다. 그것도 자율적으로 말이다.

안나는 만물을 받아들이는 전제 조건이 조화로운 관계에서 형성되는 것 같았다. 상대를 헐뜯거나 모욕하지 않고 책망하지 않으며 분기하지 않는 것이 바닥에 깔려있어야 가능할 것 같았다. 더욱이 치밀어 오르는 분노와 충동을 다스려야 했다.

바리는 노파의 말을 떠올렸다. 그럼 안나와 자신과의 관계의 우위는 안나인 것이다. 고양이이긴 해도 인품이 뛰어나고 지혜도 있고 친절했다. 더욱이 상대에 대한 친화력이 남다르고 붙임성도 훌륭했다. 가끔씩 거대한 기운이 자신을 압도하는 것을 느낄 수 있었다. 그 기운은 강하고 굳세었고, 정결하고 온화했다.

방에서 노파의 코고는 소리가 우렁찼다. 밤이 깊을수록 더욱 요란한 것이다. 노동의 대가는 땀이 아니라 달콤한 잠인 것 같았다. 노파는 잠을 얻기 위해 거친 노동으로 혹사시키는 것인지 모른다. 밤의 정령들에게 미혹되지 않기 위해서 사전에 잠 속 깊은 곳으로 들어가 안식을 찾는지도 모르는 것이다. 안나도 사르트르의 가혹행위를 잊기 위해 잠으로 도피한 적이 한두 번이 아니었다.

안나와 바리는 노파의 코고는 소리를 들으며 서로 마주 보고 엷게 웃었다. 그 소리가 방안에만 머물러 있지 않았다. 문지방을 넘고 대청마루를 뛰어 마당 위로 훌쩍 날아올랐다. 이미 기다리고 있던 밤의 숨결 속으로 녹아드는 것이다. 거슬리지 않는 화음이었다. 바리는 그것이 놀라웠다. 자신도 이미 정해진 곳으로 나아가 그 소리를 내어야 한다는 것을 대략 느낄 수 있었다. 별들은 도란도란했다.

그때 유성이 길게 빛을 뿜으며 나아갔다. 유난히 꼬리가 길어 꺼지지 않는 불덩어리 같았다. 그것도 어느 순간에는 땅에 떨어지는 것이다. 하지만 시간이 길었다. 안나와 바리는 그 떨어지는 궤적을 따라 시선을 옮겼다. 빛이 사멸하는 그곳에 오로라는 없었다. 현란하고 신비하고 오묘한 빛깔을 만들며 현혹시키는 오로라가….

안나는 우주를 여행하는 운석의 조각들이 지구로 유입되어 바로 소멸하는 것 같지 않았다. 우연히 재수가 없어 그러는 것 같지도 않았다. 뭔가 특별한 비밀이 있는 것 같았다. 사도의 사명처럼 순수하고 진솔한 마음을 다독여, 순교의 위엄을 달성하기 위해 자행되는 숭고한 행위 같았다. 빛나는 화려함이 안쓰러웠다. 처절했다. 더욱이 모든 압박과 박해를 처연하게 받아들이고 오직 절대자의 숭고한 메시지를 전달하는 것이 과업이라고 생각하며 몸을 사르는 것 같았다. 하지만 그것이 끝이 아니었다. 또 다른 책무가 기다리고 있는 것이 분명했다.

안나는 그 떨어지는 운석과 우주를 끝없이 방황하는 운석 사이에 끊임없이 연결되어 소통하는 것 같았다. 그들만의 주파수를 가지고 새로운 우주의 비밀을 알거나 보면 전송하여 서로 공유하는 뭔가가 있는 것 같았다. 지구에 떨어진 운석은 그것을 간직하고 축적하여 선택받은 자에게 알리는 것이 운석의 책무인 것 같았다. 우주의 비밀과 절대자의 함의를 말이다.

안나는 지구에 떨어지는 운석을 생각하고 우주를 끝없이

흘러가는 운석도 생각했다. 길 위에서 세상 밖으로 나아가는 자신도 생각했다. 한쪽은 깨달음을 선사하기 위해서 다른 한쪽은 깨달음을 얻고 수집하기 위해서…. 그 중앙에 자신이 머물러 있다는 것을 미약하게나마 느낄 수 있었다.

어느 여름 바닷가에서

바리는 오로라의 말이 귓가에 맴돌았다. '안나는 왕 중의 왕이 될 거야. 기다리고 인내하며 지켜봐줘.' 단호하고 결연한 목소리였다. 바리는 모든 족속들을 아우르는 왕이 안나라는 사실에 놀라지 않았다. 고양이가 사람들을 이끄는 리더가 되지 말라는 법은 없는 것이다. 자신도 지금 안나를 의지하고 경외하며 따르는 것을 인식하고 있었다. 오로라는 또 말했다. 왕이 되는 통과의례가 있다고 했다. 긴 시간의 무력감과 외로움과 고독이 곁에 오래 머물러 농성을 할지라도 자신을 포기하지 말고, 그 속에서 영혼의 목소리를 찾아야 한다고 했다. 그 과정에 플루토는 왕의 귀환을 끊임없이 방해하고 가로막을 것이라고 했다. 이젠 플루토도 안나가 보통의 고양이가 아니란 사실을 알고 있을 거라고 했다. 그럼에 불구하고 플루토가 직접적으로 공격하지는 못할 것이라 했다. 간접적인 우회로 안나의 기억 속을 파고들거나 바리의 난처한 마음의 그림자 속으로 들어가 조직적으로 반기를 들 거라고 했다. 더욱이 플루토의 장중에 놓인 외부적인 환경이 안나의 길을 방해할 것이라 했다. 안나의 영광스런 출현이 플루토에게 치명적인 위축을 의미하기 때문에…. 마지막으로 안나에게는 비밀이라고 했다. 자신이 자신의 존재를 깨달을 때까지….

바리와 안나는 갯벌 냄새가 풍기는 길을 걸었다. 바리가 먼저 바다가 보고 싶다고 해서 남쪽으로 길을 잡은 것이다. 조금만 더 걸으면 바다가 나올 것 같았다. 하지만 쉽게 훤한 풍경을 드러내지는 않았다.

바리는 바다를 본 적이 없었다. 그래서 제일 가까운 남해로 온 것이다. 파도가 동해처럼 과도하게 거칠지 않고 호수처럼 고여 있는 듯 평온한 수면이 자신에 취향과 맞았다.

우연인지 장마는 그들을 따라다녔다. 그래서 제대로 햇살을 받아본 적이 언제인지 기억이 나지 않았다. 가끔씩 켜켜이 쌓인 구름 사이로 다소곳이 얼굴을 내밀기는 했다. 아주 미세한 것이었다. 대기 중에 떠도는 습한 기운을 말끔히 태워버릴 정도로 과감하지도 세련되지도 않았다. 구름 너머에서 난처한 표정으로 온기를 불어넣기 위해서 틈틈이 기회를 보고 있다는 것은 확실했다.

바리와 안나는 비릿하고 짭조름한 냄새가 나는 쪽으로 걸었다. 가까이 있는 산을 돌아나가면 닿을 것 같았다. 그곳에 바리 자신이 평소에 꿈꾸는 에메랄드빛 바다가 보란 듯이 펼쳐져 환상의 세계로 인도할 것 같았다. 그녀는 남태평양의 어느 작은 섬밖에 본 적이 없었다. 그것이 바다의 전부였다. 영상으로 접할 수도 없었다. 거실은 늘 새엄마의 활동 반경이었다.

바리는 실망스러웠다. 실크로드 앞에 있는 거대한 호수와 별반 다르지 않았다. 환상의 날갯짓을 하며 부풀었던 기대가 실망을 키운 것이다. 하지만 실망이 바다를 호수로 만들지는 않았다. 에메랄드빛을 자아내며 자신을 유혹하지는 못했어도 간간히 파도도 있고, 신비로운 신화도 있는 것 같았다.

바리는 안나가 부쩍 이상하다는 생각이 들었다. 새로운 환경이 다가와도 무연하게 부서지는 파도와 다르지 않았다. 감동도 없었고 희망의 언어로 자신을 격려하지도 않았다. 늘 침묵으로 일관할 뿐이었다. 말도 없고 묻는 말도 애써 피하는 눈치였다. 귀찮아 보였다. 불규칙적인 감정의 충동을 이성으로 간신히 억누르고 있는 것 같았다. 그 폭탄이 언제 폭발할지 아무도 모른다. 내밀한 생각을 많이 하며 살아온 바리는 그것을 알고 있는 것이다. 안나의 인품의 사슬이 언제 끊어져 파편이 튀어 주위를 상하게 할지….

안나는 왜 바닷물처럼 의식이 흐릿한지 알 수 없었다. 근래에 들어서 행해지는 의식의 형태였다. 자신도 외면하고 싶었으나 자꾸 어둡고 침침한 마음을 유도하는 것이다. 의식을 조종하는 것이 자신의 심연에서 나오는 것 같지 않았다. 사르트르가 준 팁인지 알 수는 없었다.

요즘 바리는 안나와 교감이 잘 되지 않았다. 안나 자신이 벽을 쌓고 절연하고 있다는 것을 알았다. 그를 만나고 이런 일은 처음이었다. 대수롭지 않게 넘길 수도 없었고 그렇다고 적극적으로 나설 수도 없었다. 바리 자신은 안나의 삶의 일부분으로 늘 그림자로 살아가야 한다고 생각했기 때문이었다. 그것이 자신에게 주어진 삶의 배역이라고 생각했다. 그것을 깨닫는 데 다소 시간이 걸리긴 했다.

안나는 바리와의 거리를 두고 싶었다. 요즘 이상한 생각들이 몰려와 무난하게 키워오던 절실한 관계를 난도질하는 것이었다. 처음에는 사소하게 던진 말이 헝클어져 풀리지 않았고 연이어 평소에 하던 사소한 행동이 자신을 업신여기는 것 같았다. 더욱이 발바닥이 아프다고 안아서 가자고 하면 모른 척 먼 산을 보는 것이다. 안나는 바리가 예전과 달라진 것을 알았다.

하지만 바리의 입장은 달랐다. 안나가 완전한 모습으로 세상에 드러나기를 바랐다. 언행과 인품으로 사람들에게 우러름을 받을 수 있는 단계까지 이르기를 염원하며 한 행동이었다. 이제 그도 고양이로서 어른인 것이다. 유아적이고 유치한 행동으로 세상을 구할 수 없는 것이다. 그래야 도전하는 세상을 박차고 나갈 수 있을 것 같았다. 변칙과 변모를 일삼는 세상의 가치에 휘둘리지 않는 바탕도 거기에서 나올 것 같았다.

안나는 심드렁한 마음으로 해안가를 혼자 거닐었다. 바리와는 전봇대 하나의 거리를 두고 있었다. 자신의 시간을 가지고 싶었던 것이다. 요즘은 혼란의 연속이었다. 사소한 것에 짜증이 생기고 불만도 생기는 것이었다. 사춘기 소년처럼 작은 충동에도 튀어나가거나 폭력적으로 둔갑하는 것이었다. 순간순간 간신히 참고 있는 것이 대견할 정도였다. 더욱이 바리의 존재가 예전처럼 절실하게 다가오지 않았다. 바보스럽고 유약하며 무기력하게 보이는 것이었다. 그녀의 흠결이 뚜렷하게 모습을 드러내었다. 며칠 전만 해도 예쁘고 순수하고 고귀한 언행들이 약고 진부한 형태로 변질되어 버린 것이었다.

안나는 바닷가를 거닐며 먼 바다를 봤다. 망망대해에서 밀려드는 파도가 해안가를 따라 잔잔히 부서졌다가 다시 바다 쪽으로 끌려가는 것을 지켜봤다. 반복적이었다. 강한 바람이 가세하면 기세가 더욱 등등하다는 것은 알고 있었고, 강한 바람의 부재는 그것을 용납하지 않았다. 그럼에도 불구하고 잠잠한 고요로 들기에는 무리가 있었다. 바다는 호수가 아닌 것이다. 고삐로 통어할 수 있는 물리적인 강제성이 없었다. 자유롭고 이상을 좇을 수도 있었고 해방감에 젖어 방종할 수도 있었던 것이다. 바다의 뿌리는 아직 줄기와 잎사귀의 자유로움을 제어하지 못하는 것이다. 안나도 마음의 뿌리에서 줄기와 잎사귀의 움직임을 조율할 수 없는 것이다.

안나는 해안가와 경계를 이룬 도로 위에 서 있었다. 늘 그렇듯이 바다와의 경계는 콘크리트다. 단단하고 말끔한 것이 거센 파도를 맞아 이겨낼 것 같아 그 자리에 지키는 것이다. 그 아래로 여름철에 해수욕장으로 쓰여도 좋을 볼만한 백사장도 뽀얀 살결을 드러내고 있었다. 지금은 한산하고 을씨년스러웠다. 군데군데 조개껍질이 부서져서 흩어져 있었고, 보기 싫지는 않았다. 그 속에도 유난히 뚜렷한 빛을 던지는 것이 있었다. 유리조각이었다. 은은하게 빛을 품고는 있어도, 그 빛이 살기를 품고 있었다.

바리는 백사장으로 뛰어내렸다. 안나는 바리의 행동을 멀리서 바라보고만 있었다. 하지만 바리의 행동이 불편하고 눈에 거슬렸다. 예전에 바리의 새엄마와 부딪쳤을 때보다도 더 많은 마음의 부유물들이 일었다. 바리가 바닷물을 만지며 모래 위에 이상한 그림을 그리고 있을 때 밀치고 싶은 충동까지 들었다.

그때 바다 멀리서 무정형의 모습이 천천히 다가왔다. 마치 점 같았으나 날개를 펼치며 나는 갈매기였다. 처음에는 한 마리였다. 그 한 마리가 공중에서 날카로운 울음으로 주위를 상기시키자 순식간에 대여섯 마리가 대오를 만들었다. 갑작스런 출현이었다. 그 갈매기를 이끄는 우두머리 갈매기가 안나 쪽으로 집중하고 있었다. 안나는 태연하게 갈매기 무리들을 올려다보고만 있었다. 그들과의 거리가 가까워져도 안나는 갈매기를 경계하지 않았다. 자신의 주위를 맴돌고 싶어 다가오는 것으로 착각했다. 안나는 시선마저도 다른 곳으로 돌렸다. 그 짧은 순간에 갈매기들이 들이치는 것이었다. 부리를 세워 목표물을 향해서….

안나는 집중 투하를 받아내지 못해 무참히 쓰러졌다. 생각할 겨를도 주지 않았다. 갈매기 우두머리는 울음소리로 공격을 지휘했다. 그의 수하들은 광기에 내몰려 미친 듯이 안나의 정수리를 쪼았다. 치열하고 과감하게. 뾰족한 창끝으로 찌르는 것 같았다. 털이 날리고 뽑히고 했다. 안나는 안간힘을 쓰며 저항했으나 혼자 힘으로 버틸 수 없음을 인식했다. 경황이 없어 바리가 가까이 있는 것도 잊고 있었다. 아니면 고양이의 우월함을 믿고 사람들의 힘을 빌리지 않고 자신이 혼자 해결하고 싶은 마음이 일었는지 모르는 일이었다.

이젠 안나가 날카로운 발톱을 휘두를 수 없을 정도로 지쳐있었다. 그때 때마침 낚시꾼 아저씨가 달려들어 갈매기를 쫓아버렸다. 그는 들고 있던 뜰채로 강하게 휘둘러 갈매기들을 후리고 때리고 낚아챘다. 여럿은 도망가고 뜰채 안에 갈매기 한 마리가 비틀거리며 울고 있었다. 거칠고 광포하게 펄떡거렸다.

바리는 그제야 사태를 보고 안나에게 다가올 수 있었다. 그녀는 재빠르게 피멍이 든 안나를 안았다. 안나는 몹시 놀랐는지 경기를 일으키며 떨었다. 그것도 잠시였다. 급작스럽게 내린 우박에 대처를 못한 농부처럼 의연하게 받아들였다. 마음을 안정시키고 헝클어진 털을 골랐다. 안나는 그래도 리더인 것이다. 속으로 투지를 불태웠다. 두 번 다시 당하지 않을 것이라 다짐했다.

안나는 바리의 품에서 뛰어내렸다. 왠지 마음이 불편했다. 바리가 의도적으로 자신을 방치한 것 같았다. 멀리서 보고 혼쭐나고 있는 모습을 보고 실소했을 것이라 믿었다. 같은 종족이 아니라 믿을 수가 없었다.

바리는 아저씨에게 갈매기를 놓아주라고 했다. 아저씨는 바리를 보고 웃으며 뜰채를 흔들어 갈매기를 날려 보냈다. 안나는 그런 행동도 못마땅했다. 자신에게 자심한 상처를 입힌 갈매기를 놓아준다는 게 의아했다. 안나는 인상을 쓰고 으르렁거릴 수밖에 없었다. 날아간 갈매기는 다시 잡을 수 없었다.

바리는 안나가 자신을 예전처럼 살갑게 받아들이지 않는다는 것을 알고 있었다. 한번 엇나간 마음은 평정심을 찾기는 힘들다는 것을 알고 있었다. 그리고 지금 안나의 마음은 자기의 존재가 잠식되었는지 모른다. 자기는 인간에게도 가장 원형적인 본성이다. 천진난만하고 부드러우며 순수한 근저 위에 뛰어노는 가장 이상적이고 본질적인 자아이다. 오염되기도 쉽고 매수당할 수도 있다. 때때로 사기꾼들은 그것을 잔잔하게 건드려 흑심을 채우는 것이다. 단언할 수는 없지만 바리가 볼 때 안나는 플루토의 마수에 걸려들어 자기를 잃은 것이다. 회복될 수 있는 길은 안나 자신이 찾아야한다고 했다. 오로라의 말이 거짓이 아님을 바리는 확신할 수 있었다.

카우보이모자를 쓴 아저씨는 낚시를 한다고 했다. 그래서 바리는 그를 따랐다. 은근히 친절을 머금고 있어 불신의 벽은 없었다. 그리고 바리는 낚시하는 것을 보고 싶었다. 안나도 싫지 않은 표정이었다. 물고기는 안나에게 소중한 먹이이기도 했다. 호기심도 있고, 그래서 직접 보고 싶은 것이었다.

그들은 해안가를 돌아서 거대한 암반층에 다다랐다. 카우보이모자는 손짓을 하며 말했다. 카르노타우루스의 발자국이라고 했다. 바닷물이 잔잔하게 일렁이는 곳에 일정하게 파인 흔적이 있었다. 한 마리는 아닌 것 같았다. 어수선하게 흩어져 있었다. 바리는 다가가서 우묵하게 들어간 곳에 발을 넣어 보았다. 크고 넓었다. 다소 물이 고여 있는 곳도 있었고 세월의 더께로도 채워져 있었다. 안나는 바닷물이 살랑거리며 소리를 내는 것 때문에 속이 울렁거리고 현기증이 나서 가까이 가지 못했다.

카우보이모자는 바리와 안나가 하는 양을 보고 자신이 원하는 지점까지 걸었다. 그곳에서 낚시가방을 내려놓고 낚싯대를 펼쳤다. 그는 주위 환경에 익숙한 몸놀림으로 바위에 걸터앉았다. 갯지렁이를 단 낚시는 무거운 납덩어리의 무게에 의해서 멀리 날아가서 바닷물 속으로 깊이 잠겼다. 릴 낚시였다. 이젠 기다림으로 참돔을 유혹하면 되었다. 갑오징어도 횟감으로 훌륭했다. 서민적이지만 무난한 학꽁치도 매운탕으로 손색이 없었다.

그때 바리가 카우보이모자 곁에 우두커니 서서 바라만 봤다. 바리는 어찌해야 좋을지 몰랐던 것이다. 해보지 않은 일은 언제나 부담스러울 때가 많다. 바리는 지금이 그랬다. 카우보이모자가 깔개를 내밀지 않았다면 그대로 멍하니 바라만 보고 있었을 것이다.

바리가 카우보이모자 곁에 앉자 그는 경찰이라고 했다. 틈이 나면 잡무를 잊기 위해 여기 온다고 했다. 멀리 보이는 사량도는 그에게 안중에도 없는 것 같았다. 잔잔하게 움직이는 파도 속에 깃들어진 낚싯줄만 바라볼 뿐이었다. 그것에 대한 집중으로 일상의 근심과 번뇌와 단조로움의 반복에서 벗어나는 것이라 했다.

바리는 바다의 공기가 시원하지 않았다. 무거워서 경쾌하지도 않았다. 재미없고 무기력한 사람처럼 표정의 변화가 한결 같고 어둑신했다. 우울을 품고 어렵사리 울음을 참고 있는 모양새였다. 누군가의 가벼운 터치가 가미되면 마음 놓고 울 것 같았다.

"비가 올 거야."

안나가 가까이 다가오며 던진 말이었다. 안나는 이젠 한

국말도 할 수 있었다. 자신도 놀라지 않을 수 없었다. 그러자 바리와 카우보이모자도 놀랐다. 진정 사람의 일원으로 받아들이는 흐뭇한 표정을 보이는 것이었다.

갑자기 하늘이 어수선했다. 현실에 멈춰있던 우중충한 것이 도전적으로 움직이는 것이었다. 바람이 불지 않았으나 구름이 갈피를 잡지 못하는 것이었다. 더욱 검은 색채를 서서히 빨아들이고 담아서 품고 있었다. 파도도 마찬가지였다. 잠잠하고 편편하게 보였으나 어딘지 불편한 심기를 가득 품고 표현하지 못하는 것 같았다.

비가 한 방울씩 잔잔한 파도 위에 떨어졌다. 파도가 미세한 소리를 흡수하고 있어 조립식 지붕에서 튕겨내는 요란한 소리는 기대할 수 없었다. 그 사이 공중에서 갈매기 한 마리가 주위를 살피며 의식하는 몸짓으로 감시하는 것이었다. 아까 그 우두머리 갈매기인 것 같았다. 아직 끝나지 않은 책무를 완수하기 위한 행보인지도.

"이렇게 물고기가 물리지 않은 것도 보기 드문 일이야. 저곳은 물고기 아지트인데…. 며칠 전만 해도 큼직한 놈으로 몇 마리 잡았는데 이상한 일이야."

카우보이모자는 머리를 흔들며 혼잣말했다.

안나는 그곳을 뚫어지게 바라보더니 물고기가 없다고 했다. 그러고는 카우보이모자에게 포인트가 틀렸다고 했다. 그는 안나의 말을 듣고 믿으려하지 않았다. 자기가 여기에서 몇 년을 우려먹고 있는 곳이라 말하며 실소했다. 자신에 대한 강한 긍정도 담고 있었다.

바리는 안나를 편들어 주지 않았다. 자신도 안나가 말하는 포인트가 그렇게 탐탁하게 보이지 않았다. 다른 곳보다 더 황량하고 빈곤해 보였다. 풍성한 물고기가 있을 것이라 생각이 들지 않았다.

카우보이모자는 고집을 피우며 처음 그 자리를 고수했다. 자기가 자주 접하는 사기꾼도 자신의 생각을 굽히지 않았던 것이다. 말로써 구슬리고 협박을 해도 끝내 처음 그 생각을 고수했다. 명백한 증거를 제시하지 않으면 그를 당해낼 수 없었다. 사기꾼은 아니었지만 자신의 생각을 믿고 싶었던 것이다.

바리는 아직도 안나의 마음의 숨결이 들리지 않았다. 감시하는 갈매기와 연관이 있는 것 같았다. 그의 배후에는 플루토가 있는 것이 자명해 보였다. 안나의 마음속에 존재하는 불신과 열등감이 원인일 것이다. 그것을 떨쳐버리지 않으면 안나는 고립되는 것이다. 언제까지나.

빗줄기가 굵어지자 카우보이모자는 비옷과 큼직한 우산을 꺼내었다. 우산을 펼쳐서 바리에게 건넸다. 바리는 일반적인 검은색 우산은 많이 봤지만 원색이 대칭을 이루는 화려한 색상은 처음 봤다. 천천히 돌려보자 우산을 타고 내리던 빗방울이 총알처럼 날렵하게 원을 그리며 나아갔다. 하늘은 네 가지 색상으로 이루어진 것인지 모른다고 생각했다. 우산 안에서 축을 돌리고 있는 한은….

바리는 사람들을 이끌고 사람들을 감동시키는 믿음의 본질이 다르지 않을 것이라 생각했다. 그 본질 안에 가르침이 네 가지보다 많으면 많을수록 세상의 색상은 더욱 깊고 다채로울 것이라 생각했다.

바리는 우산으로 안나를 씌웠다. 안나는 비를 맞으며 우산 안으로 들어오지 않았다. 자존심에 대한 것이다. 바리는 그것을 알고 모르는 척 다가가서 쏟아지는 빗방울을 막았다. 배려였다. 바리의 따스한 마음이었다.

"바다의 마음을 들여다봐. 멈춰 있는 것 같으면서 끊임없이 움직이고 죽은 것 같으면서 생동감이 넘치니 말이다. 때로는 거칠고 때로는 온화하며 때로는 매정하지. 사람의 마음과 다르지 않아. 물고기도 바다의 마음의 뜰 가까이서 놀지. 그 넓이가 너무 커기 때문에 며칠 전에 놀고 있다고 해서 지금도 그곳에 있다고 장담할 수 없어. 태어나기 전에 물고기는 바다 어디에서나 유영을 해도 된다는 허가를 받았지. 자유이용권 말이야. 그것은 바다와의 종신계약이지."

안나는 낚싯대를 드리운 쪽으로 멍하니 보며 말했다.

지금까지 고집을 피우던 카우보이모자는 낚싯대를 만지작거리다가 큰마음 먹고 들어서 강하게 당겼다. 납덩어리 무게에 낚싯대허리가 완전히 접혔다. 바다가 억세게 물고

놓지 않아 낚싯대를 끌고 가는 것 같았다. 물고기를 달고 있지 않아 좌우로 요동치며 필사적인 모습은 볼 수 없었다. 하지만 다소 생동감은 있었다.

낚시에는 미끼가 없었다. 미늘은 아가미 깊숙이 꽂히기 위해 날을 세우고 있었다. 한번 물면 발버둥질해도 빠져나갈 수 없는 족쇄였다. 열쇠도 없고 비상구도 없다. 가혹한 고통과 선혈만 동반되는 것이다. 바리는 신의 존재도 엇비슷한 것 같았다. 사람을 구원의 미끼로 경계의 테두리에 가두고 빠져나갈 수 없게 만드는 것이다. 저항하면 할수록 율법으로 삶을 철저하게 유린해버리는 것이다. 그래서 그 속에 남아 죽음을 맞이하는 것이 차라리 행복하게 만드는 것이다. 오로라의 신이 그랬다.

마음을 고쳐먹고 카우보이모자는 안나가 지시하는 포인트에 낚시를 드리웠다. 빗줄기는 굵었으나 바람은 불지 않아 파도는 잠잠했다. 아주 이색적인 풍경이었다. 그때 바리는 모자를 벗었다. 긴 머리카락이 유난히 돋보였다. 살랑거리는 해풍이 불었으면 더욱 순수한 맵시를 드러내었을 것이다.

갑자기 낚싯대 끝에 달린 방울이 시끄러웠다. 카우보이모자는 일어서서 낚싯대를 힘차게 당겼다. 반응이 적극적이고 빨랐다. 묵직한 무게감을 느낄 수 있었다. 낚싯줄도 가야금 줄처럼 빈틈이 없었다. 큰놈일 것 같았다. 곁에 있는 바리는 긴장했고 안나는 무덤덤했다.

카우보이모자는 한참을 씨름하다가 불길한 마음이 들었다. 무게감은 있었으나 미동이 없었다. 물고기가 바위 틈 사이에 납작 엎드려 낚싯줄을 간신히 버티고 있을 수도 있었다. 그런 기대는 경험에서 오는 몸의 감각이 허락하지 않았다. 이물질이 걸렸다는 것을 그제야 안 것이다. 아니나 다를까 사람들이 버린 큼직한 검은색 비닐봉지였다.

카우보이모자는 안나를 곁눈질하며 비웃었다. 기분 나쁠 정도는 아니었어도 당사자보다 바리가 개운치 않았다. 안나의 초능력이 은근히 맞아주기를 바랐다. 안나가 평소에 사물의 언어를 빠르게 섭렵하는 것을 봤기 때문에. 하지만 정작 당사자인 안나는 무덤덤하고 초연했다.

카우보이모자는 다시 그 자리에 낚시를 드리웠다. 거짓말 같은 일이 연이어 일어났다. 물고기들이 줄을 서서 기다리며 차례대로 올라오는 것 같았다. 버스정류장에서 사람들이 길게 서서 돈을 지불하며 타듯이, 어딘가 데려다줄 것이라 예상하며 부푼 꿈을 머금고 있는 것처럼, 적의도 없고 의심도 없는 것 같았다.

우두머리 갈매기는 빗방울이 굵어지자 어디론가 자취를 감췄다. 빗방울 뒤에 숨기에는 덩치가 컸고 시커먼 구름 위에 앉아 있기에는 무거웠다. 바닷물 속으로 잠수할 수도 없었다. 아주 멀리 공해상으로 나갔는지도 모를 일이다. 플루토의 하수인이기에 쏟아지는 비를 피할 수 있는 방법이 고안되어 있을 것이다. 언제 또 공격할지를 모르는 것이라 바리는 긴장하지 않을 수 없었다. 안나 자신이 사악한 기운을 완전히 밀어낼 때까지….

바리는 신이 처음부터 신이 아닌 것 같았다. 세상의 불의와 부딪히면서 차츰 적의를 버리고 내밀한 곳으로 나아가며 선을 추구하는 것 같았다. 그 길은 평탄하지 않을 것이다. 죽음과 맞닿은 절망과 부딪치며 감내하고, 플루토가 깔아놓은 덫을 풀어헤치며 인내하고 견디면 비로소 본질에 접근할 수 있는 것 같았다. 차츰 순도와 빛깔이 좋아지고 시간과 함께 천천히 완전체로 변모하는 것 같았다.

비는 더욱 세차게 내렸다. 잠잠하게 숨죽이며 가늘게 호흡하고 있던 바람도 존재감을 드러내었다. 고요한 수면 아래에 야성을 숨기고 유약하게 지탱하고 있던 파도도 와일드한 성질을 보이며 자신의 일에 열중했다. 거칠고 도도한 자태를 보이며 우레와 같은 소리를 지르는 것도 잊지 않았다. 처음에는 고등어떼처럼 정연하게 움직이는 것 같았으나 나중에는 오고 가고 감고 풀고 모으고 흩어지는 것을 마음대로 자행하는 것이었다. 그때 짙은 안개도 가깝고 먼 섬들을 포위해서 질식시키고 있었다. 그 바다 한가운데서 카르노타우루스가 파도를 누르고 안나의 무리가 있는 쪽으로 성큼성큼 헤엄쳐 나올 것 같았다. 이마 끝에 있는 뿔 사이에 플루토가 앉아서 거대한 몸피를 가진 공룡을 조정하며 말이다. 기괴하고 음험한 굉음을 지르며….

바리는 바다의 모습이 무서웠다. 우산을 아래로 당겨서 비바람을 밀쳐냈다. 안나도 비를 맞지 않으려 바리 엉덩이 쪽에 숨었지만 집요한 비바람은 용납하지 않았다. 이럴 때 자신을 안아주지 않고 내버려두는 바리가 싫고 미웠다. 자신을 사랑하지 않는다고 생각했다. 바리는 안나의 불규칙적인 감정의 산란을 염려해서 그랬다. 그때 카우보이모자는 비옷에 의지한 채 낚시를 접고 있었다. 얼굴 표정은 밝고 흐뭇했다. 우산 아래서 간신이 비를 피하고 있는 안나를 반복적으로 내려다보며 신기하고 영특하다고 생각했다. 자신이 아무렇게나 대하고 접하는 길고양이들과 다른 영험한 능력을 가진 고양이인 것이다. 어쩌면 안나가 자신의 삶의 안식처가 될 것도 같았다. 도둑놈과 사기꾼만 상대하는 자신에게 부드럽고 온화한 가슴을 가진 안나에게 의지할지도 모른다는 생각도 해보았다.

그때 안나는 바리에 대한 분기를 참지 못하고 앞으로 걸어 나갔다. 파도의 파괴력도 모른 채 무모한 행동이었다. 이성도 큰 감정에 눌려버리면 앞이 안 보일 때가 종종 있다. 거친 파도와 맞닿을 지점이었다. 그러는 사이 멀리서 갈매기 울음소리인지 플루토의 울음소리인지 분간은 가지 않았으나 거친 비바람과 파도소리에 섞여 굴절되고 왜곡되어 괴기스럽게 들려왔다.

거대한 파도가 덮쳤다. 안나는 바다에 휩쓸렸다. 바리는 몸을 던졌다. 물속에서 자신이 몸이 제대로 가누는지도 알지 못했다. 수영을 해본 적이 없기 때문에. 하지만 바리는 주저하지 않았다. 바닷물 속에 온몸이 잠기자 사방에서 음울하고 음험한 울음소리가 더욱 요란했다. 카르노타우루스도 무리를 지어 달려드는 것 같았다. 안나와 자신을 한입에 삼키기 위해. 그래도 바리는 움츠러듦 없이 필사적으로 안나를 끌어안았다. 그러고는 밀려오는 파도에 정신을 잃었다.

안나는 희미한 달콤함이 감돌았다. 몽환적이고 비현실적인 느긋함이 자신의 주위를 휘감고 있다는 것을 알았다. 빠름이 없고 느림도 없었다. 사고도 없고 안전도 없었다. 하루도 없고 영원도 없었다. 보편도 없고 독특함도 없었다. 더욱이 미움과 질투와 전쟁이 없었다. 그 자리에 화합과 평화와 사랑이 있었다.

안나는 면류관을 쓴 채 직립보행을 했다. 그 뒤를 바리가 따랐다. 대신들은 몇 걸음 뒤에서 엄정하고 굳은 표정을 지었다. 종종걸음이었다. 왕의 위엄으로 저절로 허리가 굽혀진 채 말이다.

바리는 왕과 대신들 사이에 위치했다. 왕과 대신들의 소통을 돕고 있었다. 대신들의 불만과 왕의 생각이 평행선을 달리면 접점을 찾는 것이었다.

대신들은 늘 자신의 자리를 떠나지 못하는 것이 불만이었다. 권한과 책임도 싫고 무의미했다. 그것은 껍질에 불과하다는 것을 알고 있었다. 왕의 말씀을 내적으로 쌓아올려 충실한 알맹이를 만드는 것이 더 좋았다.

그래서 대신들 사이에 이전투구도 없었다. 서열도 없었다. 암투와 술수로 궁지에 몰 이유도 없었다.

대신들은 누구나 그 자리를 싫어했다. 그럼에도 돌아가면서 한 번씩은 했다. 불침번 같은 것이다. 그럼에도 사양하던 대신들이 직책을 맡으면 책임감과 소신으로 사람들에게 존경을 받았다. 책무를 충실히 이행했다.

왕 외에는 고양이 족속들은 없었다. 네로도 보이지 않았다. 모두 사람들뿐이었다. 그들 중에 카우보이모자와 노파와 목동도 있었다. 그들은 진정으로 안나를 왕으로 받들고 우러러봤다. 감히 얼굴이 부셔서 제대로 쳐다보지 못하고 공손하고 은혜로운 미소로만 일관했다. 왕은 대신들이 질문도 하고 의견도 제시했으면 했다. 그래야 깨달음을 설파할 수 있기 때문이었다. 그들은 그러지 못했다.

왕은 광장으로 걸어 나왔다. 그러자 이방인인 사람들은 무릎을 꿇고 머리를 조아리며 왕에 대한 존경을 표했다. 왕이 두려워서 그렇게 행하는 것이 아니었다. 영혼을 구원해

줄 메시아라는 것을 알기에 스스럼없이 자발적으로 취하는 행위였다. 왕은 연단에 올라가 깨달음을 설파했다. 잔잔한 음악이 깔리면서 왕의 말씀이 더욱 진솔하게 들렸다. '어니스티'였다.

"그대들은 사람들이다. 짐은 그대들의 왕으로서 여기에서 있다. 짐은 그대들과 생김새가 다른 고양이 족속이다. 그대들은 왜 짐 앞에 무릎을 꿇고 엎드려 있는가? 우쭐대고 거만한 족속인 사람들이 왜 그러는가. 그 우월한 자긍심은 어디 갔는가? 그대들이 믿고 의지하는 신이 타락하고 그대들을 떠났기 때문이다. 탐욕과 이간질과 전쟁, 세습과 자기합리화…. 그곳에서 신이 지켜야할 본질의 숭고를 잊고 흔들렸던 것이다. 그대들은 신을 흔들어 버렸다. 아주 여리고 부드러우면서 강한 신을…. 그래서 그대들은 새로운 신을 찾아 여기까지 오지 않았는가. 그 신에게 구원의 승차권을 선물받기 위해서…."

사람들은 쥐죽은 듯 조용했다. 한동안 그랬다. 그것도 잠시뿐이었다. 어느 한곳에서 비탄의 눈물을 흘리기 시작하자, 순식간에 거센 물결이 주위를 휘감았다.

"그대들은 자신들을 지키기 위해 희생한다. 신을 지키기 위해 희생하지 않는다. 신은 그것이 싫은 것이다. 온종일 그대들 곁에 머물며 안위를 생각하고 염려하는 신이 삐지고 토라지지 않는다는 보장이 있는가? 신은 때때로 여린 마음을 가졌다. 더욱이 시시때때로 변하며 종잡을 수 없는 그대들의 마음을 따라잡지 못해서 가끔씩 잃을 때도 있지만, 그것이 신의 진정한 마음이 아닌 것이다. 확언할 수 있지만, 그것은 그대들의 잘못이다. 신이 쉽게 찾아갈 수 있게 가녀린 끈으로 이어놓고 가야하지 않은가"

사람들은 다시 숙연하고 엄숙했다. 각자의 잘못을 인정했다.

"구원의 승차권은 없다. 그것은 매매하는 것이 아니다. 신의 인정이 필요하다. 그 인정은 그대들 각자의 마음속에 늘 존재하는 거룩함을 끊임없이 끌어내어야 가능하다. 게으름으로 밀어내고 질투로 곱씹어버리면 신은 언제까지나 기다릴 뿐 온화하고 자애로운 표정을 짓지 않는다. 그러면 그대들은 영원히 미혹한 삶의 발길질에서 위안처를 찾지 못하고 무의미하게 보낼 뿐이다. 사람들이여 각성하라. 그대들의 심장이 영원히 뛸 수 있는 것은 그대들 자신에게 달려있다. 내일로 미루지 말고 지금 이 순간에 다가가라. 신은 그것을 바라고 있다. 적극적인 그대들의 행위를!"

청중들은 환호성을 질렀다. 감격의 눈물이 하염없이 흘러내렸다.

보이지 않는 끝

장마는 지긋지긋하게 강하를 벗어나서 미세한 입자로 흩어져 사라졌다. 그 비어있는 공간을 강한 햇살과 높은 습도가 켜켜이 채우고 있었다. 사막의 강렬한 햇살의 가벼움이 아니었다. 눅진하고 짜증나는 무거움이었다. 그러는 사이 무료함을 간신히 버티고 있던 나무들은 뿌리를 깊고 넓게 활착했고 잎사귀들은 넓게 펼쳐서 깊게 빨아들이고 있었다. 그것이 지긋지긋한 나날을 지탱할 수 있는 방법이었다.

안나는 육체적으로나 정신적으로 많은 변화와 성장이 있었다. 겉으로는 골격이 더욱 크고 짜임새 있게 영글었고 내적으로는 내밀한 존재적 가치를 인식하게 된 것이다. 흐릿하고 아련하던 자신의 본래의 얼굴을 파악하기 시작한 것이었다. 늘 부자연스럽고 있는 듯 없는 듯 무의미하게 모호한 미소만 던지던 것이 명확한 형체를 드러내어 본연의 모습을 찾아가는 것을 느낄 수 있었다.

바리는 카우보이모자와 헤어진 후 더욱 안나의 존재에 확신을 가졌다. 어딘지 빈 것 같이 어리숙하게 보이긴 해도 사람들이 함부로 하지 못하는 뭔가를 풍기고 있는 것이 분명했다. 카우보이모자도 그러지 않았는가. 의구심을 가진 채 비아냥거렸지만 끝내 안나를 존경하지 않았는가. 그리고 자신이 하던 일을 버리고 배낭을 챙겨서 안나를 따라나서려고 등산화를 신고 기다리지 않았는가. 안나는 당연하다는 표정으로 바라보며 진지한 그의 얼굴을 빤히 들려다봤다. 그러고는 안나는 집을 나선 것이다. 카우보이모자는 집 앞까지만 배웅하고 집으로 되돌아가는 것이었다.

바리는 안나가 카우보이모자와 친밀한 교감이 있었던 것을 안다. 안나에게 묻지도 않았다. 아직도 치미는 분기를 통제하지 못하기에 지뢰를 밟을 필요는 없는 것이다. 분기는 늘 부글거리며 끓어오르지 않는다. 몸의 특정 부위에 주기적으로 고통을 몰고 오듯이 짧고 간결하게 다가와서 사라지는 것이다. 바리는 그때 안나에게 다가가야 한다.

바리는 안나가 사람에 대한 열등감이 많다는 것도 알고 있었다. 어릴 적에 사르트르에게 가혹행위를 당한 것이 요인인지 모른다. 평상시 겉으로 잘 드러나지 않았다. 안나가 애써 숨기려는 모습도 다소 보이긴 했다. 그때는 교감도 되지 않았다. 안나가 의도적으로 마음의 문을 닫아버리기에 그런 것이다.

그 열등감을 플루토가 적절하게 이용하는 것 같았다. 간신히 잔잔하고 온유하게 자리 잡은 마음을 충동질하는 것이다. 쓴 뿌리를 흔들어 강한 자극을 주는 것도 잊지 않았다. 더욱이 마음의 뜰 군데군데 암시의 덫을 놓아 꼼짝달싹 못하게 잡아두는 것도 그의 장기인 것이다. 그럼에도 불구하고 안나는 당하면서 나아가며 이겨내는 것이다. 주저앉거나 무릎 꿇는 일은 없었다. 안나 자신이 힘들어도 간간이 보이는 확신에 찬 눈빛이 바리에게 안정감을 주었다. 바리는 안나의 참모습은 그것이라고 생각했다.

문제는 바리에 대한 열등감이었다. 플루토가 집요하게 개입하는 것 같았다. 새엄마가 플루토를 강하게 충동질하는 것도 없지 않아 보였다. 그녀라면 사악한 악담으로 플루토의 잠재력을 얼마든지 이끌어낼 수 있을 것이다. 플루토는 거친 황소처럼 그녀의 간교함에 녹아내려 앞으로 돌진할 것이다. 아니면 플루토 자신이 새엄마의 상황을 그렇게 조작했는지도 모를 일이다.

그런 것이 현실의 일면으로 드러나는 것이다. 해안가에서 낚시를 하면서도 바리는 외부의 불온한 개입이 수시로 침입하는 것을 알았다. 자신이 막을 수 없고 운명의 얼굴로 화장한 채 다가오기에 시간이 흐르면 아는 것이다. 인식의 단계는 경험 뒤에 연이어 다가오기에 언제나 한발 늦은 것이다. 어쩌면 그것이 보편적인 삶의 나날인지도 모른다고 바리는 생각했다.

파도가 안나를 덮쳤을 때도 그랬다. 고양이 족속은 원래 물을 싫어한다. 그런데 안나는 귀신에 홀린 듯이 바닷가에 가서 맹렬한 파도에 몸을 맡기는 것과 다르지 않은 행동을 했다. 높은 파도를 은근히 바라는 전문적인 서퍼(surfer)도 아닌 것이다. 그때 카우보이모자의 훌륭한 수영 실력이 아니었다면 자신과 안나는 죽음에 임박했을 것이 분명했다.

바리와 안나는 숲길을 걷고 있었다. 도로의 폭은 좁아졌고 유연하게 산을 돌고 돌았다. 바리는 걷기가 지루하지 않았고 적당하게 굴곡이 있어 몸에도 무리가 가지 않았다. 바리는 안나가 안간힘을 쓰며 걷는 모습을 지켜보며 천천히 걸을 뿐이었다. 안나 자신과의 끊임없는 사투를 벌이고 있는 것을 바리는 알고 있기 때문이다. 안나의 내적인 악마와의 싸움은 자신이 해결해 줄 수 있는 것이 아니었다. 자신이 극복해서 이겨내야 위대한 리더가 된다는 것을 바리는 알고 있는 것이다.

작은 산을 몇 개 넘자 큰 하천에 닿았다. 마을은 보이지 않았고, 하천은 유유히 흘렀다.

큰 다리도 없고 콘크리트 보도 없었다. 상류에서 떠내려오는 윤기 나는 돌들과 퇴적물들로 채워져 있었다. 그 사이사이 억새가 날카로운 잎사귀를 가끔씩 흔들며 요란한 물소리를 겨우 참아내는 듯했다. 그때 바리는 지친 모습으로 물가로 다가와서 흐르는 물에 손을 넣고 입속으로 가져갔다. 미지근했다. 안나는 거리를 두고 있었다. 물에 대한 공포를 아직 잊지 못해서 꺼리는 표정을 하고 서 있었다. 입 주위에 일정하게 난 가는 긴 털이 떨리는 것이었다. 긴장하고 있었다.

바리는 안나를 안아서 물을 먹여주지 않았다. 바리는 안나 자신이 손수 물을 먹기를 바라며 기다렸다. 이젠 그럴 시기가 지난 것이다. 사랑스럽다며 언제까지나 수발을 들 수는 없지 않는가? 최초의 걸음걸이를 내딛는 아기도 넘어지는 고통은 감수하지 않은가? 직립보행은 그 달콤한 열매인 것이다.

하지만 안나는 예전과 다른 바리의 태도에 심기가 불편했다. 자신을 하등한 동물로 치부하는 것 같았기 때문이다. 사르트르에게 당한 굴욕적인 삶이 또다시 떠오르는 것이다. 사람들은 아무리 착하고 정직해도 고양이 족속을 사람과 동일한 시선으로 바라봐주지 않는다고 생각했다. 그래서 안나는 사람처럼 두 다리로 서고 싶은 마음이 치밀었다. 갑자기 든 것은 아니지만 사람에 대한 강한 분노가 일자 두 다리에 힘이 들어간 것이다. 사람을 닮고 싶은 마음이 그렇게 이끈 것이다.

안나는 서서히 일어섰다. 어색했어도 불편하지는 않았다. 그는 직립보행까지 했다. 곁에서 보고 있던 바리도 깜짝 놀랐다. 크게 내색하지는 않았다. 안나의 자만을 키우는 데 일조하고 싶지 않았다. 안나는 캥거루 같이 어색하게 서 있어도 고양이였다. 아니다. 그는 사람이 되어가고 있는 것 같았다. 어쩌면 신이 되어가고 있는지도 모르는 일이다.

바람은 잠잠했고 햇살은 강렬했다. 사람의 음성도 들리지 않았고 새소리도 들리지 않았다. 산의 심장에서 품어져 나오는 거친 물소리만이 주위를 요란하게 일깨우고 있었다. 그 중심에 안나는 여전히 사람처럼 서 있었다. 본래 이것이 자신의 걸음걸이인 것 같았다. 그리고 자신이 이렇게 살아온 것처럼 편안하게 보였다. 이젠 고양이의 시선으로 보지 않아도 되는 것이다. 사람의 높이와 시선으로 세상이 보이는 것이다. 갑자기 마음속에서 교만이 운집하는 것이다. 사람들이 느낄 수 있는 그 교만이….

그때 상류에서 염소 울음소리가 들렸다. 거침없이 흘러내리는 물소리에 묻혀 겨우 들리는 것이다. 흑염소였다. 처음에는 한 마리가 보이더니 여러 마리가 두서없이 밀려들었다. 그중에 하얀 염소가 유난히 두드러지게 보였다. 그 후미에서 목동이 염소를 따르고 있었다. 염소를 몰거나 인도하지 않았다. 염소의 무리에서 일부분으로 존재하는 것이다. 그것이 목동이 할 수 있는 유일한 소임인 것처럼….

안나는 염소 무리가 있는 쪽으로 발걸음을 옮겼다. 바리에게 일언반구도 없었다. 상류 쪽으로 올라가자 급한 경사가 없는 곳에 돌다리가 있었다. 물의 유속은 빠르지 않아서 잠시 쉬어가는 구간이었다. 그래도 물은 깊어 보였다. 건너편 평지에는 목동과 염소가 있었다. 그때 안나는 직립보행을 하고 있었기 때문에 목동이 주시하고 있었다. 염소들도 마찬가지였다.

하지만 안나는 더 이상 나아가지 못했다. 안나는 돌다리를 처음 보는 것이라 당황스러웠다. 어떻게 건너야할지 몰라 주저했다. 건널 수 있는 적당한 거리에 박힌 제각각의 돌들이 유연하게 물살을 받아내며 엄숙함을 잃지 않고 있었다. 돌의 뿌리는 깊지 않았다. 빙산의 일각처럼 근엄한 여유는 없었다. 기개를 잃지 않으려 무던히 애를 쓰며 물살을 밀어내는 것 같았다.

그때 건너편에서 흰 염소가 보란 듯이 두려움 없이 자연스럽게 다가오는 것이다. 돌다리를 타고 사뿐히 뛰었다. 안나 앞까지 와서 되돌아갔다. 안나는 흰 염소의 행동을 보고 자신감을 얻었다. 아주 쉽고 간결해 보여서 따라했다.

그 행동은 노련한 흰 염소에게 국한된 것임을 안나는 몰랐던 것이다. 안나는 돌다리를 중간쯤 건넜을 때 깨달은 것이다. 그때는 되돌아갈 수도 없었다. 평온하던 물살이 더욱 요란하게 다가와서 돌다리를 흔드는 것 같았다. 바닷가에서 덮쳐오던 집채만 한 파도는 아니었어도 은근히 두려움을 조성하는 것이었다. 직립보행을 하고 있던 안나는 자기도 모르게 네발로 서서 급한 상황을 받아내고 있었다. 대담하던 모습은 간 곳이 없었다.

안나는 주저앉았다. 아까 직립보행을 할 때 느낀 교만은 어느새 사그라졌다. 그때 초라한 자신을 보자 못마땅한지 투지를 불태우며 다시 일어나서 뛰었다. 직립보행이었다.

안나는 돌 표면에 물때가 묻어 미끄럽다는 사실을 알지

못했다. 날카로운 발톱도 도움이 되지 않았다.

물살은 생각보다 빨랐다. 안나는 물살에 갇혀 있으면 힘겹고 위태롭다는 것을 직감적으로 느꼈다. 더욱이 혼자 힘으로 박차고 나아갈 수 없다는 것도 인식했다. 그런 생각이 들자 온몸에 힘이 일순간에 빠져나가는 것이었다. 그렇다고 죽을 수는 없는 것이다. 자신을 의지하며 따르는 사람들도 있지 않은가. 그들에게 실망을 주지 않는 것도 중요한 일 같았다. 안나가 어수선한 생각을 하는 중에 목동이 물속에 뛰어들었다. 안나는 거의 실신 상태였다.

목동은 혼자 살고 있었다. 바리는 안나가 물에 빠지는 것을 보고 달려왔으나 그땐 목동이 이미 안나를 건져서 물 밖으로 나간 후였다. 목동은 안나를 평상에 눕혔다. 호흡이 불규칙적이고 미약했다. 맥박도 간헐적으로 뛰는 것 같았다. 목동은 안나의 가슴을 반복적으로 압박했다. 그래도 정상적으로 돌아오지 않자 급기야 안나의 입에 직접적으로 공기를 불어 넣었다. 인공호흡이었다.

바리가 목동 뒤에 다가올 쯤에 안나의 의식은 돌아왔다. 맥박도 정상적으로 돌아오기 위해 애쓰는 것 같았다. 하지만 바로 일어나서 걸을 수는 없었다. 소금물을 먹은 양배추처럼 생기를 잃고 늘어져 있었다. 바닷물에 빠지고 연이어 하천에 빠져서 몸이 많이 쇠약해진 것도 없지 않았다. 더

고약한 것은 마음의 병이었다. 바리에 대한 열등감이 자신의 견고한 마음의 성지를 야금야금 갉아먹는 것이었다. 예전과 같은 일상의 소소한 장면들이 불온하고 불쾌하게 다가오는 것이었다. 한쪽으로는 바리를 이해하고 믿고 신뢰했고 다른 한쪽으로는 의구심이 들고, 이중성을 가진 소녀로만 보였다. 그래서 안나는 모든 것을 잊기 위해 눈을 스르르 감았다.

바리는 목동이 반갑고 고마웠다. 안나에 대한 고마움도 컸지만 인적이 드문 곳에서 만나는 성실하고 반듯한 사람이라 더욱 친근감이 갔다. 키는 늘씬하지는 않았고 작아 보이지도 않았다. 적당하게 자라다가만 흔적이 몸피에 여전히 남아 있어 모델이 봤다면 다소 아쉬움을 가질 수도 있었다. 체격은 보통이고 얼굴도 보통이었다. 두드러지게 잘나고 뛰어난 곳은 없었다. 몸에 걸친 옷도 거칠었고 세련되어 보이지 않았다. 투박하고 단출해서 단순하고 순수해 보이기까지 했다. 목동은 젊음과 늙음의 중간 정도에 위치하고 있어 어느 쪽으로 기운 것인지 판단하기 애매하고 힘들었다.

목동은 바리를 보자 외롭고 고단한 삶에서 출구를 찾은 것이다. 난해하게 흐르는 시간이 일정한 리듬과 멜로디를 형성하는 것이다. 막연한 기대까지 밀어닥쳤다. 처음 느껴보는 달콤한 감정도 부드럽고 정갈했다. 구름 위에서 노니는 기분이 이런 것일까 하는 생각이 자꾸 밀려들었다.

바리도 목동과의 교감이 오가는 것을 느낄 수 있었다. 자신에게 마음을 닫고만 바라보지 않았다. 외부인에 대한 지나친 경계심도 없었고 과도한 친절도 없었다. 무뚝뚝한 모습으로 언어에도 유연한 기교가 가미되지 않았다. 하지만 바리는 그 교감 속에 이성에 대한 부분이 농후하게 깔려있다는 것을 어린 나이에도 알 수 있었다. 그 감정이 자신을 곤란에 빠뜨리지 않을 것도 말이다. 목동의 마음속에서 일어나고 사그라지고를 반복하며 끝내는 일시적으로 소멸하여 미래의 한부분에서 그리움으로 변해 나타날 것도…. 그것이 이성에 대한 목동의 일반적인 형태인 것 같았다. 우유부단.

안나는 실눈을 뜨고 그들의 모습을 바라봤다. 컨디션이 지나치게 떨어져서 그들의 심중까지 내려가서 들여다볼 수는 없었어도, 이상한 분위기가 조성되는 것을 느낄 수 있었다. 능청스럽게 행동하는 목동을 보고 안나는 남자의 본성이 저런 것이구나 싶었다. 자신은 느낄 수 없는 영역을 목동에 의해서 느낄 수 있었다. 그것을 자극하는 것이 바리였다. 도덕적인 것 같으면서 위선적이고 친절한 것 같으면서 무뚝뚝했다. 더욱이 교태를 부리지 않은 것 같으면서 얇게 웃으며 목동을 현혹시키는 것이었다. 웃음도 간사하고 천하지 않을 수 없었다. 네로의 욕구를 닮아 있었다.

움막은 하천과 다소 거리를 두고 있었다. 거친 돌 사이를 무겁게 울리는 물소리도 아련하게 들릴 정도는 되는 것이다. 움막은 도시적인 집의 형태를 버리고 간신히 지탱하고 있는 것으로 의미를 두고 있었다. 그래도 목동과 나란히 서 있으면 초라하거나 낡아 보이지 않았다. 몸에 걸친 옷처럼 무난하게 서로를 받아내는 것이다. 그 앞뜰에 무성한 청단 풍과 홍단풍이 나란히 있고 그 사이 평상이 있었다. 두 나무를 연결하는 다리처럼 유기적인 모습이었다. 그 평상 위에 안나가 측은하게 누워있는 것이다. 기진한 육체를 제대로 가누지 못하고 미약한 숨결로만 자신의 생존을 얘기하는 것처럼….

목동은 바리에게 움막 근처에 모여 있는 염소의 면면에 대하여 얘기했다. 생김새가 모두 비슷한 것 같았으나 다르다고 했다. 뿔의 형태도 다르고 털의 질도 다르다고 했다. 입의 크기도 다르고 꼬리의 길이도 다르다고 했다. 더욱이 성격도 다양하다고 했다. 어떤 애들은 거칠고 저돌적이고, 또 어떤 애들은 온화한 성품을 가졌다고 했다. 겉모습과 달리 억세고 투박하게 생긴 애들이 내적으로 여리고 순하다고 했다. 부드럽고 예의를 지키며 절제를 고수할 줄 안다고 했다.

하얀 염소가 흑염소 무리 중에 유난히 두드러졌다. 바리는 아까부터 눈길이 그곳에 머물렀다. 털도 윤기가 나고 뿔도 잘 다듬어져 있었다. 다리도 길고 늘씬하며 허벅지에 군

살도 없이 탄력적이었다. 어깨는 적당하게 발달해 협소해 보이지는 않았다. 가장 눈길을 끄는 것은 눈동자였다. 맑고 청아하고 고결했다. 몸의 정기가 그곳에 머물러 있는 것처럼 찬란하고 거룩했다.

목동은 하얀 염소를 메시아라고 불렀다. 어느 날 문득 태어났다고 했다. 기대도 하지 않았는데 못난이 어미의 아기집을 밀치고 새벽을 깨웠다고 했다. 태어남과 동시에 어미는 산고를 이기지 못하고 소멸했다고 했다. 어미는 불쌍하고 측은했으나 새끼는 초롱초롱하고 광채를 내뿜었다고 했다. 그래서 이름을 메시아라고 지었다고 했다. 이상한 것은 다른 어미염소들이었다고 했다. 알아서 메시아를 먹이고 보살폈다고 했다. 어릴 때부터 지금까지…. 그리고 그런 봉사와 희생을 각자에게 무한한 영광으로 여기는 표정이 드러나는 것이 의아했다고 했다.

"그럼 무리의 우두머리겠네요."

목동은 고개를 가로저으며 우두머리는 따로 있다고 했다. 크고 둥근 돌 위에 앉아있는 염소를 가리켰다. 수염도 길고 연륜이 묻어나는 몸피에서 무리를 수용하는 아우라가 풍겼다. 그 주위로 염소의 무리들은 보이지 않는 끈으로 연결되어 있는 것 같았다. 자장처럼 우두머리 주위를 일정하게 맴도는 것처럼….

그런데 메시아가 직립보행을 하는 안나를 돌다리를 건너

서 길을 인도했다고 했다. 목동 자신은 고양이가 사람처럼 직립보행을 하는 것도 신기했고 메시아가 허둥거리는 고양이를 직접 데리러 간 것이 더욱 놀라웠다고 했다. 메시아는 자존심이 강해서 자신이 먼저 상대에게 머리를 숙이지 않는다고 했다. 그렇지만 오만하거나 편견을 가진 염소는 아니라고 했다. 메시아 본래 성품이라고 했다. 목동도 메시아의 그런 부분을 인정한다고 했다. 그것이 메시아와 자신의 관계 설정이라고 했다. 어쩌면 그것이 우리 공간의 룰인지도 모른다고 했다. 타고난 성품을 인정하는 것이….

안나는 게슴츠레한 눈으로 그들의 말을 들었다. 아직도 멍한 상태여서 알차고 견실하게 다가오지 않았다. 가끔씩 귓가에 맴도는 것은 바리의 유혹의 말이었다. 흐릿하게 교태의 몸짓도 있었다. 목동의 순진한 마음을 끌어내어 혼을 빼는 것이었다. 바리라면 가능할 것이다. 단아하고 풍성한 머릿결 사이로 쫑긋 솟은 귀는 지상의 모든 아름다운 소리를 빨아들여 순박한 사내의 마음을 풀어헤쳐 놓을 수 있을 것이다. 숙녀도 아니고 어린이 범주에 넣기에도 버거운 이미 성숙한 그녀는 여자의 향기를 품어서 난해한 모습으로 촌뜨기 사내의 마음을 혼란에 빠뜨리고 있는 것이 분명하다. 더욱이 미소를 머금을 때 얼굴 언저리에 박히는 보조개는 사내의 마음에 뚜렷하게 생채기를 낼 정도였다. 그곳에서 오아시스의 맑고 차가운 물은 흘러나오지 않았고, 바리의 사악한 아름다움이 그곳에서 샘솟는 것이다. 안나는 그렇게 생각했다.

목동은 바리가 자신의 얘기를 들어주는 것이 고마웠다. 그래서 목동은 메시아에 대하여 더 얘기했다. 산속 깊이 오래 묻혀 있으면 사람들에게 얘기할 수 있는 것이 더없이 고귀한 일이란 것을 그는 알고 있었다. 염소에게 묻고 대답도 자신이 하며 지낸 일이 얼마나 고루하고 초라하며 무의미한 것인지 목동은 알기에 얘기하는 것에 적극적이었다.

상황은 다르지만 바리도 목동의 마음을 알고 있었다. 자신도 한없이 고독하고 외로운 나날을 보내지 않았던가. 어른들의 친절을 기다리며 핑크빛 기대를 안고 새벽녘까지 울며 기다리며 기도하지 않았던가. 뭇사람들이 신이라고 지칭하는 대상을 향해…. 한 번도 본 적이 없는 미지의 세계에서 다가와 어루만져 줄 것이란 기대를 안고 기다리지 않았던가. 속은 것이다. 신은 다가오지 않았다. 비극적인 삶이 그것을 반증하고 있지 않은가.

그래서 바리는 자신이 볼 수 있고 만질 수 있는 신을 원했는지 모른다. 무의식적으로 그것을 위해 기도했는지도. 그 결과 안나라는 과도기적인 신을 선사했는지도 알 수 없는 것이다. 그럼에도 그와 함께 거닐고 먹고 마시며 이슬을 맞고 햇살을 받아내야 하는 일상이 바리는 행복했다. 고귀하고 자랑스러웠다.

바리가 볼 때 목동도 메시아가 오기를 기원했는지 모른다. 자기도 인식하지 못한 채 산골짜기와 계곡을 돌아다니며 쉼 없이 기도한 것이 분명했다. 외로움과 고독을 벗어날 수 있는 방법은 오직 그것밖에 없는 것도 현실이었다. 계열이 다른 염소들과 나눌 수 있는 것도 한계가 있는 것이다. 그래서 공간을 향해 끊임없이 기원한 것이리라. 근거리에서 메시아를 보며 기약 없이 얘기할 수 있게 말이다. 그것만이 인생에서 가장 위대한 보물이 될 것이라고….

그래서 메시아라는 하얀 염소가 목동 곁에 있는 것이리라. 바리는 그 우연한 일에 신경을 쓰고 싶지 않았다. 목동 곁에는 메시아가 있고 자신 곁에는 안나가 있지 않은가. 각자 다른 신이지만 목동에게도 자신에게도 영험함과 안식을 가져다주기에 신인 것이다. 기원으로 얻은 보이는 신이기에 가깝고 애착이 가는 것이다. 비록 안나는 신이 되어가는 과도기적 과정에 놓여 있지만 말이다.

그때 먼 산에서 까마귀가 울었다. 목동은 침을 연속으로 뱉었다. 세 번이면 충분했다. 그것이 사악한 기운이 다가오지 못하게 하는 울타리를 만드는 것이라고 했다. 뚜렷한 성채는 보이지 않았으나 토성의 고리처럼 견고하다고 했다. 메시아에게 알리기 전에 시간을 벌기 위한 전술이라고 했다. 자신이 다급하게 부르면 메시아는 전열을 가다듬고 주위를 호위한다고 했다. 자신의 통성기도는 메시아를 더욱 강하게 만든다고 했다.

그래서 그런지 까마귀는 몇 번 울다가 사라졌다. 배후에는 플루토가 조종하는 것을 알기에 바리는 신기하기도 했다. 하지만 안나는 왜 플루토의 간사한 농간에 헤어나지 못하는지 알 수 없었다. 안나는 여전히 자신을 야멸차게 바라보지 않는가. 마음의 문을 무겁게 닫아놓고 열 생각은 하지 않았다. 기다려야 하는가? 확실한 처방도 없지 않은가? 오로라도 안나 자신이 해결해야한다고. 곁에서 도와줄 일은 없다고 하지 않았는가.

그 무렵 안나는 플루토의 그늘에서 벗어났다. 목동의 방편이 효과를 본 것인지도 모른다. 어쨌든 그는 선명한 정신으로 세상을 볼 수 있었다. 몸의 상태는 다소 나아졌음에도 악몽을 꾼 듯이 개운하지 않았다. 안나는 주위를 휘둘러보았다. 새로운 환경에 던져진 당황스러움은 없었다. 왠지 익숙하고 친근하다는 생각이 들었다. 하천에서 흐르는 물소리도 아련하게 다가와서 자신의 눅진한 육체를 다독여주는 것 같고 후덥지근한 공기도 어느새 바뀌어 신선함을 자아내는 것이었다.

안나는 메시아가 곁에 앉아있다는 것을 인식하지 못했다. 그냥 멍하니 평상에 누워 기울어져가는 태양을 바라만 볼 뿐이었다. 태양은 짙은 구름에 가려 헤어나지 못하고 간신히 햇살을 던질 뿐이었다. 잔잔하게 불던 바람 때문인지 자신의 주위에서 처음 접해보는 향취가 자극적으로 풍겼다. 역하고 버거워서 그제야 몸을 틀어보았다. 염소의 무리였다.

직사각형의 눈동자가 유난히 뚜렷했다. 그 눈동자들은 모두 자신을 향하고 있었다. 미동도 없이 바라보는 시선들 속에서 안나는 격려와 우직함을 보았다. 자신을 위해 한 마음으로 모여서 염려하는 것이었다. 안나는 그들의 마음을 느낄 수 있었다. 계열이 다르고 생김새가 다르지만 걱정하는 마음은 같은 것이다. 그래서 그런지 공존의 안녕은 염려에서 나오는 것 같았다. 측은한 마음을 가지고 상대를 선선히 바라보며 탐욕을 멀리 쫓아버리면 가능할 것도 같았다.

하지만 안나는 순간을 지배하는 것이 탐욕이라는 것도 알고 있었다. 그러므로 해방되기 어렵다는 것도 알고 있었다. 그래서 자신과 같은 리더가 나와서 그들에게 본보기를 보여야 할 것도 알고 있었다. 안나는 염소의 눈동자를 보며 그런 생각을 했다.

그러는 사이 구름이 낮고 무겁게 깔렸다. 바람도 거추장스러운 것을 버리고 거칠고 무거워졌다. 모여 있던 염소들이 동요했다. 하나 둘씩 이탈하는 것이다. 멀리는 지축을 울리는 천둥이 등장하자 더욱 움직임이 빨라졌다. 놀라 갈팡질팡 어찌할 줄을 몰라 울며 뛰며 제정신을 잃어가고 있었다. 메시아도 소요를 진정시킬 묘안이 떠오르지 않았다.

그때 안나도 자신의 마음속으로 서늘하고 무서운, 이상한 기운이 집요하게 들어오는 것을 느낄 수 있었다. 예전에도 쉼 없이 들었다가 나갔다가를 반복했다는 것을 이제야 알 수 있었다. 그놈이 밝고 온유하며 성실하고 부지런한 모양새를 보이며 다가오지 않았다는 것을 이제야 알 수 있었다. 이중적이고 간사하며 묘략을 꾸며서 온전한 마음을 시들고 병들게 만들어 자신의 임무를 수행하는 무리인 것을…. 그것이 어둠을 지배하고 죽음을 끌어들여 절망의 나락으로 몰아가는 악기라는 것을 말이다. 일부러 비참한 심연의 밑바닥으로 인도하여 자기를 부정하게 만드는 부류이기도 했다. 더욱이 각자의 방에서 안락을 추구하는 자아들을 꾀고 충동질하여 자기의 존재를 상실하게 만듦으로써, 본래 자신들이 이루고자하는 어둠의 세계를 정당화하는 작업도 그들의 소행인 것이었다. 그들은 암시와 반복적인 세뇌로 악기의 숨결을 정당하게 심어놓는 것도 잊지 않았다. 어쩌면 그것이 그들에게 가장 중요한 일인 것이다. 자기부정이 신의 부정이 되는 것이다. 그 씨앗을 뿌리고 가꾸는 것이 더없이 중요한 것인지 알기에, 때로는 그들은 농부의 성실과 근면을 닮아서 인내의 과일을 수확할 때도 많은 것이다. 안나는 이제야 그 실체를 알 수 있었다. 플루토 그 놈.

바리에 대한 열등감에서 헤어나지 못하게 한 장본인이 어둠의 지배자 플루토 그 놈인 것이다. 바리와 거리를 만든

것도 플루토였고 물속으로 빠뜨린 것도 플루토였다. 그것이
이제 안나 자신의 마음의 눈으로 투명하게 보이는 것이다.

　무거운 비가 짙은 구름을 벗어나려 안간힘을 썼다. 일시
사방은 고요했다. 그것도 잠시뿐이었다. 기다렸다는 듯이
비바람이 무섭고 가혹하게 쏟아졌다. 날카로운 화살처럼 맞
으면 몸뚱어리를 난도질할 것 같았다. 승냥이 울음소리를
내는 천둥소리도 낮고 넓게 살기를 품으며 다가왔다. 번개
는 더 요란하게 칼자루를 잡고 휘둘러대는 것이다. 안나는
분연히 일어나서 맞섰다. 꼬리를 내리며 도망가지 않았다.
반면에 메시아는 무섭고 어리둥절했다. 그래서 초점을 잃은
눈빛으로 무리 중에 숨는 것이었다.

　사방에 승냥이 떼들이 창궐했다. 승냥이들은 날카로운 이
빨을 드러내며 으르렁거렸고, 표독스러운 눈빛은 으스스한
살기를 내뿜었다. 괴기스럽고 형형한 눈빛이었다. 비참하
게 상처받은 들짐승의 울음소리도 곳곳에서 들려왔다. 그들
은 산꼭대기에서 천천히 아래로 내려오는 것이다. 점진적으
로 단계를 밟아서 체계적으로 집요하게 주위를 동요시키며
포위했다. 더 이상 기회가 없다는 표정이었다. 그래서 침착
하고 능동적이며 싸늘했다. 빈틈을 주지 않는 것이다. 주위
를 각성시키는 것도 잊지 않았다.

　안나는 저항하지 않았다. 그들은 플루토가 보낸 군대인
것이다. 그들과 싸워 힘을 빼고 싶지 않은 것이다. 그들은

헛것에 불과한 것이다. 자유로운 영혼을 얻기 위해 플루토에게 볼모로 잡힌 것이지 모른다. 플루토는 상대의 약점을 파고드는 특기를 가지고 있지 않은가. 감언이설로 승냥이 무리들을 선동하고 충동질한 것이 분명했다. 본래 승냥이는 거대한 무리를 이끌며 대항하지 않는 족속들이다. 가족을 부양하며 소신을 버리지 않은 것으로 유명했다. 그것이 승냥이 세계의 룰인 것이다.

안나는 플루토가 승냥이들에게서 소망의 숨결을 앗아간 것 같았다. 영혼의 쉼터를 플루토가 초토화시킨 것이다. 그래서 승냥이 무리들이 갈 곳이 없는 것이다. 자포자기 상태에 빠져 있는 그들을 오묘한 변모로 현혹시켜 끌어들였다는 생각이 중심을 잡았다. 그래서 안나는 그들의 영혼을 위로하고 안식을 줄 방법을 모색했다. 명확한 방법이 떠오르지 않았다. 그래서 안나는 대범하게 직립보행으로 승냥이 무리 속으로 들어갔다. 혈혈단신이었다. 호전적인 모습은 버렸다. 대신 은은한 온유와 사랑의 미소를 머금고 나아갔다. 안나 자신도 알 수 없고 표현할 수 없는 힘에 이끌린다는 것을 느낄 수 있었다. 자신을 통제할 수 있는 계제가 아닌 것 또한 알았다. 무모한 행동에 자신도 놀랄 정도였다.

승냥이 떼들은 더욱 견고하게 대오를 형성했다. 무리를 이끄는 우두머리는 따로 없었다. 어쩌면 모두가 용병인 것이다. 레종 에뜨랑제(외인부대)의 일종으로 플루토의 정규

군이 아닌 것이다. 일시적으로 매수해서 이용하고 효용가치가 떨어지면 야멸차게 버리는 일회용인 것이다. 그래서 안나는 승냥이 떼들에게 씌워진 마음의 안대를 벗겨주려 노력하고 있는 것이다. 그들에게 제대로 된 리더를 찾아주고 싶은 것이다.

안나는 흐트러짐 없이 나아갔다. 비장한 마음이 온몸에서 풍겼다. 승냥이 떼들도 물러서지 않았다. 혀에서 침을 흘리며 먹이의 집착이 병적으로 드러나는 것이었다. 그런 위험천만한 모습을 염소의 무리들은 제대로 쳐다보지 못하고 시선을 아래로 떨군 채 낮게 신음만 할 뿐이었다. 목동과 바리도 두려움에 떨고 있는 것은 마찬가지였다. 사지가 말려들어가고 혈관에 흐르는 피가 빨대로 빨려나가는 심정이었다. 실눈으로 안나의 행동을 보고 경외와 찬사를 보낼 뿐 뒤따르지는 못했다.

안나는 두려움과 집착을 버리고 영혼이 꿈꾸는 곳으로 나아갔다. 무아지경이었다. 신념도 없고 고통도 없었다. 심적인 갈등도 없고 외부적인 바람도 없었다. 무념무상이었다. 플루토가 끈질기게 비바람과 승냥이 떼를 보내 잔혹한 상황을 만들었지만 아랑곳하지 않았다. 자신을 버리기까지 하며 나아갔다.

싸움의 정점이었다. 그 순간 안나의 몸에서 빛이 미세하게 나오더니 어느새 찬란한 광채로 주위를 밝히는 것이었다. 거의 순간에 일어났다. 음울하고 습하고 기괴한 환경이 지속적으로 머물러 생명체의 온기를 모두 앗아갈 것 같았으나 기우에 지나지 않았다. 안나의 광채를 중심으로 해서 서서히 그리고 파급적으로 펼쳐지는 것이었다. 그 흉흉한 승냥이 떼들도 일순간 사라졌다. 그때까지 가혹하고 잔인하며 살벌한 승냥이 떼들이 짙은 구름과 함께 쏜살같이 사라지는 것이었다. 자취도 없이….

안나는 리더가 되었다. 이미 태양은 자취를 감추고 사라진 지 오래였다. 여전히 잔광이 남아서 엷은 구름 사이를 파고드는 것이 다였다. 분홍빛에 가까운 따스함이 스며들어 있었다. 솜사탕처럼 달콤함은 없어도 흐뭇한 미소를 머금게 할 정도는 되었다. 안나는 평상에 앉아서 이상한 안도감으로 다가오는 황혼을 쳐다보고 있었다. 평상시 무심코 바라보는 애매한 모습이 아니었다. 정갈하고 또렷한 그리고 핑크빛이 알뜰한 티를 입은 미소녀를 보는 것 같았다.

안나는 하나의 계단을 더 오른 것이다. 자신의 열등감에서 벗어나자 사물의 모습도 달라졌다. 성취의 높낮이에 따라 사물은 다르게 보였다. 새로운 빛깔과 모습으로 까다로운 변모를 계속 자행하며 나아가는 것이었다. 그것은 깊은 관심과 이해로써 가능한 일이었다. 아니다. 어쩌면 사물은 가만히 있는 것인지도 모른다. 본질을 왜곡하는 시선이 문제인 것 같았다. 어쨌든 문제는 자신에게 있다는 것을 깨달았다. 그리고 사물에게도. 안나는 그렇게 생각했다.

본래 자신의 본성과 사물의 본성은 유기적인 하나의 끈으로 이루어져 쉼 없이 소통해서 다가가고 애무하고 느끼는 것인지도 모른다고 안나는 생각했다. 그것이 우주의 본성인지도 모른다고 생각했다. 하지만 인식하는 대상이 그것에 대한 경계와 절연의 부재를 낳고 단절된 형태로 방치되어 있었는지 모르는 일이다. 안나는 그것을 복원하는 것이 리더의 소임인 것 같았다.

그 복원이 우주의 언어를 이해하는 것인지도 모른다는 생각이 들었다. 그 얽힌 매듭을 푸는 것이 자신의 소임이고 자신을 따르는 자들에게 긍지를 심어주는 계기가 되는 것인지 모르는 일 같았다. 어쩌면 그것을 해결하면 이제 더 이상 더 높은 계단을 밟으려 발버둥치지 않아도 될 것 같았다. 그곳이 심적인 완전변태인지도 모르는 것이다. 신으로서 새로운 나날을 보낼 수 있을 것 같았다. 완전체의 모습으로….

반면에 바리는 목동과 함께 있으면서 쳐다만 볼 수밖에 없었다. 바리는 그것이 미안하고 죄스러웠다. 자신도 안나를 뒤따르고 싶었지만 아직도 안나의 믿음이 미흡해서 두려움으로 번진 것 같았다. 하지만 꽁무니를 빼며 뒤로 물러나지 않은 것으로 위안을 삼을 수밖에 별도리가 없었다. 곁에서 목동이 오금을 저리며 바리의 손을 잡아준 것이 도움이 된 것이다. 둘이 있어 유약한 마음을 다독일 수 있었던 것이다.

그래서 그런지 바리는 평상에 앉아있는 안나를 경외에 찬 시선으로 뜨겁게 쳐다봤다. 아무 말은 하지 않았으나 충분히 한 것 같은 느낌이었고, 겉으로 그에 대한 신뢰를 보내지 않았으나 충분히 보낸 느낌이었다. 미래에 대한 희망도 그에게서 피어나고 존재적 가치도 그에게서 잉태되며 심지어 죽음도 그의 입김에서 뿜어져 나올 것 같았다.

안나는 평소의 소탈한 모습으로 바리를 반겼다. 바리도 오랜만에 보는 안나의 밝은 모습이 반가웠다. 플루토의 그늘은 보이지 않았다. 교묘한 술수로 언제 안나의 마음을 비집고 들지는 모르는 것이다. 그 순간순간을 넘어서 더 높은 곳까지 오르는 과정이 아직 끝나지 않았다는 것을 바리는 대략 알고 있었다. 거기까지 곁에서 힘이 되어주는 것이 안나와의 만남을 영위하는 것이기도 했다.

메시아는 자신의 무리를 이끌어줄 진정한 왕을 만난 것이다. 기쁨이었다. 환희이며 영광이었다. 메시아는 자신이 가진 재주가 하찮고 보잘것없다는 것을 이제 안 것이다. 때때로 교만하고 때때로 자만에 빠져 업신여기고 무리 위에 군림한 적이 한두 번이 아니었다. 갑자기 자신이 초라하게 느껴졌다.

안나는 모든 것을 이해하고 수용할 수 있었다. 마음은 늘 움직이고 있기에 소신이나 신념으로, 율법이나 희망으로 부여잡지 않으면 안 된다는 것을 알고 있었다. 그들은 그것을 원하고 있는 것이다. 안나라는 고양이가 소신이고 신념이며 율법이고 희망이 되는 것을…. 흔들지 않는 푯대로서 자신들의 지향성에 대한 등불이 되어주기를 바라는 것이다. 불확실성에 대한 비전과 보이지 않는 미래에 대한 명확한 길을 제시해 주기를 바라며 자신을 추종하는 것을 아는 것이다. 그리고 보이지 않는 끝에서 새로운 문이 있어, 닫혀있는 그 문을 자신이 안에서 열어주기를 바라는 것이다. 안나는 그들을 보며 자애롭게 웃으며 그들의 믿음에 응했다.

외롭게 흩어져 살아가는 자아 찾기

안나는 플루토의 공격이 끝나지 않았다는 것을 알고 있었다. 더 은밀하고 치밀하게 다가와서 진리의 끄나풀 역할을 하며 교묘하게 혼란에 빠뜨릴 수도 있을 것이다. 때로는 밝고 아름다운 목소리로, 때로는 실의에 빠진 자신의 어깨를 다독여주며 악의의 씨앗을 심고 태연히 사라진 것이다. 그 씨앗은 현실의 변화에 맞춰서 형태를 바꿀 것이다. 그래서 정작 자신은 그 당시에는 모를 것이다. 시간이 지나거나 자신의 모습을 거리를 두고 반추할 때 비로소 불순한 모습이 보이는 것이리라.

안나는 플루토가 얼씬도 못하는 방법을 찾지 않으면 안 되었다. 바늘구멍만 한 틈이 있으면 또다시 은근하고 규칙적으로 다가와서 노크를 할 것이다. 아군으로 가장한 채…. 그러면 너그러움으로 일관하고 있는 자신은 그의 꼬임에 넘어갈 것이 자명했다. 그런 방비로는 파상공세를 하는 악의 무리들을 밀쳐낼 수 없는 것이다. 그래서 안나는 자신의 마음 깊은 심연 속에 존재하는 것이 뭔지 들여다보지 않을 수 없었다. 그 속에 자신이 원하고 자신이 나아갈 표식이 있을 것 같았다.

그래서 안나는 삶 속으로 내던져질 때부터 자신을 더듬었다.

갓난아이일 때 유난히 비가 많이 왔다. 그때는 수용소와 같은 농장에서 어미와 함께했다. 이 주일 연속으로 비가 왔어도 농장이 산중턱에 있어 건물이 물에 잠기는 일은 없었다. 대기가 꿉꿉하고 축축했으나 어미의 젖을 빨며 사는 것이 행복했다. 어느 날 자신과 같은 뱃속에서 자라던 새끼들이 한 마리씩 죽어나가는 것이었다. 어미는 무방비 상태로 새끼들을 내버려뒀다. 측은해서 눈물을 흘리는 일도 없었다. 더욱이 농장 주인을 불러 다가오는 죽음의 그림자를 밀쳐내려고 강하게 요구하는 일도 없었다. 냉정하고 매몰차게 시들어가는 튤립을 지켜만 볼 뿐이었다. 고양이 율법에 있는 '연민하지 마라.'라는 말은 있었지만 어미가 죽음의 입김에 자식을 방치하는 것이었다.

죽음은 자신을 제외한 모두의 온기를 여지없이 앗아갔다. 더 큰 불행은 주인이 알지 못하는 것이다. 개인적인 사정으로 며칠 농장에 나타나지 않았다. 그래서 매순간 난 죽음을 맞이해야 했다. 젖을 빨려고 쟁탈전을 한 형제들과 말이다. 더욱이 낭패스러운 것은 사체가 꺾인 튤립처럼 말라가고 부패했다. 어미는 매정하게 그것을 지켜보고만 있지 않았다. 딱딱하게 경화되어 썩어가는 주검을 강하게 우리 가장자리로 밀쳐내어 버렸다.

안나는 어미에 대한 분노와 새끼들에 대한 아픔을 가슴속에 쌓고 쌓았다. 그것이 어미에 대한 반감으로 평생 함께

했다. 매정한 어미 앞에서 내색하지 않았다. 그래서 소원해진 것이다. 이 사건 전에는 얼마나 가슴 저리고 따스한 어미의 품이었던가.

그때 그 사건의 충격으로 안나는 어미에게 마음의 문을 닫고 깊은 사려에 빠지는 일이 비일비재했다. 외롭고 고독하고 허무했다. 불손한 감정이 분수처럼 계속 치솟아 올랐다. 과부하 걸린 의식은 해방구를 찾지 못하고 연일 떠 있었다. 그럼에도 불구하고 어미는 잠도 잘 자고 사료도 적극적으로 먹었다. 실존이 그런 것인가. 깊이 그리고 씁쓸하게 생각해봤다.

그 사건 이후 본질적 자아는 세포분열을 했다. 하나가 똑같은 또 하나를 더 만든 것이다. 복제된 것이다. 생존을 위해 그렇게 했다. 더 이상 지체했다가는 온전한 보통의 삶을 계속 누리지 못할 것 같았다.

하지만 본질적 자아는 복제된 자아와 자주 왕래하지 않았다. 앙숙간은 아니었으나 거리를 두는 것이 원칙이었다. 그것이 각자의 살길이었다. 생존에도 각자의 거리와 구역이 있듯이 자아 간의 간격도 필요한 것이다. 그것이 서로에게 위해를 끼치지 않는 것이다. 그럼에도 불구하고 가늘고 끈질긴 보이지 않는 끈이 연결되어 있다는 것을 늘 인식하고 있었다. 핏줄의 숭고함으로….

복제된 자아는 우연히 만나는 사물과의 조우만으로 새로

운 자아의 터전을 마련하는 것은 아니었다. 그 속에 사랑이 있고 그리움이 있고 때로는 미움이 있고 절망이 있어야 가능한 일이었다. 긍정적인 삶 속에서 뿌리내리는 자아는 밝고 활기차고 경건했다. 반면에 부정적인 삶 속에서 뿌리내리는 자아는 억눌리고 외롭고 고독했다.

안나의 어미에 의하여 복제된 자아는 후자였다. 그 부류는 고통과 절망 속에서 머물며 자신의 감정과 생각을 고수하는 습성이 있었다. 괴롭고 억눌리고 왜곡된 현실을 원망하고 경시하면서 지속적으로 의식의 칼날을 벼리면서 숨어 있는 것이다. 영원히 외출하지 않을 것처럼 말이다.

또 다른 자아복제는 사르트르와의 만남으로 일어났다. 그 만남 또한 부정적 자아를 잉태했다. 사르트르의 가학적인 행위가 고스란히 안나의 자아를 병들게 한 것이다. 겉으로 꿋꿋하고 의연해 보였으나 속으로는 어둡고 칙칙하며 음습한 형태를 만드는 것이었다. 그것이 자아의 성품을 결정한 요인이었다. 자아는 현실의 변화에 민감한 것이다.

사르트르와 동거한 몇 달 동안 자아는 수없이 복제되었다. 거의 부정적인 자아였다. 본질적 자아가 살아가기 위한 방편이었다. 그렇지 않으면 당면한 현실의 억눌림과 폭력을 감당할 방법이 없었다. 외롭고 고독하며 힘들고 고통스러운 나날들을….

그럼에도 불구하고 긍정적인 자아의 숨결도 있었다. 미미하고 미약했다. 그래서 현실의 형태로 잘 드러나지 않았다. 마음의 뜰에서 자신들만의 공간을 만들어 거친 숨소리를 내지도 않으며 소소한 삶을 살아가는 것이다. 농부의 삶처럼 단순하고 소박했다. 햇살을 받고 산들바람을 맞으며 들판에 피크닉도 가곤했다. 야생화가 매혹적인 향기를 발산해도 큰 소리 지르며 감동하지 않았다. 자신의 위치를 숨기고 사는 것이 편하고 유익했다. 그것이 행복인 것을 알기 때문이다.

안나는 그 복제된 자아를 찾기도 힘들었다. 대체로 부정적인 자아였다. 그들은 꼭꼭 숨어 자신을 잘 드러내지 않았다. 경계도 삼엄하고 철통같아 가까이 다가가기도 힘들었다. 성품도 지저분하고 다혈질이었다.

안나는 하나씩 만나 개별적인 위로와 사랑을 전해야했다. 구김을 펴주고 축복을 선사해야 했다. 그렇지 않으면 영원히 그곳에서 머물며 떠나려 하지 않을 것이다. 고인돌 위에 앉아 오로라와 얘기한 영혼처럼 말이다. 인내를 갖고 참아내며 용기를 북돋우며 기다려야 가능할 것이다. 그래도 미동이 없으면 위협과 우격다짐으로 충동질하는 것도 일시적인 방편이 될 것이다. 하지만 그것은 임시방편일 뿐이다. 적당한 거리에 앉아서 돌아오기만을 기다리는 모습도 나쁘지 않은 것이다. 그런 사소한 애씀이 어쩌면 그들을 감동시킬 것이다.

안나는 사르트르와 동거하는 동안 가장 기억에 남는 복제된 자아의 집에 머물렀다. 철옹성에 가까웠다. 불신의 두꺼운 벽으로 견고하게 만들어져 있었다. 성벽을 타고 넘을 수도 없었고 감시도 심했다. 높다란 성벽에 기치가 정연하게 세워져 있고 창을 던 병사들이 즐비하게 늘어서 있었다. 갑옷도 두껍고 단단한 쇠로 덧입혀져 화살을 맞아도 튕겨나갈 것 같았다. 투구도 예사롭지 않았다. 봉긋했고 날렵했다.

안나는 며칠을 기다렸다. 또 기다렸다. 기다리다 지쳐서 성벽 위를 보며 크게 외쳤다. 그렇게 몇 시간을 외치다 목이 쉬었다. 차갑고 쌩쌩한 바람이 아래위를 돌아다닐 뿐 인기척이 없었다. 거대한 벽을 보며 혼자 얘기하는 것 같았다. 외롭고 고단했음에도 복제된 자아를 생각하면 참을 수 있을 것 같았다. 얼마나 가슴 졸이고 서글프며 고달팠겠는가. 하나의 왜곡된 인격체로 살아가며 마음 나눌 상대도 없이 본원에 대한 회귀를 얼마나 꿈꿔왔겠는가. 그 복제된 자아가 살아오면서 섭취한 먹이가 가혹한 폭력과 멸시, 저항할 수 없는 상처와 고통이었던 것이다. 안나는 그 먹이부터 바꿔야겠다고 생각했다. 그럼 몸의 체질도 바뀔 것이고 닫혀있던 마음의 빗장도 풀릴 것 같았다.

그래서 안나는 높다란 성채를 향해 더 이상 외치지 않았다. 그 대신 성채 맞은편 한적한 곳에 정원을 가꾸기로 했다. 평지보다 높은 곳이었고 성채보다 한없이 낮은 곳이었다. 그래서 망루에서 보면 정원 구석구석이 훤하게 보였다.

안나는 느긋하게 기다렸다. 상대는 평범한 생각과 생활을 영위한 자아가 아닌 것이다. 어쩔 수 없이 부려진 부박한 삶을 간신히 버티고 그래도 나아가는 인격체인 것이다. 소망하고 갈망할 줄도 알고 있으나 그것이 먼저 짓밟히고 소멸될 것을 생각하는 것이다. 나래를 힘껏 펼쳐본 적이 없기 때문에 희망이란 단어도 어색했다. 단선적으로 억눌린 핍박을 받아서 괴로움과 외로움은 더욱 잔인했을 것이다.

안나는 지금 이 순간 할 수 있는 일은 그것뿐이었다. 탕아를 인내하며 기다리는 아버지의 마음이었다.

안나는 정원에 화려한 튤립을 고르게 심었다. 햇살 한 가닥 바람 한 점 드나들기 힘들 정도였다. 아무튼 자신의 정성이 성채 깊숙이 은둔하고 있는 복제된 자아에게 전해지기를 바랐다. 아주 옛날 어느 날부터 생각하고 염려하며 사랑하고 있었다는 것을 전하고 싶었던 것이다. 하지만 드러내놓고 그런 마음을 표현하면 비딱한 자아는 더 깊은 곳으로 숨어버릴 것이다. 눈치가 빠르고 잘 삐치는 것도 복제된 자아의 공통된 특징이다. 그래서 아는 듯 모르는 듯 오는 듯 가는 듯 고운 바람의 움직임처럼 낮게 깔려 살랑거려야 하는 것이다. 어쩌면 정원 속의 형상이 은근히 드러나는 것도 무리수에 가까운지 모른다.

튤립은 색상 구분이 뚜렷했다. 옐로우와 레드가 적절하게 수놓았다. 다른 색상은 디테일한 부분을 절묘하게 들어가 안정감을 주며 자리를 지키는 수준이었다. 안나는 튤립으로 형상을 만들었다. 그 안에는 줄거리가 있었다. 흥미와 온유를 보이지 않게 숨겨놓는 것도 잊지 않았다. 험준한 성채 위에서 한 번쯤 내려다보며 밝은 미소를 머금을 것이라 의심치 않았다. 망루 사이에서 경계를 늦추지 않는 병사들이 화려한 빛깔에 동화되어 순간 따스함을 느낄 수도 있을 것 같았다. 그럼 성채 깊숙한 곳에서 간신히 살아가는 복제된 자아의 귓가에 들어갈 것 같았다.

그런 기대는 쉽게 사그라졌다. 성채는 그대로였다. 견고하고 튼튼하며 빈틈없이 돌아가고 있었다. 병사들은 여전히 굳고 차가운 표정으로 망루 사이를 오가며 경계를 서고 있었다. 기치도 엄중함을 잃지 않았다. 강한 바람이 불면 거칠게 펄럭이며 괴성을 지르는 것이 다였다.

안나는 튤립 군락지 곁에 장미 정원을 조성했다. 다양한 품종과 색상으로 정원을 밝고 화려하게 꾸몄다. 현란한 캔디 스트라이프도 심고 은은한 향기를 품는 코러스도 심었다. 작고 귀여운 꽃송이들이 잎을 뒤덮는 사타나도 심고 자유롭고 활발하게 성장하는 엘러건트 펄도 심었다. 눈에 띄지 않은 색상이지만 하얀색이 단아하고 고결해보였다. 아직 순수한 영혼을 간직한 소녀의 표정 같았다. 작은 공터에는 탄초도 심었다.

튤립의 향기보다는 장미의 향기가 더 고혹적이었다. 정열

적이고 활기에 찼다. 가끔씩 삼바의 열정을 어렴풋이 엿볼 수 있었다. 율동과 리듬은 잘 보이지 않았으나 바람이 불면 미세하게 풍겼다. 때때로 더 거친 바람이 장미의 잠재력을 일깨웠다. 이슬을 머금고 있을 때는 수줍고 청아했으나 저돌적인 바람이 불어닥칠 때면 탄력 있는 뜨겁고 정열적인 삼바의 율동을 드러내는 것이었다.

정원에서 풍기는 향기는 뒤섞였으나 개별적인 고유는 잃지 않았다. 그 속에서는 유독 장미의 향기가 두드러졌다. 기개를 잃지 않으려는 것이 의연하기까지 했다. 그럼에도 의도적으로 상대를 초라하게 하지 않으려고 애썼다. 그 자체가 우월하고 강렬한 정신을 가지고 있었던 것이다.

정원에서 장미의 향기가 우두머리가 되었다. 정원 구석구석 알아서 마구 자란 야생화의 향기도 강렬하고 열정적이었어도 장미의 세련된 향기를 당해내지 못했다. 장미의 위엄과 자태에 꼬리를 내리고 마는 것이다. 간헐적으로 자라고 있는 키 큰 해바라기도 마찬가지였다. 태생에서 오는 투박하고 거친 모습 때문인지 소극적으로 변해갔다.

안나는 의도하지 않은 장미의 행동에 놀랐다. 아주 작은 공간일지라도 그곳에는 나름의 세계가 있고 실존이 있고 우두머리가 있는 것이다. 안나는 그것을 인정했다. 그 인정으로 복제된 자아의 성채를 허물어버릴 것 같지는 않았다. 갑자기 불어 닥치는 회오리바람으로 여긴 것이다.

하지만 장미의 리더십이 치밀하고 지혜롭다는 것을 안나는 알지 못한 것이다. 어린 왕자의 별에 있는 한 그루의 유약한 모습과 상이하다는 것을 말이다. 적극적으로 나아가 자신의 향기로 상대를 물들게 만드는 것도…. 목표가 설정되면 과감하게 돌진하는 것도 말이다. 그것이 통하지 않을 시에는 튤립의 순수함으로 다가가든지, 정 그것도 통하지 않으면 야생화의 거친 매력으로 다가가는 것도 말이다. 그것도 상대가 알아채지 못하게….

우선 장미는 망루 사이에 경계를 서는 병사들에게 다가갔다. 대체로 병사들은 향수병을 앓고 있었다. 자신들도 언제부터 여기서 경계를 선 것이지 모르고 있었다. 어느 순간부터 선 것으로만 알고 있었다. 그래도 각자에게는 고향이 있었다. 그 고향에서 맡을 수 있는 향기를 찾아내어 개별적으로 다가가기로 했다. 쉽지는 않았지만 장미는 선택적 향기를 제공해서 병사들의 경계를 느슨하게 만들려고 무진장 애를 썼다. 처음에는 날선 군율에 거절당했다. 그래도 포기하지 않고 나아가 은근하게 주위를 서성거리게 했다. 익숙하게 만드는 것이 우선이라고 했다. 신선함을 간직한 채 말이다. 그러다 보면 병사 쪽에서 억눌리고 지루한 생활에서 벗어나기 위해 관계를 설정하기를 바라는 것이다. 새로움에 대한 호기심도 없지 않았다. 그 적기를 각자의 향기들이 놓치지 않았다.

장미는 병사들의 변화가 조금씩 눈에 들어왔다. 투구를 비스듬하게 쓰고 창을 성벽에 기대어 두는 일이 비일비재했다. 갑옷도 엉성하게 입고 기치도 정돈되어 있지 않았다. 며칠 전만 해도 상상도 못할 일이었다.

변화의 기미에 민감한 장미는 더욱 애잔한 그리움의 향기를 물씬 풍겼다. 슬픔으로 시작해서 기쁨으로 끝나는 향기도 밀어 넣었다. 무기력에서 벗어나 활기찬 일상을 기대하는 향기도 인도했다. 그러자 병사들은 더욱 허물어졌다. 아주 이성적이고 군기에 사로잡힌 철벽 같은 가슴도 미래에 젖어 감동을 자아내는 것이었다. 어쩌면 향기들은 그들 각자의 멈춰있던 심장을 뛰게 한 것인지도 모른다.

급기야 성채는 장미의 리더십에 물들고 말았다. 안나도 그것을 지켜보고 대견했다. 어떻게 보면 장미의 리더십으로 병사들과 관계를 맺은 것이다. 그 당사자들은 아직 모르고 있지만 말이다. 그것을 통해 병사들은 희망을 보고 미래를 본 것이다. 그것이 장미가 원하는 와해되는 형태였다.

안나는 그런 징후들이 반가웠다. 하지만 안심할 단계는 아니었다. 성채의 견고함과 복제된 자아의 폐쇄성을 무너뜨리기에는 중과부족이었다. 더욱 끈질기게 늘어져서 온유한 미소를 머금으면서 스스로 사슬을 끊고 나오기를 바랄 뿐이었다. 자신이 나서서 할 수 있는 계제의 것은 아니었다.

장미는 성채에 상주하는 병사들부터 온화하게 변화하는

것이 우선이라고 생각했다. 그래서 철저하게 꽃향기 무리들을 관리하고 지시했다. 구석구석을 누비며 화해의 손길도 던지고 용서의 손길도 보내며 다가가서 어루만지기를 주저하지 않았다. 무연한 삶을 무기력하게 살아온 병사들은 점점 따스한 온유를 느끼는 것이다. 채근하지는 않았다. 대부분 불뚝성을 가지고 있기 때문에 조급함을 보이면 감당할 수 없을 것 같았다. 조심하고 차분하게 멈췄다가 다가가기를 반복했다.

알 수 없는 일이 일어났다. 변화가 어느 순간 멈춰버리는 것이다. 누가 먼저랄 것도 없이 함께…. 고속도로에서 자동차가 일시적으로 멈춘 것처럼 말이다. 예전의 빙하기로 되돌아가지는 않았으나 꽃향기들은 병사들을 맞이하는 것이 생경했다. 애써 모른 체 외면하고 대처해보지만 병사들의 심장은 차츰 식어가고 있었다. 그렇다고 장미는 모든 향기들을 철수시킬 수도 나아갈 수도 없었다. 진퇴양난이었다.

그때 안나는 상황을 주시하고 있었다. 대강 돌아가는 기류를 보고 알 것 같았다. 임계점이었다. 병사들은 모두 기체로 변하는 것이 두려워서 예전의 모습으로 돌아가기 위해 주저하며 멈춰선 것이다. 병사들은 변화가 두려운 것이다. 그리고 따스한 가슴과 따스한 삶이 더더욱 두려운 것이다. 그래서 멈춰 서 방관하는 자세를 취하는 것이다. 차갑고 냉정한 시선으로 말이다.

장미의 지시로 꽃향기들도 거리를 두었다. 적극적인 행동만이 대책은 아닌 것 같았다. 그래서 시간을 두고 지켜보는 것도 나쁘지 않아 보였다. 더욱이 꽃향기들이 병사들 각자 관계를 맺고 있었기 때문에 남이 아니었다. 개별적으로 소중한 존재적 가치를 공유하고 있었던 것이다.

정체된 무의미한 시간이 지나자 병사들 쪽에서 이탈이 시작되었다. 어두운 얼굴에서 생기가 도는 것이었다. 한두 명인가 싶더니 열 명에서 백 명으로 늘어났다. 기하급수적으로 늘어났다. 봇물이 터진 것이다.

병사들은 힘든 선택을 한 것이다. 마음이 원하는 쪽으로 다가간 것이다. 성채를 짓누르고 있는 음산한 기운에서 벗어나고 싶었던 것이다. 진정 원하고 원하는 것이 고립된 고독이 아닌 것을 꽃향기가 인식시켜 준 것이다. 서로에게 충만한 사랑이 더 소중하다는 것을 말이다.

이젠 절반은 이루어진 것 같았다. 아직도 먼 곳에 복제된 자아는 외롭게 웅크리고 있었다. 병사들을 감동시키듯이 복제된 자아도 감동시켜야 했다. 병사들은 알아서 자신의 감정을 드러내며 생활할 수 있었으나 성주인 복제된 자아는 강하게 밀쳐낼 것이 분명했다. 어쩌면 지금부터 진정한 싸움일 것이다.

병사들은 변해도 성채는 여전했다. 성벽은 여전히 견고하고 험준했다. 차가운 얼음덩어리였다. 땅속을 후비고 다니는 두더지도 과도한 무게와 어눌한 기운에 성채 주위만 맴돌 뿐이었다. 본능적인 직감이 허락하지 않는 것이다. 더욱이 성채 주위에 정원이 있음에도 망루 위에 경계를 서는 병사들 사이로 나비들이 날아다니지 않았다. 성채를 우회하는 것이었다. 벌들도 마찬가지였다. 공중을 빙빙 돌다가 일시적으로 정지비행을 하는 황조롱이도 멀리 돌아다닐 뿐이었다.

하지만 그렇게 음산하고 견고한 성채도 균열이 갔다. 그런 일은 어느 날 문득 생기는 것이다. 성채 주위를 맴돌 뿐 가까이 다가가지 않던 나비가 먼저 앞장서고 벌이 뒤를 따랐다. 며칠 전만해도 상상도 못할 일이었다. 지금은 소소한 일상처럼 무난하게 보였다.

벌과 나비는 성채 안에 피어있는 꽃향기에 이끌렸다. 병사들은 자신들의 고향에서 보고 자란 꽃을 심은 것이다. 최근에 일어난 일이다. 장수들도 통제하지 않았다. 그들도 익숙한 향기를 가까이서 맡을 수 있어 다행이었다. 병사들이 변하자 장수들도 변한 것이다.

하지만 성주의 변화는 쉽지 않았다. 판사들이 그들만의 리그에 외부인을 쉬이 허락하지 않듯이 병사와 장수는 성주에게 클래스가 낮은 외부인일 뿐이었다. 자신이 임명하고 자신이 사용하는 소모품인 것이다. 필요하면 또다시 자리와 연봉을 제시하며 모병하면 되는 것이다. 그러면 사탕 부스러기를 핥아먹기 위해 개미떼들은 몰려들기 때문이다.

성주는 성채 안에서 절대적인 힘을 행사했다. 그것이 자신을 옭아매는 사슬이었다. 그래서 외롭고 고독하며 허무했다. 아무도 자신의 말을 귀담아 들어주지 않았다. 차단되고 고립된 자신과의 대면이 모두였다. 어떻게 보면 당연하다는 생각도 들었다. 병사와 장수는 기계의 부품 정도밖에 되지 않았다는 것을. 스위치를 누르는 것은 늘 자신이었다.

그러던 어느 날 성주는 깊고 어두운 내실에서 몇 달 만에 나온 것이다. 꽃향기가 그곳 깊고 은밀한 곳까지 다가와서 자신을 유혹한 것이다. 텁텁하고 눅진한 내실에서 홀로 외로이 살아오면서 맡아보지 못한 향기였다. 신선하고 발랄하며 세련된 것이었다. 갑자기 자신에게도 생기가 도는 것을 느낀 것이다. 늘 따스한 햇살을 못 보고 웃자란 식물처럼 유약하고 파리한 얼굴을 하고 살아온 자신을 생각하면 있을 수 없는 일이었다.

하지만 성주는 그런 신선함이 두렵고 무서웠다. 지금까지 고수했던 생각과 일상을 위협했기 때문이었다. 변화에 대한 심적 괴로움이었다. 외부에서 들어오는 현실이 잔인하게 다가올 것 같았다. 예전에 상처 입고 고통 받는 순간들이 연이어 들이닥쳐 견제하는 것도 잊지 않았다. 그들은 자신을 성주로 만든 공신이었다. 그래서 함부로 대하거나 내쫓을 수도 없었다. 그래서 성주는 두렵고 무서웠다.

신선한 향기에도 중독성이 있었다. 자신의 소신은 극구 부인하며 피해의식과 어울려 나름의 나날을 보내고 있었다. 하지만 가슴 깊은 곳에서 울리는 여리지만 간절한 목소리를 계속 부인할 수는 없었다. 그것이 더 절실하게 다가와서 온유하게 만드는 것을 성주는 미세하게 느낄 수 있었다.

그래서 그런지 피해의식의 회유와 협박이 달갑게 다가오지 않았다. 성주는 어느 순간 거리를 두는 관계설정으로 모드를 바꿨다. 하지만 그들은 물러서지 않았다. 불손한 온갖 것들을 끌어들여 무시하고 괴롭혔다. 끝내 그들은 모멸감까지 들고 나왔다. 그래도 성주는 평소에 하던 대로 했다. 성의 구석구석을 돌아다니며 꽃들을 보고 만지며 음미했다. 소박하고 행복한 일상이었다.

장미는 음침한 내실에서 성주를 나오게 한 것으로 우선 한숨 돌렸다. 큰 고비는 넘겼다고 생각했다. 아직도 성문을 열고 자신을 받아주지 않을 것이 분명했다. 그때까지 기다리며 인내하기를 반복해야 하는 것도 알았다. 그것이 어렵다는 것도 알았다. 하지만 자신의 자존심을 걸고 넓은 정원으로 인도하고 싶었다. 더 없이 행복해하는 모습을 보고 싶었던 것이었다.

성주는 이젠 많이 자유로웠다. 그들과 거리를 두는 관계설정이 훌륭한 포석인 것이다. 하지만 녹록치 않은 무리들이 그들이었다. 늘 피해의식을 열거해놓고 소망의 손길이

닿지 못하게 수작을 부리는 것이었다. 아픈 곳을 우회적으로 터치하고, 그럴 때면 성주는 강한 분노를 참지 못하고 언성을 높였다. 그들의 농간에 놀아난 것은 차츰 시간이 지나면 알 수 있었다. 그들은 본성의 고결함은 없고 왜곡의 숭상만 있었다. 그들은 선동가이고 사기꾼이며 모사꾼이었다.

그들이 아무리 농간질을 해도 성주는 일상의 소박한 행복을 버리고 싶지 않았다. 밝음을 좇다보니 어둑어둑한 습한 내실에서 어떻게 살았는지 의아할 정도였다. 그 익숙함에서 벗어나는 것도 그들과 멀어지는 일이었다. 그래서 내실에 두껍게 드리워진 커튼을 걷어버리는 것도 잊지 않았다. 햇살의 그윽함이 대견하고 달았다. 이제야 안 것이다.

그렇다고 성주는 성문을 당장 열지 않았다. 어떤 이유인지는 모르지만 경계를 더욱 철저히 하라고 장수에게 하달했다. 장수들과 병사들도 당황스럽기는 마찬가지였다. 그때까지 성안의 공기가 온화하고 부드럽기 그지없었기 때문이었다. 왜 그런지 이유를 묻지 않는 것도 이 세계의 룰이었다.

성주는 외부의 세계가 불안했던 것이다. 하지만 틈이 나면 성 밖이 제일 잘 보이는 오래된 종탑에 올랐다. 화려하게 조성해놓은 정원을 굽어보는 것이었다. 살아있음이 이렇게 아름다운 것이구나 싶었다. 그곳에서 시간을 보내다 보

면 불온한 기운들은 얼씬도 하지 않았다. 그래서 그런지 정
신도 맑고 순해졌다. 시간은 풀어졌으나 무기력은 다가오지
는 않았다. 그래서 매일 올랐다. 나태해서 규칙적인 리듬을
싫어하는 자신에게 놀란 것이다.

혁명은 병사들에게서 먼저 일어났다. 외부와의 소통을 원
했던 것이다. 격리된 성채에서의 안락과 보장 때문에 지금
까지 버티고 참아왔던 것이다. 외부에서 보내는 현란한 몸
놀림과 무한한 자유가 더 소중한 것을 이제 안 것이다. 큰
소요가 일어나기 전에 장수들 귀에 먼저 들어갔다. 장수들
은 성채에서 이탈하는 병사들을 막기 위해 군 기강을 공고
히 해야 했다. 그 사실을 성주에게 알리지 못했다. 더 큰 문
제가 생긴 것이다. 하루가 다르게 병사들의 숫자가 줄었다.
또 하루가 지나면 또 줄었다. 비상사태였다. 하루만 더 기
다려 보기로 했다. 탈영했던 병사들이 되돌아올지 모른다고
생각했다. 수뇌부의 착각이었다.

수뇌부는 난감했다. 이 상황을 어떻게 헤쳐나가야 할지
알 수 없었다. 미궁에 빠진 것 같았다. 성주에게 아뢸 수도
없었다. 원칙에 없는 것이다. 계약할 때 서약서에 날인한
손도장이 이미 맹세를 이끈 것이다. 그래도 자꾸 아른거렸
다.

다음날 문제는 더 심각했다. 장수의 태반이 탈영한 것이
다. 장수의 수뇌부 중에서도 일부는 탈영하고 없었다. 이젠

더 미적거릴 수가 없었다. 장수의 우두머리는 서약서에 날인한 원칙을 깨고 성주에 아뢰기로 했다. 은밀한 내실로 향했다.

그때 성주는 종탑에 있었다. 그곳에서 망원경을 이용하여 정원 구석구석을 살피며 꽃들의 형태를 보고 여지에 그대로 옮겼다. 이상한 일이었다. 하루가 다르게 사람들이 정원에 늘어나는 것이었다. 그것도 낯익은 얼굴이었다. 그들은 행복해 보였고 자유로워보였다. 문득 자신도 그들처럼 자유롭게 거닐며 행복한 표정을 지어보고 싶었다.

그렇게 유심히 정원을 보다가 망원경 렌즈에 맺힌 얼굴이 자신을 뚫어지게 쳐다보는 것이었다. 성주도 시선을 놓치지 않았다. 장수였다. 그리고 주위에 머물러 있는 사람들은 병사들이었다. 이제 기억이 났다. 망루에서 경계를 서는 그들을. 성주는 자신도 모르게 반색했다. 그러고는 곧바로 종탑에서 내려와서 성문 쪽으로 향했다. 가는 도중에 장수의 우두머리를 만났으나 그냥 지나쳤다. 장수의 우두머리는 의아했으나 감히 말을 붙이지 못했다. 그냥 따를 뿐이었다.

성주는 손수 성문을 열었다. 그러고는 산들바람이 불어오는 쪽으로 걸었다. 장미의 향기가 자신을 안내했다. 콧노래를 부르며 뒤따랐다.

채움과 비움

안나는 혼자였다. 이제 혼자 삶을 관조하고 느끼며 받아내야 할 시간이었다. 그래서 바리는 목동의 움막에 남겨놓고 왔던 것이다. 이제 깨달음의 성취는 안나 자신이 스스로 이루어야 한다는 것을 바리도 알고 있었다. 자신이 곁에서 봉사할 단계는 지났다는 것을 말이다. 그렇지만 멀리서 안나의 거칠고 힘든 고행을 염려하며 기도해야 한다는 것도 알고 있는 것이다.

가을이 무르익었다. 들녘에는 쌀을 품은 벼들이 노랗게 고개를 숙이고 있었다. 알알이 박힌 것이 튼실하고 견실해 보였다. 때때로 바람이 들이칠 때면 귀찮은 표정을 지으며 단조로운 소리를 냈다. 실존에 대한 지겨움을 표현하는 것인지 모른다. 아니면 땡볕을 이겨내면서 찾아오는 무려와 탄식을 떨쳐버리기 위해 의도적으로 내지르는 소리인지도 모른다. 그것도 아니면 충일한 알맹이에 대한 여유와 자만이 섞인, 거드름 피우는 난해한 소리이지도 모른다. 어쨌든 알맹이가 채워져 그런 소리가 나는 것이다.

채움은 그랬다. 늘 주위의 견제와 질투를 동시에 일으켰다. 그래서 늘 교만할 때도 있고 무례하고 건방질 때도 있었다. 그렇다고 부정적인 것만 있는 것은 아니었다. 삶에 대한 자신감과 느긋함도 담아내고 있었다. 그리고 미래에

대한 확신과 힘찬 열정도 품고 있었다. 마음속을 채우는 것
도 다르지 않은 것이다. 신념이든 사상이든, 그것도 아니면
형상을 채우든지 말이다.

안나는 자신을 따르는 사람들이 자신의 일거수일투족을
연모하는 것을 알고 있었다. 광적인 사람들은 삶을 통째로
흠향할 것도 알았다. 그것으로 그들은 안식과 위안을 찾을
것이다. 자신이 말하거나 허락하지도 않았는데도 말이다.
그들이 이기적이고 독선적이지 않은가. 주위의 시선을 아랑
곳하지 않는 것도 눈에 거슬린다. 채움이 그랬다.

또 비움은 어떤가. 알맹이를 잃어 충일함까지 잃었다. 허
전하고 공허했다. 흘러갈 뿐 머물지는 않았다. 짜임이 없고
얼개도 없었다. 소망을 담지도 절망을 담지도 않았다. 탐욕
도 욕구도 부질없는 껍질일 뿐이었다. 껍질은 알맹이에 대
한 그리움도 없었다.

늘 실존은 그랬다. 사르트르는 자신의 논리를 사람들에게
채우려고 장광설을 늘어놓았다. 네로도 마찬가지였다. 욕
구를 채우기 위해 연적을 물고 자신에게 다가와 애정을 구
걸하지 않았는가. 채움은 상대의 사정에는 관심이 없는 것
이다. 무작정 들이닥쳐 자신이 원하는 것만 얻으면 그것으
로 끝나는 것이다. 구피도 먹이를 탐하다가 형제를 죽이지
않았는가. 여주인은 또 어땠는가. 자신의 비어있는 마음을
채우기 위해 바리를 때리고 밟지 않았는가. 더욱이 플루토

는 선량한 자에게 악기를 심어 어둠을 따르게 하고, 자신을 숭배하는 자들로 하여금 세상 가득 채우기를 바라지 않는가. 비움도 그랬다. 헛헛함은 늘 채움의 충만함에 대한 열망을 품고 기대했다. 그로 인해 늘 초조와 긴장의 연속이었다. 비움이 천천히 채움으로 다가가면 갈수록 스트레스를 가중시켰다.

안나는 채움도 비움도 세상을 아름답게 하고, 충만하게 하여 감화시키는 절대적 가치가 아닌 것 같았다. 늘 부딪치고 싸우니 말이다. 누구나 듣고 따를 수 있는 것을 찾아서 앞세워야했다. 그것은 삶의 본질에서 찾아야했다. 사람들을 평등하게 만들고 온화하게 만들며 사랑스럽게 만드는 것 말이다. 문득 그런 이미지가 떠올랐다. 흐릿하지도 모호하지도 않은, 절망의 순간에도 손을 건네며 따스한 미소를 머금을 수 있는, 단정하고 질서 잡힌 것이었다. 나눔이 그것이었다.

나눔의 가치

플루토는 더 이상 얼씬거리지 않았다. 안나의 권능에 오금이 저려 있었다. 어둠은 빛의 영광에 꼬리를 내리고 멀리 달아나는 것을 이미 알고 있었다. 한동안 자신의 주위를 맴돌지 않을 것도 아는 것이다. 그래서 그런지 안나는 자유로움과 평안함을 느꼈다. 발걸음도 가볍고 정신도 맑고 개운했다.

안나는 비포장도로를 걸었다. 땅바닥에는 서리가 층층이 쌓여 있었다. 거칠고 무성하던 잡풀들도 혈색을 잃고 파리했다. 길가에 늘어서 가을의 정취를 풍기던 코스모스도 싱그러움을 잃고 싸늘하게 말라가고 있었다. 하늘거리는 잎사귀는 어느새 사그라지고 없었다. 그 자리에 씨주머니가 마르고 정갈하게 자리를 잡았다. 논길을 벗어나자 이미 헐벗은 논과 난숙한 벼들이 빼곡히 들어차 있는 논이 일정한 형태를 이루었다. 정돈된 농지인지라 제대로 된 면이 나왔다. 상공에서 내려다보면 체스판처럼 일정하게 나열되어 보일 것이다.

안나는 논둑을 걸었다. 아직도 햇살이 들지 않아 땅바닥은 하얗고 차가웠다. 신발을 신지 않은 안나는 직접적으로 느낄 수 있었다. 그것이 고통스러웠다. 늘 대지가 따스한 느낌으로 남을 것 같았다. 자신의 생각대로 흐르지 않는 것이 세상인 것을 이미 아는 것이다. 그래도 감연히 수용했다.

안나는 논둑길 너머 맞은편에 유난히 눈길이 갔다. 떡갈나무 군락지였다. 굳세고 우람한 가지들이 멀리서도 보였다. 잎사귀는 여름을 잃고 가을을 거쳐 겨울로 향하고 있었다. 가끔씩 바람이 불 때면 끊임없이 움직이는 바람개비 같았다. 바쁘게 손짓하며 제자리를 맴돌며 움직이는 것이 닮아 있었다. 어쩌면 잎사귀는 바람을 뇌쇄적인 눈빛으로 유혹해서 움직이는지도 모른다. 아직 생존하고 있다는 것을 보이기 위해선 그런 위선적인 눈속임도 필요한 것이다.

안나는 떡갈나무 골짜기로 향했다. 마음이 그쪽으로 향하자 발걸음도 빨랐다. 그곳이 오늘의 종착지일 것 같았다. 안나는 그곳으로 가는 도중에 허수아비를 만났다. 험악한 표정과 익살스러운 표정을 동시에 드러내고 있었다. 속은 짚으로 채워져 있었다. 윤기 나는 피부도 없고 심장도 없었다. 그 자리를 옷가지나 헝겊으로 드리워져 있었다. 밀짚모자를 쓴 것이 그래도 가장 인간적인 모습이었다. 참새들을 쫓기 위해 고안한 인간의 장치였다. 그래서 그런지 참새는 얼씬거리지 않았다. 허수아비는 죽은 것이 아니었다. 원래부터 저런 모습으로 창조된 것이다. 그래서 자신의 위치에서 생을 유지하는 것이다. 창조한 사람이 그에게 합당한 목적과 명분을 심어줬기 때문에 그 끈을 놓지 않을 것이다.

소명인 것이다. 햇살에 바라고 비바람이 몰려와 모자를 벗기고, 때때로 태풍이 몰려와 옷가지를 찢어버리거나 대지에 박힌 지지대를 흔들어 넘어뜨려도 꿋꿋하게 견디며 그 자리를 지킬 것이다. 안나는 허수아비를 보고 그것이 믿는 자의 진정성 같았다. 얍삽하지 않고 성실하고 근면했다.

태양은 이미 많이 솟아 있었다. 햇살이 들판에 섬세하게 다가와 두꺼운 서리를 녹였다. 허수아비 밀짚모자에 한없이 내린 서리도 서서히 소멸했다. 아침을 깨우는 일이었다. 멀리서 사람들의 음성과 개 짖는 소리가 들렸다. 생명이 터를 잡고 나아가는 소리였다. 안나는 그곳을 피해서 떡갈나무 골짜기로 향했다.

해는 어느새 볼만하게 떠올랐다. 우회하는 길이 다소 멀었다. 안나는 마을로 들어가 사람들 속으로 나아가 자신의 모습을 보여주고 싶었다. 그들에게 기적을 보여주며 감탄과 환희를 이끌어내어 자신의 추종자로 만들 수도 있었다. 하지만 아직은 그러고 싶지 않았다. 천천히 은근하면서 진솔하게 다가가서 자신의 생의 본질적 가치를 설파하고 그들을 이끌어 무지와 죽음의 두려움에서 벗어나게 하고 싶었다.

안나는 마을에 붉게 빛나는 십자가를 아까부터 보고 있었다. 어느 지점에 이르자 유난히 눈길을 끌었다. 하지만 종소리의 여운은 자신의 이목을 끌지 못했다. 시끄럽고 번거로웠다. 주위의 새들을 내쫓기에 급급한 것 같았다.

안나는 십자가의 형상을 올려다봤다. 은근하고 고요하게 발하지만 않았다. 그 속에는 묵직한 뉘앙스가 있었다. 격한 고통을 딛고 일어나는 희생의 기쁨이 있었다. 불의와 타협하지 않는 굳은 의지의 표상도 있었다. 과도한 열정과 환희를 잠잠히 가라앉히는 차갑고 깨끗한 물도 배어났다. 더욱이 걷잡을 수 없이 끓어오르는 불신의 화염을 자애로운 언사로 순하게 인도하는 몸짓도 있었다. 믿음의 우물로써 말이다.

그 우물은 깊고 맑을 것이다. 믿는 자는 끼니때마다 줄이 긴 두레박을 드리울 것이다. 차가운 물은 아득하고 깊은 곳에서 신선함을 유지하고 있을 것이다. 맑은 영혼이 다가와 갈급함으로 기도하면 청량감을 선사할 것이다. 영원히.

안나는 십자가의 시선에서 벗어났다. 그러면서 천천히 걸으며 골고다 언덕의 예수를 생각했다. 예수는 우직한 소신과 견고한 신념으로 걷고 있었다. 고통스러워보이지도 않았고 환희의 미소를 머금고 있는 것 같았다. 그 정도의 고통은 감내할 수 있었고, 희생할 수 있는 미소였다. 그 여유로 인해서 용서를 이끌어낸 것 같았다. 자신도 그런 여유가 있을지 확신이 서지 않았다. 자고로 신은 예수처럼 죽음을 무릅쓰고 나아가야 하는 것이다. 그러면 존경의 대상이 되는 것이고 인류의 역사에 길이길이 남는 것이다. 안나도 그렇게 할 수 있을 것 같았다.

아직도 안나는 우주의 언어를 이해하지 못했다. 어쩌면 그것을 받아들일 수 있을 때 육신의 고통은 완전히 소멸될지도 모를 일이다. 안나는 문득 예수는 그런 클래스를 넘어선 것 같았다. 자신보다 앞서서….

안나는 예수를 언젠가는 앞지를 수 있을 것 같았다. 자신의 재능과 잠재력을 믿었다. 그래도 자신은 고양이부터 시작하지 않았는가. 사르트르에게 짓밟히고 모욕을 당하며 현시점까지 온 것이다. 신의 초입에 말이다. 이제부터가 진짜 고양이의 유연함을 보여 위대함을 향해 나아갈 때였다.

안나는 떡갈나무 골짜기 입구에서 멈췄다. 작은 개울이 있었다. 물은 많이 흐르지는 않았지만 일정한 유속은 있었다. 작은 다리가 양쪽을 연결하고 있었다. 소박하게 나무로 얽어 놓은 것이라 세련되거나 견고하지는 않았다. 하지만 쉽게 허물어지거나 부서지지는 않을 것 같았다.

안나는 떡갈나무 골짜기로 넘어가면 더 이상 이쪽으로 넘어올 수 없을 것 같았다. 순간 기분 나쁘지 않은 애매한 전율이 감돌았다. 새로운 세계의 공간이 펼쳐질 것이었다. 떡갈나무 숲속이 품고 있는 은밀한 비밀을 안나는 대충 알고 있었다. 신의 영역으로 접어든 안나는 사물의 언어와 이치를 느낄 수 있기에 가능한 일이었다. 시간과 공간이 뒤틀리고 중력이 무한대가 되어 주위의 사물을 끌어들여 새로운 공간으로 이동할 수 있는 것이다. 어떻게 보면 공간을 옮길 수 있는 출입구였다. 새내기 신에게 주어지는 특권이었다.

그 떡갈나무 모습 뒤에 사람들은 새로운 세계가 있다는 것을 모른다. 신성한 자들만이 오갈 수 있는 통로이기에 그런 것이다. 안나 자신도 최근에야 알게 된 것이다. 자신의 클래스가 올라가자 스스럼없이 밀려오는 특혜였다. 안나 자신도 그것을 누리는 것이 당연하다고 생각한 것이다.

겉으로 보이는 떡갈나무 숲은 고요하고 적막할 것이다. 다람쥐는 쉴 새 없이 도토리를 주워 저장할 것이다. 겨울의 긴 밤과 혹독한 추위를 체험한 다람쥐는 그것이 생존을 연장시킬 수 있는 유일한 길인 것을 아는 것이다. 그래서 한눈팔지 않을 것이다. 여전히 다람쥐의 정적도 사람일 것이다. 그들과 도토리를 줍기 위해 사투를 벌인다. 다람쥐는 생존을 위해 목숨을 걸고 나아가 몇 개 주워 입속 가득 채워 자신의 안식처로 내달리는 것이다. 끊임없이 반복적인 일상이지만 다람쥐는 감연히 받아들일 것이다. 겨울의 가혹함을 잘 알기 때문에….

그 평범한 떡갈나무도 나눔의 가치를 안다. 그래서 그때까지 안으로 곱게 품었다가 열매를 떨어뜨린 것이다. 그 떨어짐과 동시에 개별적인 환경이 주어지는 것이다. 어떤 도토리는 둥근 형태를 이용해서 멀리 굴러가서 새로운 터전을 마련하는 것이다. 또 어떤 도토리는 아주 멀리 개울물을 타고 대처 근처에 가서 자리를 잡을 것이다. 깊고 넓은 그늘을 드리우기 위해⋯. 그런 삶은 예외적인 것이다. 보통의 도토리는 떨어지는 그 자리가 삶의 시작과 끝인 것이다. 아니다. 나눔의 시작인 것이다. 다람쥐의 긴 겨울의 양식으로 저장되어 생명 연장의 고리를 연결해주는 것이다. 땅속에 갇혀 음침한 일상을 보내다가 마침내 다람쥐의 긴요한 먹이로 소멸될지라도 그것을 회피하지 않는다. 그것이 떡갈나무에게서 받은 지상명령인 것이다. 나눔의 가치인 것이다. 희생하며 얻는 나눔의 가치 말이다.

드디어 안나는 공간을 이동해서 미지의 땅에 이르렀다. 새로운 형태의 삶이었으나 별스럽지 않았다. 이미 자신이 환경을 받아들인다는 말도 되었다. 놀라움도 아연실색도 유치하고 비루하게 보일 뿐이었다.

초저녁이었다. 사막은 차갑고 싸늘했다. 멀리 아련하게 보이는 산꼭대기에는 하얀 눈이 엉겨 붙어 있었고, 그것이 마치 거대한 얼음덩어리 같았다. 포근하지도 은근하지도 않았고 황량하고 삭막했다. 거기에서 불어오는 바람이 추위를 옮겨놓은 것 같았다. 흔하게 볼 수 있는 야생화도 소멸되고 없었다. 그래서 그런지 생존을 위해 침엽수림은 길게 뻗은 잎사귀들을 안으로 끌어당겨 온기를 모으고 있었다.

안나는 천천히 걸었다. 안나는 '잠자는 보헤미아 여인'을 찾고 싶었다. 그녀는 사막의 언어를 알고 있기에 우주의 언어도 알 것 같았다. 때때로 그녀는 기나긴 밤의 고독 위에 길게 몸을 늘어뜨려 누워서 사막의 고요와 적막을 되새기며 잠을 청하곤 했던 것이다. 바닥에 담요를 깔지 않은 채 말이다. 그 주위에는 갈기를 늘어뜨린 사자가 서성거리며 지켜주곤 했다. 아무리 허기가 져도 사자는 보헤미아 여인을 먹지 않았다.

안나는 길을 잘못 든 것 같았다. 보헤미아 여인이 편안하게 잘 수 있는 곳이 아니었다. 끝없이 펼쳐진 모래산과 사구가 이국적이고 환상적으로 다가와야 했다. 가끔씩 사막여우가 먹이를 찾아 귀를 쫑긋 세워 사막의 묵직한 기운을 감지하는 모습도 보여야 했고, 샌드피쉬도 현란한 몸놀림으로 모래를 자유자재로 휘젓고 다니며 고래의 전설을 음미하며 메마르고 고독한 나날을 보내는 것을 볼 수 있어야 했다. 그에 반해 저 멀리 아득한 곳에 눈 덮인 산과 거친 돌들이 너절하게 흩어져 있었고, 그 아래 침엽수림이 울창하게 밀생하고 있었다.

안나는 자신이 엘리베이터의 층수를 잘못 누른 것 같았다. 하지만 여기에 온 이유는 있을 것 같았다. 세상에는 인과가 있지 않은가. 어쩌면 두 번 다시 여기 오지 못할 이곳에서 의미를 찾고 싶은지도 모르는 일이다. 더 은밀하게 말하면 관계설정으로 자신의 영향력 안에 두고 싶은지도 모를 일이다. 자신의 신념과 가치를 느끼며 나아가 내적 회복의 길에 들어서기를 바라는 마음인지도, 그게 그들이 살아온 삶의 시스템을 깡그리 흔들어 버릴지라도 말이다.

안나는 그것을 감수하는 것이 자신을 따르는 추종자의 자세라고 생각했다. 믿음이란 때론 무자비함을 동반할 때도 있는 것이다. 그래야 새로운 존재를 잉태하고 그것이 삶의 중심이 되는 것이다. 그렇지 않으면 예전의 생각과 신념을 버리지 않는 것이다. 그것은 참된 신앙이 아닌 것이다.

안나는 저 멀리 침엽수림 쪽에서 동물의 울음소리가 들리는 것을 들었다. 덩치가 큰 흑곰의 울음소리인 것 같았다. 그 소리에 밤의 어둠은 더욱 차갑고 음험했다. 하지만 그 흑곰이 자신에게 위해를 끼치지 않을 것은 알고 있었다. 이미 자신은 신의 경계를 넘어서 있지 않은가. 겉모습은 고양이이지만….

안나는 흑곰의 울음소리에 귀를 기울였다. 자신의 구역을 알리기 위해 우는 단순한 소리가 아니었다. 도움을 청하며 우는 간결함과 절실함이 배어났다. 흑곰의 언어체계가 낯설고 애매하게 다가왔지만 안나는 그것을 받아들이는 데에 오랜 시간이 걸리지 않았다. 그 울음 속에 간절함이 있었다. 구원의 손길을 바라는 것이다.

안나는 덩치가 우람한 나무들 사이를 걸었다. 어둠이 더 깊게 내려앉아 있었다. 무섭거나 두렵지는 않았다. 다급한 위험에 노출되어 자신에게 구원의 메시지를 연속적으로 던지고 있어 잰걸음으로 향했다. 숲속의 지배자로 군림하는 흑곰이 도움을 요청하는 것이라 의아하긴 했으나 자신이 치유 능력으로 거친 품성을 온순하게 다스릴 수 있을 것 같았다.

안나가 점점 가까이 다가갈수록 흑곰의 울음소리가 잔잔한 흐느낌으로 변하는 것을 느낄 수 있었다. 거대한 몸피를 뽐내는 노목 구멍에서 울려서 나오기에 더욱 애절하게 다가왔다. 더욱이 지금은 시기적으로 겨울잠 시즌이었다. 몇 달째 잠을 자고 있어야 했다. 하지만 자신을 멀리서 간절히 부르기에 피할 수도 없는 것이다. 그래도 자신은 사람들이 말하는 신이기 때문에….

흑곰은 노목 안을 가득 채우지는 못했다. 안나가 안으로 들어서자 넓고 아늑했다. 천장도 높았다. 흑곰은 온몸을 얼싸안고 고통을 호소하고 있었고 눈에는 거침없이 눈물이 흐르고 있었다. 안나를 보고도 아는 척 하지도 않았다. 고통에 휩싸여 경계의 눈초리도 잃은 지 오래된 것 같았다. 아니면 안나가 절대자인 것을 본능적으로 인식하고 있는지도 모른다.

안나는 흑곰의 마음으로 다가갔다. 흑곰은 가혹한 고통과 조급함으로 마음의 빗장은 없었다. 자신의 치솟는 고통을 잠재워 주면 플루토의 손이라도 잡을 태세였다. 고통은 선악의 모호한 자리에서 저울질을 할 때가 많다는 것을 안나는 이미 알고 있었다.

흑곰은 마음으로 말했다. 겨울잠을 깊이 자고 있는데 느닷없이 고통이 몰려왔다는 것이었다. 긴 창으로 오장을 찌르고 후비고 후리는 것 같아 깨어났다고 했다. 처음에는 가위에 눌려 헤어나지 못하는 악몽이라고 생각했다. 점점 그 고통이 자심해지고 당면한 현실이라는 것을 알았다고 했다. 그것을 깨닫는 순간 고통은 더욱 거칠었다고 했다. 피할 수 없는 자신의 육체에 눌러 붙은 실체를 인정할 수밖에 없었다고 했다.

안나는 고통의 그 순간을 들여다본다. 곤하게 자고 있는 흑곰에게 사냥꾼이 다가온다. 사냥꾼이 후레쉬를 들고 조심해서 흑곰의 몸을 살핀다. 주위를 한번 두리번거린 후 들고 온 주사기로 흑곰의 특정한 곳을 과감하게 찌른다. 날카롭고 뾰족한 장침이다. 순식간에 벌어진 일이다.

안나는 흑곰의 고통을 알 것 같았다. 육체적인 고통보다 정신적인 상실감이 더욱 초라하게 만든 것이다. 자신도 익히 경험해서 알고 있는 것이다. 근원을 잃어 몰려드는 공허와 허무의 거센 물결들을…. 허물어진 정신으로 막으면 막을수록 더욱 분주하고 요란하게 움직이며 결국에는 평정심마저 잃고 마는 것을….

안나는 흑곰의 비워진 정수를 채워서 예전처럼 충만한 삶을 영위하며 살기를 바라지 않았다. 비워진 그 상태로 삶의 균형을 잃지 않기를 바랄 뿐이었다. 그것이 삶의 중심이 되고 더 나아가 그곳에서 나눔의 가치를 찾기를 바랄 뿐이었다.

안나는 아파하는 흑곰이 측은했다. 우람한 덩치에 엄살을 부리는 것 같아 한쪽으로는 우습기도 했다. 고통은 가혹하고 잔인하기에 건장한 체구도 무시해버리는 것이 일반적인 관례였다. 더욱이 그 놈은 측은지심도 없었다. 그러기에 운명과 닮은 구석이 있었다. 하지만 고통은 육체의 나아짐의 첨병이지 첩자는 아닌 것이다. 그것이 운명과 다른 점이었다.

그럼에도 불구하고 안나는 흑곰의 고통을 조금이나마 덜어주고 싶었다. 그래서 안나는 흑곰의 상처 부위를 핥아주었다. 정성과 사랑으로 상실한 부위를 극진히 쓰다듬어 주기도 했다. 순식간에 흑곰의 고통이 사라지는 것을 표정으로 느낄 수 있었다.

그때 밖에서 휘황한 불빛이 이글거렸다. 안나는 직감적으로 대단한 뭔가가 자신에게 다가오는 것을 느낄 수 있었다. 자신에게 부족한 부분을 채워주기 위해 머나먼 우주의 정글에서 벗어나 지구로 착륙한 것 같았다.

안나는 밖으로 나왔다. 주위가 너무 밝아 사물을 제대로 볼 수 없었다. 아직도 하늘에는 사선을 그리며 떨어진 운석의 자취가 그대로 남아 있었다. 빛의 미세한 숨결이었다.

안나는 아직까지 열기와 빛을 품고 있는 운석 가까이 갔다. 그러고는 안나는 겁도 없이 거침없이 검게 그을린 운석을 들어올렸다. 다소 무거웠다.

갑자기 운석에서 섬광이 쏟아져 나왔다. 처음에는 한 가닥이 나오는가 싶더니 거침없이 쏟아지는 것이었다. 그 속에는 우주의 언어와, 지혜와, 비밀이 담겨져 있었다. 지금까지 염원하고 바라던 것이 말이다.

어니스티

안나는 순례를 하다가 산중턱 너럭바위에 잠시 쉬었다. 피곤해서 그런지 눈이 저절로 감겼다. 그것이 안나가 세상을 본 마지막 빛이었다. 더 이상 자신의 눈으로 방향을 제시할 수 없었고 추종자들에게 올바른 곳을 가르칠 수도 없었다.

순식간에 안나는 사지가 결박되고 눈이 가려졌다. 뭔가 계획적이고 조직적으로 움직이는 것이었다. 사람들은 분명 아니었다. 그렇다고 승냥이 무리도 아니었다. 어딘지 익숙한 체취가 자신의 감각을 일깨우는 것을 느꼈다.

안나는 저항하지 않았다. 결사대가 하는 대로 내버려뒀다. 아직까지 공포와 두려움은 몰려오지 않았다. 평정심으로 불안한 의식을 추스르고 있었다.

결사대는 자신의 사지를 묶고 있었다. 우선 앞다리를 따로 묶고 연이어 뒷다리를 묶었다. 거칠고 억센 끈이었다. 선심도 없고 관용도 없었다. 정확한 목표를 정한 후 신속하게 이루어지는 사무적이고 냉정한 행위였다.

안나는 결사대의 우두머리를 알고 싶지 않았다. 얼굴을 가리고 있었지만 누구인지 알 것 같았다. 눈으로 직접 확인하지 않으면 믿기 싫었다. 그의 체취가 스멀거리며 묻힌 추억들을 끄집어내는 것이었다.

그 추억들이 불쾌하게 다가왔다. 그 시절은 힘들고 괴로웠지만 추억의 페이지 속에 들어가면 세상사가 이유 없이 은근하고 따스한 느낌으로 다가오는 것이다. 그것이 망각의 소용돌이에 휩쓸려 들어가지 않는 유일한 이유였다. 무의식의 긴 항해를 하다가 의식의 긴 낚싯대를 드리우면 어느새 입질을 하는 것이다. 그것이 추억인 것이다.

갑자기 안나는 골고다 언덕의 예수가 떠올랐다. 자신의 처지가 그것과 다르지 않은 것이다. 사지가 묶긴 채 검은 제복을 입은 고양이들에게 끌려가는 것이다. 머리는 무거워 아래로 축 늘어지고 앞발은 양쪽으로 고정되어 운신도 못하고 허리도 유연한 몸놀림으로 스트레칭을 할 수 없게 조여져 있었다. 더욱이 뒷발은 강하고 억세게 묶어서 피가 흐르지 않을 정도였다. 유일하게 자유로운 것은 꼬리였다.

결사대는 침묵한 채 묵묵히 걸었다. 제식을 치르는 엄숙함과 차분함이었다. 경사진 언덕길을 오르는 데에도 거친 숨소리도 품어내지 않았다. 느리면서 일정한 리듬을 타고 있었다. 많은 연습으로 터득한 몸가짐이었다. 어쩌면 안나의 지금 이 상황을 만들기 위해 결사대는 조직되고 단련된 무리인지도 모른다는 생각했다.

안나는 우주의 언어를 이해하고 터득했지만 고통은 쉼 없이 밀려들었다. 인식과 고통은 별개란 것을 이제야 안 것이다. 인식은 밖에서 들어와서 내적으로 정착하는 것이지만 고통은 내부에서 떠돌다가 시작해서 일어나고 사멸하는 것이다. 근본적인 바탕이 다른 것이다. 그것을 안나는 이제야 안 것이다.

날씨가 점점 흐려졌다. 무겁게 눈을 품은 구름들이 낮게 깔리어 주위를 서성거렸다. 때를 봐서 강포한 눈송이를 뿌리기 위해 여전히 수증기를 모으고 있는 것이었다. 수도꼭지에 풍선의 주둥이를 박으면 부풀어 오르다가 언젠가는 터지게 마련인 것이다. 지금 대기가 그랬다. 위태롭게 수증기를 계속해서 들이마시고 있는 것이다. 배설의 시원함도 모른 채 말이다.

결사대는 산중턱 어느 지점에서 멈췄다. 연장 꺼내는 소리가 났다. 돌덩어리에 부딪치어 쇳소리가 요란했다. 차갑고 맑았다.

결사대의 우두머리는 대장간에서 직접 주문한 각진 못을 들고 강하게 내리쳤다. 끝이 무디고 거친 못이 사정없이 안나의 앞발에 내리꽂았다. 안나는 고통으로 몸부림쳤다. 매달려 있으면서 다가오던 고통은 소소한 것이었다. 강렬한 것이 혈관으로 파고들어 심장을 강하게 압박하는 것이었다. 심장은 급하고 불안하게 펌프질할 뿐 제정신이 아니었다.

결사대의 우두머리가 뒤로 물러서자 결사대원들이 한 명씩 못을 박았다. 사지에 하나씩 때로는 두 개씩 박았다. 그들의 행동은 스스럼없이 다가오고 나아갔다. 죄책감도 없고 묵묵히 나아가는 것이다. 플루토의 마수에 걸려들어 의식 없이 행해지는 무책임한 행동이 아닌 것이다. 그들의 몸피에서 책임감과 소신이 묻어났다.

안나는 자지러지는 고통에서 헤어나지 못했다. 일시적인 기절과 정신착란이 반복적으로 다가왔다. 평정심도 강하게 깊이 찔러대는 고통에 이미 어디론가 사라지고 없었다. 찢어질 듯이 아픈 고통과 절규만이 머물고 있었다. 의식의 공황상태인 것이다.

안나는 고통 속에서 위안처를 찾기 힘들었다. 절망적인 상황에서 온전하게 쉴 장소가 없는 것이다. 죽음이 그곳이지 않을까 생각해봤다. 그 유혹은 플루토의 몫일 것이다. 어느 순간에 다가와서 부서지고 고립된 육체의 고통을 미끼로 중심을 흔들어 놓을 것이다. 이겨내지 않으면 지금까지 쌓아온 신의 클래스를 모두 잃게 될 것이다. 그래서 끝까지 버티는 모습을 보여야 했다. 삶을 찾아서 나아가는 모습이 더 거룩하고 위대해 보이지 않겠는가. 그리고 자신을 따르는 추종자에게도 그것으로 신의 클래스를 입증하면 되는 것이다.

안나는 상처 부위마다 피가 흐르는 것이 보이지 않았고 단지 느낄 뿐이었다. 스멀거리며 흘러내렸다. 기분이 이상하게 나빴다. 그래도 당면한 현실을 받아들여야 했다. 고통으로부터 이겨내는 의연한 모습을 보여야 했다. 그리고 삶의 애착을 버리지 말아야 한다는 것도 알고 있는 것이다. 온몸에 피가 거의 아래로 흘러내려 혈관이 비어있는 상태가 될지라도 육체의 벽을 넘어서야 될 것 같았다. 존경과 경외는 그곳에서 나오는 것 같았다. 보통의 육체에서 이겨낼 수 없는 그 지점까지 참고 인내해야 비로소 사람들은 탄식을 하며 신으로 영접할 것이다.

안나는 여전히 고통 속에 부려져 있었다. 그곳에서 헤치고 나올 수 있는 유일한 방법은 자신에게 있었다. 그 자신을 옭아매고 있는 것은 육체였다. 그 육체가 정신을 혼미하게 만들고 불안하게 조장했다. 안나는 그 육체의 벽이 이렇게 거대하고 견고하게 정신을 조정할 줄을 몰랐다.

안나는 그 육체의 벽을 뛰어넘어야 했다. 그래서 먼저 절망적인 고통을 인정하기로 했다. 정신을 육체와 구분짓지 않고 자연스레 다가오는 감정을 순순히 받아들인 것이다. 과도하게 치솟는 고통의 파도에는 신경 쓰지 않기도 했다. 그것이 가장 신에 가까운 행동인 것 같았다.

그래서 고통을 여과 없이 받아들였다. 흘러내리는 선혈과 초췌한 몰골을 직접 보며 현실을 받아내며 육체를 벗어나고 싶었다. 그것이 현시점에서 만왕의 왕이 할 수 있는 유일한 길인 것 같았다.

안나는 결사대의 우두머리를 불렀다.

"네로, 진정 네로이지? 너를 보고 싶다."

멀찌감치 떨어져 있던 네로는 가늘게 들리는 안나의 말이 처음에는 환청으로 오인했다. 하지만 두 번 세 번 부르자 애써 외면하던 목소리를 간신히 접수했다. 그 자리에서 굳은 채로 서서 말이다. 그런 모습이 보무당당하게 안나를 못질한 네로의 최소한의 양심인지는 모른다.

"눈가리개를 치워줘, 네로. 그것은 해 줄 수 있지. 우린 친구잖아? 그래도 너와 함께했던 나날이 행복했어."

네로는 당황스러웠다. 완벽한 범죄를 행하고 싶었던 것이다. 어쩌면 자신의 마음까지도 속이고 싶었는데 들킨 것이다. 수치심이 훅 치밀었다. 복면을 쓴 자신의 얼굴이 달아오르는 것을 느꼈다. 어디론가 숨고 싶었지만 결사대의 우두머리인지라 물러설 수도 없었다. 빈틈을 보이면 무리의 중심이 흐트러지고 마는 것이다.

그때 플루토가 끼어들었다. 네로의 수치심을 자극하는 것이었다. 네로가 자각하지 못하는 사이 네로의 마음의 일부분을 야금야금 갉아먹는 것이었다. 그 속도가 빠르고 치밀했다. 그래서 자신이 뭘 하는지도 모른 채 행동이 자연스럽게 나오는 것이다. 플루토는 네로의 무의식을 자극해서 억눌리고 소외된 의식을 끄집어내는 것이었다. 지독한 모멸감을 말이다.

네로는 안나와 함께한 시간들 속에서 그때는 그리 서운하

지 않았지만 지금 갑자기 맹렬하게 괘씸한 마음이 드는 것
이었다. 생식기의 상실은 두말할 것도 없고 그 전에 자신을
의도적으로 밀어내는 모습들이 연이어 떠올랐다. 외모에 콤
플렉스가 있는 네로는 그것이 못마땅하여 진저리를 치고 있
었다.

"눈을 뽑아버려!"

네로는 과감하게 내뱉었다.

안나는 양쪽 눈이 뽑혔다. 눈가리개를 걷는 순간 가는 빛
에 눈이 부시는가 싶더니 어느새 날카롭고 뾰족한 칼끝이
눈 속 깊이 파고들었다. 결사대 무리들은 피라미드 속 지하
무덤 벽에 박힌 보석풍뎅이를 뽑아내듯이 탐욕에 젖어 있지
는 않았다. 그저 또 다른 광기였다. 그 광기는 아직 열정의
울타리를 벗어나지는 않았다.

안나는 고통을 호소했다. 마취가 되지 않은 상태에서 맞
이하는 고통들이었다. 사지의 신경에 박힌 못에서 강렬하
게 다가오던 고통의 무게에 더한 것이다. 육체의 각 부위마
다 박힌 고통의 씨앗이 끊임없이 발아하는 것이었다. 고통
도 생명이 있는 것이다. 껍질을 간신히 박차고 나와서 육체
의 토양에 뿌리를 내리는 것이다. 주위에 존재하는 먹이를
억세게 섭취하면서 성장하는 것이다. 그때마다 안나는 온몸
을 비틀며 자지러지는 것이다. 고통의 건실한 성장과 안나
의 육체적인 고통은 연결되어 있는 것이다.

이제 안나는 5월의 장미를 보지 못한다. 요염하고 화사한 꽃송이를 모아서 받아들이는 눈동자를 잃은 것이다. 생식기를 잃었을 때와는 달랐다. 그때는 근원을 잃은 아픔으로 깊은 곳에서 쉴 사이 없이 끓어오르는 느낌이었다. 마치 산속 깊은 곳에서 마르지 않고 흘러나오는 옹달샘처럼 말이다. 하지만 눈동자의 상실은 하늘을 잃고 빛을 잃은 것이었다. 그것보다는 가벼웠지만 어둠속에서 빛을 갈망해야 한다는 절망의 벽과 늘 부딪쳐야 하는 것이다. 그것이 무서웠다.

결사대는 십자가에 묶인 안나를 끌고 산정에 올랐다. 피는 줄기차게 십자가를 타고 내렸다. 상처 부위에서 직접적으로 떨어지는 것도 있었지만 그것은 드물었다. 강한 외부적인 충격으로 그 순간 호두나무의 호두가 떨어지듯이 일시적인 것이었다.

눈이 한 송이씩 떨어졌다. 가늘고 얇았지만 눈이었다. 한 자락의 바람이 소나무 잎사귀를 미세하게 움직였다. 바람은 낮게 깔린 구름을 강하게 밀어낼 자신이 없는지 소극적이었다. 언젠가는 참고 있던 분기를 일시에 내뿜을 것은 자명하다. 그때 눈과 합세하여 더 무서운 위력으로 세상에 드러날 것이다.

"네로, 네로 너와 먹던 바나나가 생각난다."

안나는 치밀어 오르는 고통을 잠시 밀쳐놓고 차분하게 말했다.

그때 네로는 죄책감에 안나를 제대로 보지 못하고 있었다. 그러던 중에 안나의 말을 들은 것이다. 죄스러움이 어느새 사라져 버렸다. 당연한 마음마저 들었다. 소외되고 초라한 삶의 나날들이 일시에 습격한 것이다. 뒷골목에서 고등어 대가리로 한 끼를 때워야 하는 궁색한 삶도 연이어 펼쳐졌다. 다시 플루토의 재간이 개입한 것이다.

"이빨을 다 뽑아버려. 그러면 조용하겠지."

네로가 엉겁결에 던진 말이었다.

명령과 동시에 결사대들은 안나의 이빨을 다 뽑아버렸다. 피해의식에 떠밀려 내린 명이라 거침없고 그래서 간결했다.

안나는 입속에서 여과 없이 피가 흘러나왔다. 이젠 말할 수도 없고 냄새 맡을 수도 없었다. 흐르는 피가 코를 막고 위를 채웠기 때문이다. 피는 안으로 밖으로 사정없이 흐르고 넘치는 것이었다. 목 아래부터 돋아난 하얀 털이 피로 진하게 물들었다. 그 피는 십자가를 적시며 대지에 닿았다.

안나는 아픔과 고통이 멈추지 않았다. 축 늘어진 육체의 능동적인 감각은 없었다. 형언할 수 없는 묵직한 고통만이 온몸을 짓누르는 것 같았다. 그에 비하면 아픔은 작게 다가와 고통의 무게에 묻히고 마는 것이다. 그래서 안나는 고통만을 느끼는 것이다.

결사대는 십자가를 끌고 산정으로 올랐다. 가파르고 휘어진 길이었다. 모난 돌과 나뭇가지들이 어지럽게 널브러져 있었다. 가끔씩 모래보다 굵은 입자가 흩어져 있어 걸음을 옮길 때마다 미끄러지곤 했다. 그럴 때면 십자가가 넘어지거나 휘청거렸다. 안나는 여전히 살아있음으로 고통을 느끼는 것이었다. 그것도 온몸으로….

십자가가 지나간 산길을 따라 피의 흔적이 새겨졌다. 붉은색 아이스크림이 녹아 손등에 떨어진 끈끈한 액체를 받은 것처럼 대지는 못마땅한 표정이었다. 아니다. 애절하고 비통해서 그런 것일지도 모른다. 하늘과 대지는 원래 한 덩어리인지라 형태의 삶은 다를지라도 뿌리는 같고 그래서 같은 성질을 가지고 있는 것이다.

결사대는 산정에 오르자 십자가를 땅에 박았다. 처음에 대지는 굳세고 당당하게 밀어냈지만 결사대의 치밀한 준비에 마지못해 허락하고 말았다. 그 허탈함 때문인지 하늘이 비통하게 울었다. 천둥은 공기를 강하게 밀었다 당겼다 하며 대지를 울리는 것이다. 형제애를 여실히 드러내는 것이었다. 하지만 번개를 앞세워 오지는 않았다.

대처보다는 높았지만 안정감을 주는 야트막한 산이었다. 산의 범주에 넣기는 애매했지만 그래도 사람들은 산이라고 했다.

주위는 메말라 있었다. 큰 나무들도 없었고 그 흔한 소나무도 없었다. 모든 것이 낮게 깔려 있었다. 억새도 보기 흉하게 녹색을 잃은 채 가늘게 부는 바람에 뒤채이며 무기력한 모습을 보였다. 사람들이 무의미하게 지나치며 이름을 불러주지 않는 잡풀들도 자신의 고유의 색깔을 잃은 채 차가운 대지를 간신히 버티고 있었다. 그 사이에 오롯이 십자가가 우뚝 솟아 있는 것이다.

"네로, 율법이 그렇게 중요해?"

안나는 이빨이 빠져 올바른 발음이 형성되지 않았지만 애써 내뱉었다.

그때 네로는 산정의 가장자리에 앉아서 멍하니 대처를 내려다보고 있었다. 안나의 말이 정돈되어 제대로 나열되어 있지는 않았지만 네로는 느낄 수 있었다. 지금까지 단속하고 있던 마음을 조금이나마 풀어놓았기에 가능한 일이었다.

네로는 안나의 처참한 모습을 아래서 올려다보았다. 예전의 의연한 모습은 간곳이 없었다. 피를 토하고 흘렸기 때문에 십자가에 매달려 있는 모습이 초라하기 그지없었다. 힘이 충만하게 모인 벌어진 어깨도 피의 흐름에 따라 아래로 쏠리고 있었다. 가늘게 뜨고 있는 눈동자도 코 주위에 난 길고 가는 흰 수염도 지탱하지 못해 힘없이 늘어지는 것이었다.

"그래, 율법은 우리의 소소한 행복보다 소중한 거야."

안나는 모든 힘을 모아 간신히 말하며 의식을 잃었다.

하지만 네로는 안나의 말을 알아들을 수 있었다. 이제까지 제한적인 소통만 원했던 네로의 마음의 빗장이 일순간 열리는 것이었다. 왜 그런지 자신도 알 수 없었다. 그래서 그런지 네로는 안나의 고통도 느낄 수 있었다. 이젠 안나의 초췌하고 쇠잔한 몰골을 제대로 볼 수 없었던 것이다. 자신이 자행한 일이라고는 생각할 수 없는 참혹한 일이 눈앞에 펼쳐진 것이다. 벗어나고 싶었다.

네로는 천천히 뒷걸음질쳤다. 지금까지 차갑고 어두운, 당당하고 무정한 모습은 어디에서도 볼 수 없었다. 난처하고 난감한 생각들이 자신을 휘감아버리자 몸도 제대로 가눌 수 없을 것 같았다. 더 이상 여기에 머물렀다가는 모멸감과 미안함 때문에 거느리고 온 무리들에게 자신의 위신이 손상될 것 같았다. 더욱이 조상대대로 내려오는 전통과 율법이, 지금까지 지켜온 가치와 소신이 한순간 무너질 것 같았다. 네로는 그것을 지켜야만 했다.

그때 바람이 굵은 눈송이를 강하게 몰고 왔다. 눈송이는 안나의 온몸 구석구석을 때리고 후비며 맺혔다. 털에 말라붙은 핏덩어리 위에 조금씩 눈이 쌓였다. 그 눈송이가 체온에 녹아 상처 부위로 들어가는 것이었다. 온몸이 강하게 떨릴 정도로 욱신거리며 아렸다. 안나는 그 고통에 의식이 되어 돌아온 것이다. 육체에 묶여 있는 생존이 잔인하다는 것을 절실히 느끼고 있는 것이었다. 안나는 네로를 탓하지 않앉다. 감연히 받아들이기로 했다. 더 이상 무기력하게 고통에 주저앉거나 초라한 모습을 보이기도 싫었다. 그래도 자신은 신의 클래스에 있는 최초의 고양이인 것이다. 자신의 족속의 우월함을 보이며 육체적인 죽음을 맞이하는 것도 나쁘지 않아 보였다.

안나는 지금까지 억지로 잡고 있던 의식의 손을 놓고 싶었다. 고통 너머에서 가물거리며 움직이는 모습이 안쓰럽고 측은해 보였다. 그에게 육체의 족쇄에서 벗어나는 기쁨을 주는 것도 나쁘지 않을 것 같았다. 그에게는 그것이 삶의 궁극인지도 모른다. 잡혀있지 않고 자유롭게 나아갈 수도 있고 그 자리에서 멍하니 명상에 접어들 수도 있고 제비동굴 속으로 들어가 깊이 숨을 수도 있는 것이다. 어쩌면 의식은 그것을 원하고 갈망하고 있었지만 속으로 내색하지 않은 채 살아온 것인지도 모른다.

안나는 대처 쪽에서 급하게 몰려오는 눈송이들 사이에서 친숙한 음악 소리를 들을 수 있었다. '어니스티'였다. 그 음악 소리에 안나는 엷게 웃으며 간신히 부여잡고 있던 의식을 천천히 놓아주었다.

If you search for tenderness

It isn't hard to find

You can have the love you need to live

But if you look for truthfulness

You might just as well as be blind

It always seems to be so hard to give

Honesty is...